Maureen Duffy
Kind der Liebe

Maureen Patricia Duffy, geb. 1933, ist eine mehrfach ausgezeichnete britische Dichterin, Dramatikerin und Autorin zahlreicher Romane und Sachbücher. Sie gilt als erste Frau, die sich Anfang der 1960er Jahre in Großbritannien als lesbisch outete. Bis heute engagiert sie sich für LGBTQ+- und Tierrechte.

Katharina Herzberger, geb. 1993, lebt in München und arbeitet als Übersetzerin für literarische Belletristik, populäre Sach- sowie Kinder- und Jugendbücher.

Miku Sophie Kühmels Romandebüt *Kintsugi* erhielt u.a. den »aspekte«-Literaturpreis. Seither sind *Triskele* und, herausgegeben mit Linus Giese, die Anthologie *Brüste* erschienen.

Maureen Duffy

Kind der Liebe

Aus dem Englischen
von Katharina Herzberger

Mit einem Nachwort
von Miku Sophie Kühmel

Reclam

Titel der englischen Originalausgabe:
Love Child

2025 Philipp Reclam jun. Verlag GmbH,
Siemensstraße 32, 71254 Ditzingen
info@reclam.de

Umschlaggestaltung: © Suse Kopp, Hamburg
Umschlagabbildung: © T. S. Harris. All rights reserved 2025 /
Bridgeman Images
Druck und buchbinderische Verarbeitung:
GGP Media GmbH, Karl-Marx-Straße 24, 07381 Pößneck
Printed in Germany 2025
RECLAM ist eine eingetragene Marke
der Philipp Reclam jun. GmbH & Co. KG, Stuttgart
ISBN 978-3-15-011517-6
reclam.de

FSC
www.fsc.org
MIX
Papier | Fördert gute Waldnutzung
FSC® C014496

Teil 1

»Schuf mir auch eine zweite Welt der Himmel
Aus einem fehllos reinen Chrysolith,
Ich gab sie nicht dafür.«

William Shakespeare, *Othello*

Ich war es, ich taufte die Liebschaft meiner Mutter. Wie Ihnen sicher auffällt, verwende ich den Genitiv statt des Dativs. Ich bin äußerst klug und habe in meinen jungen Jahren nun jenes Stadium der Intelligenz erreicht, in dem es wichtiger ist, recht zu haben, als gemocht zu werden. Außerdem verwende ich das Wort »taufen«, denn ich schrecke wohl vor »weihen« zurück – schließlich kann man auch anderem geweiht sein –, will diesem Akt jedoch einen gewissen Beigeschmack verleihen, der fehlt, wenn ich der Liebschaft meiner Mutter nur »einen Namen gab«: Wenn ich bloß ein Objekt benenne, wie auch Adam die Tiere benannte, obwohl es durchaus der Wahrheit entspricht, dass die Liebschaft meiner Mutter animalischer war als wir und zu unserem Objekt wurde.

»Die Liebschaft meiner Mutter« sage ich natürlich rückblickend. Damals hatten sie noch keine Affäre, worauf ich zur rechten Zeit eingehen werde, wenn auch nicht in der adäquaten narrativen Reihenfolge, aber ich beherrsche diese Disziplin und weiß, dass ich mir künstlerische Freiheit erlauben und die Zeit ganz nach meinem Geschmack zurechtrücken kann. Dazu habe ich eindeutig genug Proust gelesen, wohl auch zu meinem Untergang. Noch immer besitze ich die tyrannische Willkür eines Kindes, auf die ich mich berufe, um Ihnen zu erzählen, was und wie ich will, indem ich ganz nach meinem Ermessen auskoste oder abschweife, als säße ich an einem heißen Nachmittag zum Angeln unter einem Blätterdach dunkler Eichen und Ahorne, als wäre ich tief im Teich versunken, plitschte und platschte auf den Spuren eines buckligen Barschs zwischen den Kieseln, als träumte ich bei flirrender Hitze von zwei lila Libellen und der Sarabande ihrer eleganten Soixante-neuf vom Bachbett bis zur Wiese, um schließlich am vertrockneten Ufer aufzuwachen, bedeckt von Schweiß und schwerer Wärme, nur um Ihnen alles ganz genau zu erzählen.

Aber es muss einen Anfang geben. So betrat ich also das Wohnzimmer unseres Hauses in London, wo die einfallenden Lichtstrahlen blockiert wurden von einer verehrten, weil altehrwürdigen Akazie vor den hohen Steinfenstern, so dass sich Schatten in den Zimmerecken tummelten, als mein Vater sagte: »Wie sollen wir Sie also nennen, wenn Sie Ihren eigenen Namen nicht mögen? Kit, das hier ist meine neue Assistenz.«

Ich nahm meine Mutter wahr, die im schummrigsten Eck stand, am weitesten vom Tag entfernt, und plötzlich vor- und zurücktrat, wie ein überreizter Rassehund oder dieser kleine Jagdhund, den man in England Whippet nennt, ein Nervenbündel von Hund mit dünner Haut und ängstlich verschlossenen Anemonenaugen wie die eines Velázquez'schen Schoßhündchens. Die Liebschaft meiner Mutter erhob sich und lächelte im einzigen Flecken Sonnenlicht auf dem violetten Teppich. »Aias«, sagte ich.

Mein Vater runzelte die Stirn. »Das wäre ein Name für einen Hund oder hirnlosen Muskelprotz. Und mit ihm ging es nicht gut aus.«

»Ich meinte Aias den Kleinen«, sagte ich. »Außerdem erwartest du doch treue Dienerschaft, oder nicht?« Damals war ich nicht sonderlich subtil und wollte ihn intellektuell übertrumpfen.

»Mit dem ging es auch schlecht aus«, sagte meine Mutter aus dem Schatten heraus. »Er wurde wegen Gottlosigkeit ertränkt.« Sie konnte ich nie übertrumpfen.

»Aias passt sehr gut«, sagte die Liebschaft meiner Mutter und lachte.

Mein Vater runzelte erneut die Stirn. Heute frage ich mich, ob er schon damals spürte, welchen Fehler er begangen hatte. Bei der Wahl seiner persönlichen Assistenzen, junger Männer wie Frauen, ist Schönheit mindestens so entscheidend wie der Rest. Es besteht Einvernehmen über die fließende Natur ihrer Pflichten, und das Gehalt, oder vielmehr der Lohn, ist ausgezeichnet. Besteht dieses Einvernehmen nicht bereits bei der Einstellung, ergibt es sich bald, wie ein Zuckerstückchen, das sich mit heißem Kaffee vollsaugt, bis es in der unerbittlichen Flüssigkeit zerschmilzt, selbst wenn nur eine seiner weißen Flächen die heiße Oberfläche berührt. Mein Vater ist heiß und stark und alldurchdringend. Er konsumiert sie. Seine Unsterblichkeit wird von ihrer Jugend genährt wie die Götter von Idunas goldenen Äpfeln. Sie beschweren sich nie. Vielleicht bezahlt er sie zu gut. Nur zweimal gab es Ärger. Tino wollte in Amerika bleiben, als seine Zeit gekommen war. Sein Ticket wurde gekauft. Er versuchte sich an Erpressung. Die Gesetzeslage in Massachusetts kannte er gut (wir hatten das Frühjahr auf der Farm verbracht, während mein Vater an einer Vorlesungsreihe für Tokio arbeitete). Er wurde per Brief seiner Mutter nach Hause beordert. Dann in Tokio (ein schlechtes Jahr) schluchzte die strohblonde Inge, sie sei schwanger. Natürlich war es nicht das Kind meines Vaters. Sie wurde gut versorgt. Mein Vater ist Diplomat und Ökonom. Er muss inspizieren, prognostizieren, ausbilanzieren. Es ist ihm gleichermaßen Beruf wie Berufung. Genau deshalb haben ihn im Laufe der Jahre die Regierungen der ganzen Welt, Financiers und Aufseher internationaler Organisationen engagiert und gepriesen. Warum scheiterte er an Aias? Altert er allmählich, zerfällt er?

Denn nur wegen seines Scheiterns landete Aias unter uns. Ich vermag nicht mehr zu sagen, ob ich dies gleich verstand oder nur beobachtete, wie die Liebschaft meiner Mutter lachte wie inmitten eines violetten Rampenlichts und dazu plötzlich die japanische Seerose im Glas aufblühte und die wogenden Akazienblätter hellgrüne Stäubchen auf den weißen Anzug sprenkelten; zu viel ist seither geschehen, aber Aias war eindeutig anders als die anderen, älter, klüger, ließ sich nicht von meinem Vater einschüchtern. Was war schiefgelaufen?

In der Regel sammelte mein Vater sie ohne große Mühe auf. Wenn er zu einem Lunch oder Empfang ins College geladen wurde, auf einer Feier Hof hielt, zog er sie an wie ein Faszinosum, musste ihnen nur in die Augen schauen und mit der ganzen Tiefe seiner Autorität sprechen, und schon gaben sie ihre Leben auf, um ihm für einige Monate zu dienen, bis sie blass und blutleer waren. Hatten Tino und Inge ihn verunsichert?

»Warum will Aias diesen Job?«, fragte ich meine Mutter später.

»Um zu reisen, vermutlich. Wir fahren ja nach Iticino. Warum fragst du?«

»Aias ist anders.« Ich schob eine Ecke der Jalousie nach oben und sah ein schweres schwarzes Taxi über den Platz huschen.

»Es ist zu früh, um sich gegen jemanden auszusprechen.«

»Ganz im Gegenteil, ich spreche mich dafür aus, sehr sogar. Das wird interessant.«

Wir sind international. Wir passen an keinen Ort und, wie ich manchmal meine, in keine Zeit. Unser Geburtsort ist irrelevant. Das Flugzeug landet vor irgendeinem verglasten Betonkomplex, wo alle Wege in die Sterne führen, um unsere Mutter in die nächstgelegene weißkaschierte Klinik oder Anstalt zu bringen und uns schmerzfrei ins Leben zu rufen. Ich wurde in Lausanne geboren.

Wir sind polyglott, polygam, polymorph und polyphon. Gemeinsam beherrschen wir sieben tote Sprachen: Mein Vater lernte in seiner Studienzeit in Uppsala Nordisch und Angelsächsisch, meine Mutter in ihrer Altgriechisch, Latein und Althebräisch, ich ergänzte noch Gälisch und sie Sanskrit; dazu fünf lebende, abgesehen von dem allgegenwärtigen Englisch und ein paar Fetzen

Kantonesisch, Urdu und Yoruba von den Reisen meines Vaters. Das Konzept der Fremde existiert für uns nicht.

In meinem Umfeld waren alle schon mehrfach verheiratet, ausgenommen meine Mutter. Alle wechseln die Gestalt und bleiben doch ihrem Wesen treu. Ja oder Nein sagt niemand. Einsilbigkeit ist weder unterhaltsam noch widerlegbar.

Wir machen mir Angst. Unsere Existenz gleicht nicht der anderer Menschen, die von ihrer Zeit, ihrem Ort und ihrer Erziehung geprägt werden. Wir sind die Figuren eines Märchens: Es war einmal (wann genau?) in einem weit entfernten Land (wo genau?), in dem lebten ein reicher Mann und seine Frau (oder König und Königin?) und sie hatten ein ... In den Zeitungen der polyglotten Welt lesen Sie über uns; wir starren Sie durch die Scheibe unseres Aquariums an. Und ich existiere weniger als alle anderen, denn ich bin zu jung und zu alt zugleich. Irgendwann werde ich wohl irgendwo an eine Universität gehen, vielleicht in New York, und vielleicht wird irgendeine Identität an mir hängen bleiben, ansonsten bastele ich sie mir aus einer Reihe schillernder Exzentrizitäten zusammen; früher, als kleines Kind, überzeugte ich andere durch Ungehorsam und Ungestüm von meiner Existenz, und mich selbst beinah davon, dass ich tatsächlich etwas sagte, wenn ich nur laut genug schrie. Doch eines Tages kam ich nicht umhin, mir zuzuhören, und da war nichts als Lärm. Jetzt verpuppe ich mich. Vielleicht lasse ich die Bauchmuskeln zucken, wenn sie meinen polierten Plastikpanzer anfassen. Falls Sie sich denn trauen. Ich bin die Chrysalis, meine Mutter der Chrysolith.

Darüber hinaus kann ich nicht denken. Darüber hinaus steht Arbeit an und Sex, und beides verlangt traditionellerweise ein gewisses Maß an Engagement, falls ich überhaupt so lange lebe; falls wir so lange leben. Natürlich würde ich jetzt gehen – an die Universität, meine ich. Die Noten habe ich. Mit einer Lektüreliste könnte ich meinen Abschluss in wenigen Monaten machen, denn ich erinnere mich an alles und weiß genau, wo was steht. Aber ich bin zu jung. Meine Eltern haben sich ein Monster gezüchtet, ein weises Jesuskind der byzantinischen Kunst. Ich mag alles wissen, bin aber nicht mehr als ein Rechner mit ausgeklügelter Programmierung. *Cogito ergo non sum.*

Ich habe noch nie an das Herz geglaubt, genauer gesagt, ich habe noch nie an den Gegensatz von Intellekt und Emotion geglaubt, genauso wenig an die naturgegebenen Emotionen, über die sittsame Menschen verfügen sollen. Stattdessen hielt ich es für selbstverständlich, dass alle Personen in meinem Umfeld schon immer gleich waren – abgesehen von Anfällen altrömischer Qual oder Gefühlskoliken, verursacht von unterdrückten Bedürfnissen in zu engen, viktorianischen Kostümen –, dass im Privatleben Ruhe und Verstand herrschten, und zwar nicht aus tiefster Überzeugung, sondern weil niemand, trotz aller Meinungswechsel, mit Nachdruck etwas anderes behauptete. »Die Menschen sind von Zeit zu Zeit gestorben, und die Würmer haben sie verzehrt, aber nicht aus Liebe.« Ja, Catull mag um den Tod geworben haben wie ein Hund um Lesbias Liebe. Aber über ihn würde mein Vater nur sagen, er mache nicht einmal eine halbe Einheit in einer Statistik aus und sei keinen Dezimalpunkt im Diagramm wert. Die vielen Scheidungen in unserem Kreis geschahen nicht aus Leidenschaft, sondern weil das Paar des Zusammenlebens schlichtweg müde war; eine neue Beziehung bot den beiden eine praktische Bedeckung, um sich zu trennen und jeglichem Überdruss einen akzeptablen Fluchtweg zu eröffnen.

Meine Mutter hatte jung geheiratet, mein Vater einmal zuvor. Ich züchtete mir Halbgeschwister, mit denen ich in einer exotischen Nacht Inzest begehen könnte. Wie man sich über Tabus hinwegsetzen kann, ist faszinierend. Einmal übernachtete Roddy auf dem Weg nach Perugia für das Sommersemester bei uns. Da wurde es knapp, doch ich war zu jung und wusste es nicht besser, also schlug ich einen Angelausflug vor und watete zu weit ins Wasser, bis meine nassen Levi's an mir klebten. Aber er hatte bereits weitergedacht und hielt mich nur bei Laune. Ich weiß nicht, zu welchem Zeitpunkt meine Eltern sich arrangierten. Wohl irgendwann nach meiner Geburt. Er hatte Assistenzen und sie gelegentlich diskrete One-Night-Stands. Meine Mutter ist wunderschön und virtuos: Sie muss es nur wollen.

Aber meine Mutter ist auch hässlich. Ich habe sie verdorben. Alle Kinder verderben ihre Mütter bei der Geburt. Sie nehmen ihnen die straffen Muskeln, die schmalen Brustwarzen, an denen bisher nur Liebschaften hingen und keine tyrannisch-saugstarken Kinderlippen; sie werden starr und steif. Ich werde sie nie als das Mädchen sehen, das sie vor dem Einsetzen meiner Schwerkraft war, mondhell und auf völlig freier Umlaufbahn. Nun umkreist sie pflichtbewusst mich.

Das Gerede der anderen Kinder an meiner Schule über meine Eltern sagte mir vieles. Irgendwann hätte ich es ohnehin erfahren, aber das Gebrabbel meiner charmanten Spielgefährten über ihre jeweiligen Lebensverhältnisse drängte mir die Reflexion der meinigen mit unwiderstehlicher, halbwillkommener Gewalt ins Bewusstsein. Ihre Geschichten warfen mich auf den Rücken und überfluteten mich, bis ich die Zähne zusammenbeißen musste, um bei diesem neuen und so bitterlich interessanten Wissen nicht aufzuschreien, und als ich mich endlich aufrappelte, war ich verstört und schweißgebadet und umhüllte mich mit einem fadenscheinigen Verständnis, als wollte ich meine beschämende Ignoranz verstecken. Dass ich es nicht bemerkt hatte, schmerzte mich. Wie hatte ich so schrecklich unschuldig sein können?

»Es wird Zeit, dass du für eine Weile in die Schule gehst«, verkündete mein Vater eines Morgens, während er sein vitaminhaltiges Supermüsli aß. Seit ich sechs war und mich bei Tisch ausreichend zivilisiert benahm, aßen wir – außer bei ihren Dinnerpartys – gemeinsam.

»Warum?«, sagte ich. Meine Mutter hatte sich und ihr hartgekochtes Ei hinter einem Stapel Post versteckt, die sie nach und nach öffnete und jeden Brief zum Lesen hochhielt, aber ich spürte ihr Missfallen am Rande des Papiers entlangsickern. Sie waren nicht einer Meinung: Widerstand war der Mühe wert.

»Wir ziehen nach São Paulo, dann nach Kuba. An solchen Orten solltest du nicht wohnen, und außerdem wird es dir zu heiß.«

»Ich kann hierbleiben, bei Fantah.« Fantah hatte sich seit dem Tag meiner Geburt um mich gekümmert. »Oder zu Grand'mère ziehen.« Die Mutter meines Vaters nahm mich nur zu gern auf. Sie würde mir die Nordlichter zeigen, und ich würde mich im Warmen ans Fenster setzen und beobachten, wie sich der Schnee inmitten der shoppenden Menschenmenge auftürmte, dazu die scharfe, nahezu winterliche Dunkelheit, die Straßenlampen aufgereiht wie Lichterketten am Tannenbaum, der Himmel satinschwarz, einige schreiende Kinder auf ihren Schlitten. Sie würde mich lesen lassen, bis mir die Augen tränten.

»Du musst lernen, mit anderen Menschen umzugehen«, sagte mein Vater, »und dafür musst du dich mit ihnen umgeben. Du musst auf eine Schule gehen.« Da wusste ich, ich war geschlagen. Inflexibilität ist eines seiner liberalen Prinzipien. Etwas zu ungelenk blätterte meine Mutter um; sie war nicht einverstanden. In diesem Augenblick verstand ich zum ersten Mal, dass sie mich liebte. Sie wollte mich nicht gehen lassen. Wie ein Kind oder Tier hatte ich ihre Liebe bis zu diesem Zeitpunkt als selbstverständlich angesehen; jetzt verstand ich ihre Haltung ganz bewusst, und damit fielen auch Zweifel plötzlich in den Bereich des Möglichen.

Natürlich war bereits eine Schule für mich ausgewählt worden, ebenfalls auf Grundlage liberaler Prinzipien: Koedukation, freies Benehmen, die Gambit'sche Methode der Individualentwicklung, erfunden oder erarbeitet von Rektor Dr. Gambit, so die Broschüre. Mehr ließ sich für Geld nicht kaufen. Außerdem konnte man im Winter an den Alpenausläufern Ski fahren, im Sommer im schuleigenen Seeabschnitt schwimmen und durch Pinienwälder reiten. Ein halbes Dutzend Eltern mit internationalem Ruf empfahlen die Schule, die Gebühren waren dementsprechend. An einem Londoner Frühlingsmorgen verabschiedeten sie mich in Heathrow. So etwas wie ein Schuljahr kannte man in St. Gelbert nicht. Das zarthelle Aroma der Akazienblüten erfüllte das Wohnzimmer, es schien mir der destillierte Duft meiner Mutter zu sein und ausnahmsweise grabesernst.

Jetzt blicke ich zurück, wie auch der Mensch im Mittelalter auf unsere Vorfahren zurückgeblickt haben muss, und sehe mich am Fenster gleich hinter der Tragfläche sitzen. Ich war es gewohnt, allein zu reisen. Die Stewardess kümmerte sich gut um mich, meine Mutter hatte sicherlich diskret darum gebeten, mir vielleicht eines ihrer fliederfarbenen Kärtchen mit elegantem Eindruck vorausgeschickt. In Genf wurde ich von einer lächelnden perfekten Sekretärin in blauem Leinenanzug und weißer Bluse begrüßt, die uns höchst kompetent zum Zug nach St. Gelbert führte. Eine gewisse Zeit fuhren wir am Seeufer entlang, dann erreichten wir Lausanne, wo ich auf den Bahnhof starrte, der genauso eine Klinik hätte sein können. »Hier wurde ich geboren«, sagte ich.

»Ach ja? Ein sehr hübsches Städtchen.« Ihr englischer Akzent klang nach Kolonialeinfluss; ich tippte auf Südafrika.

»Seitdem bin ich nicht mehr hier gewesen. Mir bedeutet die Stadt nichts, oder nein, das stimmt nicht ganz: Ihre Bedeutung besteht für mich nur in einer Abwesenheit von Bedeutung.«

Etwas unsicher lächelte sie, und ich drehte mich wieder zum Fenster, vor dem eine immer dunklere Berglandschaft heranwuchs. In meiner Vorstellung pressten sich die Scheren des Stromabnehmers wie die Antennen eines stählernen Käfers an die Kabelschlinge, verteilten Funken in den Tälern, fraßen die Gleise nach und nach auf wie die Segmente eines gewaltigen Tausendfüßlers; es erinnerte mich an eine Geschichte, die mein Vater gern erzählte: Als die indigenen Völker Amerikas zum ersten Mal einen Zug sahen, hielten sie ihn für einen feuerspeienden Drachen, der seine Passagiere verschluckte. Die Steigung nahm zu, und der Zug wurde trotz aller Mühen langsamer. »Wir sind fast da.« Sie begann, an unseren Koffern zu zerren.

Vor dem kleinen Bahnhof drang die kalte Luft scharf in unsere Lungen, und ein dunkelblauer Mercedes stand bereit, vielleicht sollte er zu ihrem Anzug passen. Mit ihrer nun bereits vertrauten, heiteren Effizienz fuhr sie uns zur Schule. »Das ist dein Zimmer. Wahrscheinlich möchtest du gleich auspacken.« In der Broschüre war die Rede von getrennten Zimmern gewesen, also hatte ich gehofft, mich so retten zu können. Die Einrichtung war modern und notwendigerweise nüchtern, die Zentralheizung ausreichend. Ich begann auszupacken.

»Hi!« Eine Stimme ließ mich auffahren. Zwei Kinder, kaum älter als ich, waren auf leisen Turnschuhsohlen in mein Zimmer geschlichen. Der Junge streckte mir zuerst die Hand entgegen. »Ich bin Hollow.« Zumindest glaubte ich, dass er das sagte.

»Ich bin Jude«, tat es ihm das Mädchen nach.

»Kit.«

»Eigentlich steht bis zum Abendessen Französisch an, aber

weil du neu bist, dürfen wir auf Englisch reden. Die Sex hat uns geschickt. Willst du ’ne Kippe?« Er hielt mir eine Packung Gauloises hin. Jude nahm eine und klappte ihr Feuerzeug auf.

»Falls du so was hast, solltest du es immer bei dir tragen. Hier geht vieles verloren. Also, was können wir dir erklären?«

»Eigentlich alles. Wie ist es hier so?«

»Ziemlich schrecklich, wie fast überall, aber dafür lassen sie uns halbwegs in Ruhe. Letztes Halbjahr haben sie ein halbes Dutzend Leute rausgeschmissen, weil sie im Dorf geklaut haben. Aber solange du nicht total bescheuert bist, geht das schon in Ordnung.«

»Ja, man kann hier so komisch sein, wie man will.«

»Du siehst nicht gerade bescheuert aus.« Gekonnt klopfte Jude die Asche von ihrer Zigarette.

»Die Schule darf es nur nicht mit den Gendarmen zu tun kriegen – das ist das Wichtigste. Gambit hat Todesangst vor einer Schulschließung. Er würde dich eher eigenhändig verkaufen.«

»Wir sind eine ziemlich wilde Truppe, aber solange sich alles auf dem Schulgelände abspielt, ist es ihm egal.«

»Wo warst du vorher?« Hollow stellte die Frage, vor der ich mich gefürchtet hatte.

»Ach, irgendwo und nirgendwo. Zuletzt in London. Meine Eltern fliegen jetzt nach Kuba.«

»Die meisten von uns sind von jeder Schule auf dem Planeten geflogen. Meine letzte hat direkt dicht gemacht«, sagte Jude. »Das war alles sehr exotisch, alle Mädchen wie Kamelien, und sehr sorgsam durchdacht. Die Schulleiterin … oder sollte ich eher Direx sagen …?« Sie verdrehte die Augen, bis man nur noch weiß sah. Mir fiel auf, dass sie ein Fahrtenmesser am Gürtel trug wie eine Pfadfinderin.

»Ich leite den Schulrat«, sagte Hollow. »Wir haben hier alles selbst in der Hand.«

»Was bedeutet ›Hollow‹ überhaupt?«, fragte ich.

»Spitzname für Holofernes. Das sagt dir was, oder? Und Jude ist kurz für Judas. Da war mir gleich klar, dass wir *copains* werden müssen, weil sie mich ansonsten auffrisst. Wir schmeißen den Laden hier gemeinsam. Du solltest Kit lieber sagen, bei wem man vorsichtig sein muss.« Er nickte Jude zu.

»Der erste Kandidat ist Von Vörst. Er hält sich für den letzten echten Preußen. Sein Vater ist ein westdeutscher Fabrikbesitzer, ein bisschen zwielichtig und sehr protzig. Vörst verabscheut ihn und hält sich ans alte Regime, hat immer ein Maschinengewehr unter dem Bett. Dann gibt es noch Staboul. Sein Vater ist einer dieser kleinen arabischen Ölprinzen. Er hat schreckliche Angst vor einem Attentat, also schießt er lieber, bevor er Fragen stellt.«

»Ja, und bei Dara musst du vorsichtig sein. Sie erzählt immer, sie sei belästigt worden.«

»Sogar der Hund der Hausmutter musste dran glauben, weil Dara behauptet hat, er hätte sie genötigt. Miststück. Und dann gibt es noch Anna Louise, ihr alter Vater ist so reich, dass sie ständig befürchtet, gekidnappt zu werden. Sie ist ganz putzig, aber steht immer unter Strom.«

Im Stockwerk unter ihnen ertönte ein Gong. Hollow stemmte sich aus dem Bett. »Ich muss nachschauen, ob was passiert ist.«

»Ich habe keinen Hunger«, sagte ich.

»Na dann, bis später.« Er driftete aus dem Zimmer, die Daumen in den Gürtel eingehakt.

»Was für ein Problem hat der denn?«

»Keins. Die lösen sich alle in Luft auf. Meistens ist er einfach ein bisschen high. Du musst auf seine Augen achten.«

»Und du?«

Sie lachte und zog ihr Messer hervor. Sie drückte es flach auf ihre Handfläche, dann zeigte sie auf mich. »Du bist hübsch. Ich mag dich.« Sie warf das Messer so fest, dass es zitternd im Pinienholz des Türrahmens stecken blieb, bevor sie es sich zurückholte und wieder in den Gürtel schob.

Der Stundenplan war ausnehmend einfach. Vormittags gab es Seminare in allen traditionellen Fächern, die besuchen konnte, wer wollte; nachmittags gab es Winter- oder Sommersport, wie im Prospekt angegeben. Nach drei Wochen erkannte ich mich kaum wieder. Als Wiedererkennungsmerkmal hatte ich mir einen gestelzten britischen Akzent zugelegt und empfand eine dringliche, sonderbare Gier nach Unterricht und Lehre, die kein Mitglied des Kollegiums befriedigen konnte. In Wahrheit trug ich eine Maske meiner selbst, weshalb ich kein Selbst mehr besaß. Ich weigerte mich, das geringste Interesse an den Freizeitaktivitäten zu zeigen. Spiele waren etwas für junge und unreife Geister; doch ich war plötzlich sehr alt.

»Du bist verrückt und genial«, lobte mich Hollow in seinem üblichen, klischeebeladenen Jargon. »Du könntest ein Vermögen machen.«

»Ach, Geld! Ich bin doch kein Museumsstück.«

Hollow war dürr und hatte die übergroßen Gelenke eines Arthrosepatienten. Wenn er bei Sitzungen den Richterhammer schwang, waren seine Hände so groß und rau wie die eines texanischen Rinderauktionators, vielleicht stammte er sogar von einem ab. Hollow herrschte über alles, denn wenn er high war, konnte er die gefährlichsten Slalompisten bewältigen und zwischen den gewaltigen Bäumen umherhuschen, als seien sie nichts als Geisternebel oder Schnee, der bei jeglicher Berührung schmilzt. Es hieß, er sei einmal gestürzt und habe sich die Lunge mit einer gebrochenen Rippe punktiert, aber sei einfach wieder aufgestanden, um den Lauf zu Ende zu bringen, auch wenn er dabei blutrote Beeren in den weißen Schnee hustete.

Er saß am Rand der Aulabühne, ließ die langen Beine baumeln wie ein Insekt oder eine Puppe; alle anderen fläzten oder hockten sich hin, ihre Kleidung und Haltung ungepflegt, aggressiv. Ich stand hinten, die Arme verschränkt und bewusst ruhig; Jude lehnte am Bühnenrand wie Hollows Bodyguard, die Hüfte nach vorne geschoben, das Messer bedrohlich unauffällig am Bein.

»Wir müssen hier mal richtig aufräumen«, begann Hollow im besten Gangsterton. »Die meisten von uns können ansonsten nirgendwohin, und es liegt an uns, alles am Laufen zu halten. Also müssen wir uns um etwas Disziplin bemühen, und das beginnt meiner Meinung nach damit, alle Offensivwaffen auszuhändigen.«

»Was passiert damit?«, fragte ein kleiner Knirps, dessen Mutter – eine Sängerin – seine Anwesenheit und sein Alter so peinlich war, dass er schlicht nicht weiterwuchs. Während ich mich umsah, fühlte ich mich wie eine Art Peer Gynt in der Halle des Bergkönigs, auch wenn ich mich kaum von den anderen unterschied und alle sich auf die gleiche Art in sich zurückgezogen hatten.

»Wir schließen sie ein.«

»Und wer passt auf den Schlüssel auf?«, fragte Anne Louise. »Und hat dann Zugriff auf all diese Waffen!«

»Das mache ich«, sagte Hollow.

»Warum sollten wir dir vertrauen?«, rief Staboul, und Von Vörst knurrte zustimmend. Ausnahmsweise waren sie sich einig.

»Weil ich an Pazifismus glaube. Ich brauche eure Waffen nicht, Mann.«

»Du glaubst vor allem an Dekadenz«, sagte Von Vörst. Er war ein dünner, steifer Junge, das geschorene Haar mit Peroxid betupft, um es arisch blond zu halten. Staboul trug einen Mantel aus

Schafspelz, ein Kopftuch und ein gezwirntes Goldband samt passender Hose und Hemd.

»Wir sind hier demokratisch«, sagte Hollow. »Also sollten wir abstimmen.« Alle Hände hoben sich, außer Stabouls und Von Vörsts. »Mehrheitsbeschluss.«

»Ich gebe meine Waffe ab, wenn er es auch tut.« Staboul schob den Kopf in Richtung des Preußen. »Ich vertraue ihm nicht.«

»Warum sollte ich mich dem kollektiven Willen ignoranter, verweichlichter Kinder beugen? Die Masse sollte angeführt werden, nicht regieren.«

»Weil wir dich dazu bringen werden«, sagte Hollow. »Du bleibst hier, während Jude und Kit dein Waffenlager in Beschlag nehmen.«

Mit finsterem Blick sah sich Von Vörst nach einer Fluchtmöglichkeit um, aber wir schlüpften bereits durch die Tür, während die anderen ihn umzingelten, allesamt liliputanisch genug, um Gulliver gemeinsam zu stürzen. Ich sah noch, wie sich sein Geist gegen die Erniedrigung sträubte.

Seine Waffe ließ sich schnell finden, selbst im Schutz des Bettzeugs war die Form unverkennbar. Jude entfernte das Laken, um das tote, glänzende Ding zu enthüllen, so schön wie polierte Knochen und so gleichgültig wie selbstgefällig in seiner Existenz. Um sich zu aktivieren, schien es keinen Menschen zu benötigen. Jeden Augenblick hätte es aus eigenem Willen Tod speien können. Wir mochten es zwar erfunden haben, aber es schien mehr Für-sich-Sein auszustrahlen, diesen Eigensinn aller dreidimensionaler Artefakte, als die lebenden, atmenden Menschen, die es erschaffen hatten, mitsamt ihrem konstanten Bedarf, das Leben zu bewahren, mitsamt ihrer gegenseitigen Abhängigkeit, ihrem Auf und Ab der Bedürfnisse. Jude ließ das Laken fallen wie bei einer Enthüllungsfeier und legte einen Finger auf den Abzug.

»Vorsicht!« Ich wusste, sie würde die Waffe auf mich richten.

»Die ist nicht geladen, du Angsthase. Wir müssen noch die Patronenclips finden.«

»Warum? Die sind doch nichts wert, ganz ohne das Gerät.« Ich wählte das Wort sorgfältig aus meinem Arsenal.

»Er könnte sie aufbrechen, eine kleine Menge Schießpulver anhäufen und dann: Puff!«

»Molotowcocktails.«

»Für die braucht man kein Pulver.«

»Ich meinte das Prinzip, nicht das Rezept.«

»Schau noch mal unter seinem Bett nach«, bedeutete sie mir mit dem kurzen Lauf.

Ich ließ mich auf alle viere sinken. Der erstickende Gestank von Von Vörsts Bettwäsche lag schwer auf mir. Er schlief nur mit einem Laken, Bettdecken waren ihm zu unmännlich. Ich stellte mir vor, wie ein harter, männlicher Kuss auf seine knochigen Gliedmaßen traf, und fragte mich, ob er auch Masturbation für den Untergang seiner Männlichkeit hielt. Plötzlich schob sich etwas zwischen meine Pobacken, und ich wusste sofort, was es war, hatte es unbewusst wohl schon erwartet.

»Mach schneller«, sagte Jude.

»Wie soll ich denn suchen, wenn du mir das Ding in den Arsch schiebst?« Wieder wählte ich meine Worte sorgsam, ließ sie kalt herabfallen, um mein Gleichgewicht zu wahren und jegliche Panik zu unterdrücken. Sie lachte, nahm die Mündung aber weg. »Hier sind sie.« Ich lag flach auf dem Bauch und zwang mich weiter unters Bett, um den Pappkarton an der Wand zu fassen zu kriegen. Ich zog ihn zu mir heran und kroch wieder hinaus, keuchend und erhitzt. Er war voller Munition. Zusammen kehrten wir in die Aula zurück, Jude trottete hinter mir her wie eine Gefangene. Ich stellte den Karton auf die Bühne.

»Ihr seid Abschaum«, sagte Von Vörst. »Wie die Hunde streunt ihr durch die Gegend, lauter Gesocks, aber wir arbeiten daran, allein und geheim, euch eines Tages zu zerstören, selbst wenn wir den gesamten Planeten zerstören und von vorne beginnen müssen, nur mit den Reinsten und Stärksten.«

»Ich hoffe, deine Rakete steht schon bereit, Vater Noah«, sagte Hollow. »Schließt sie weg.«

»Sie gehören mir, aber ich erwarte nicht, dass ihr so etwas wie Besitztum respektiert.«

»Du kannst sie wiederhaben, wenn du uns verlässt«, sagte Hollow. »Und jetzt deine.« Er nickte Staboul zu, der seine Pistole aus dem Holster nahm und sie ihm mit dem Griff voran reichte. »Und die auch.« Hollow zeigte auf die überkreuzten Patronengurte. Staboul nahm sie ab und hinterließ tiefe Raupenspuren im dreckigen Schnee seines Schafspelzes.

»Jetzt der Rest.« Nach und nach kamen alle nach vorne wie gerettete Seelen in einem evangelikalen Gottesdienst und ließen ihre Waffen auf den Stapel neben dem Schrank fallen, Schleudern, Schlagringe, ein als Schlagstock verwendeter Baseballschläger, eine mit Eisen überzogene Lanze, gefertigt aus einem gebrochenen Skistock.

»Und was ist mit ihr?«, fragte Staboul.

»Jude?«

Widerwillig wurde ihr Messer hervorgezogen und dem Haufen hinzugefügt. Irgendwie wirkte sie so kleiner. »Und sie auch«, sagte Jude.

»Komm schon, Dara.« Hollows Ton war bestimmt.

»Ich hab Angst.« Sie zitterte sichtlich.

»Wir passen auf dich auf.« Hollow streckte ihr die Hand entgegen, bis sie schließlich eine heimtückische Stahlnadel von ihrem Gürtel löste.

Vorsichtig packten wir alles in den Schrank. Dann verschloss Hollow feierlich die Türen und band sich den Schlüssel mit einem Schnürsenkel um den Hals.

Als ich an diesem Abend im Bett lag, eine Hand in meiner Pyjamahose, um mich sanft zu streicheln, dachte ich an den verschlossenen Schrank und an Von Vörst, der sich in der Dunkelheit zu seinen Waffen schlich, doch dann wurde mir klar, dass er sie nicht zurückfordern würde, dass er durch die Zeremonie gebunden war wie alle anderen, aber dass sie jetzt andere Masken finden mussten, um sich selbst zu schützen, ihre selbst auferlegten Panzer und großen Schnapper, die ihre weichen Leiber verdeckten. Es gibt ein kleines Krustentierchen namens Einsiedlerkrebs, das seinen verletzlichen Bauch in den verlassenen Festungen anderer Schalentiere versteckt. Zwickt sein Zuhause wie ein zu klein gewordener Schuh, ist es an der Zeit, und sein verkrampfter Magen stößt Rülpser aus, lässt den Krebs nach Luft schnappen, die Augen aufreißen, und seine Scheren werden taub und blau. Er muss weiterziehen, muss sein Hinterteil aus der Behausung zerren und den rauen Meeresgrund nach einer geräumigeren Unterkunft absuchen, während über ihm die Schrecken schweben, jederzeit bereit zu Angriff und Verzehr. Dieser furchterregende Augenblick im Leben des Krebses wiederholt sich immer wieder, bis er eines Tages zu groß und langsam wird. Ein solcher Augenblick spielte sich jetzt im gesamten Gebäude ab. Ich fragte mich, ob die patroullierende Belegschaft davon wusste, während sie an jeder Tür innehielt, ob sie die Seufzer hörte, das Geraschel einsamer und verletzlicher Kinder, die sich zum Trost in die Dunkelheit flüchteten. In den nächsten Tagen sollten sie aggressiver, schärfer werden, während sie sich neue Taktiken einfallen ließen, um sich vor den anderen und vor sich selbst zu verteidigen. Meine Hand bewegte sich schneller, bis ich kurz darauf schaudernd und zitternd im Schlaf versank.

Am nächsten Morgen schlief ich lange, verpasste die gemeinschaftliche Frühstücksvöllerei, die Tische voller Konfetti aus Cornflakes und Zucker, die Milchpfützen und den Geruch muffiger Kinder, die gerade aus dem Bett gefallen waren, die obszönen Spiegeleier mit den gelben Pupillen unter einem trüben Fettschleier im zerfetzten Eiweiß. Ich begab mich ins Literaturseminar, das sich an diejenigen richtete, die Aufnahmeprüfungen in Englisch absolvieren wollten, auch wenn ich zu jung dafür war. Wir lasen Shakespeares *Othello*, das ich sowohl in einer Variante aus der Oper kannte, zu der mich meine Eltern in Mailand mitgenommen hatten, als auch als Stück selbst, das ich als Schulproduktion auf einem abgeschiedenen Campus gesehen hatte, an dem mein Vater einen Vortrag über unterentwickelte Länder hielt: »Der Feigenbaum ohne Früchte – Wie wir unsere Abfälle nutzen können«.

»Und schon hier begegnet uns das Konzept des leidenschaftlichen *Negro*, einem einfachen Mann, dessen Gefühle stürmischer sind als die der gebildeteren Venezianer, was ihn zu einem hervorragenden General macht, allerdings auch zu einem Instrument für Iago. Seine übermäßige Eifersucht ist eine primitive Reaktion, die zu einer primitiven Lösung führt: Mord. Das soll nicht heißen, dass Shakespeare Rassist war, sondern dass er die konventionellen Vorstellungen seiner, und unserer, Zeit nutzte, um daraus große Dramen zu machen.«

»War Leontes schwarz?«

»Entschuldige, Kit, ich verstehe nicht ganz …?«

»Ich dachte nur gerade, dass Leontes ein schwächeres Motiv hat als Othello, außerdem wurde er nicht von Iago provoziert, und doch sind seine Aktionen und Reaktionen sogar noch brutaler und irrationaler.«

»Ja, durchaus. An dieser Stelle sollten wir wohl eher Iagos Motiv berücksichtigen.«

»Sein Motiv dient doch sicherlich nur dem Zweck, seine invertierte sexuelle Angst vor und seinen Hass auf Othello zu rationalisieren. Es sei denn, wir betrachten Othello und Iago als zwei Seiten einer Persönlichkeit.« Ich hatte mitbekommen, wie meine Eltern dieses Thema beim Frühstück diskutierten.

»Ja, daran werden wir bis zur nächsten Stunde zu kauen haben.« Der Gong erlöste ihn.

Nachmittags war das Gebäude verlassen, die Kinder und Angestellten fort auf den kalten Schneepisten, bis auf die Hausmutter, die in ihren Wohnräumen neben dem Krankenzimmer blieb, weshalb es mich überraschte, den Nebelhornklang eines gedämpften Saiteninstruments aus Judes Zimmer zu hören. Ich klopfte.

»Wer ist da?«

»Kit.« Pause.

»Du kannst reinkommen.« Ich öffnete die Tür. »Und jetzt schließ ab. Wenn du herumschleichst, könnten andere das Gleiche machen.«

»Ich habe niemanden gesehen. Ich wusste nicht mal, dass du hier bist, bis ich das Cello gehört habe. Und selbst, also, ich meine, ich wusste nicht …«

»Das weiß niemand. An einem Ort wie diesem würden sie mich für einen Weichling halten, wenn ich verrate, mich für etwas so Zivilisiertes wie Musik zu interessieren.«

Ich fand, damit lag sie falsch, widersprach aber nicht. Mir schien es, als würde St. Gelbert's alles akzeptieren, solange man es nur mit ausreichend Großtuerei vermittelte; noch hatte niemand versucht, hinter meine Maske zu blicken. Alle waren zu sehr mit sich selbst beschäftigt. Aber vielleicht musste Jude es geheim halten.

»Ich hole mir mein Messer.«

»Wie?«

»Ich habe Hollow den Schlüssel abgenommen, als er high war.«

»Wird ihm das nicht auffallen?«

»Ich bringe ihn einfach bei seinem nächsten Trip zurück. Heute Abend.«

»Aber du wirst das Messer nicht herumtragen können.«

»Nein, aber ich will nicht, dass es bei dem ganzen Rest herumliegt. Ich brauche es.«

»Das denken sie doch alle.«

»Wann lassen sich deine Eltern scheiden?« Sie schlug mir die Frage so hart ins Gesicht, dass ich blinzelte und beinahe zurückgewichen wäre.

»Gar nicht.«

»Natürlich. Warum würden sie dich ansonsten hierherschicken. Du wirst sitzen gelassen wie der Rest von uns, damit sie sich in Ruhe trennen können.«

»Mein Vater hat schon eine Scheidung hinter sich.«

»Na und? Hollow hat drei Daddys und zwei Mommys.«

»Und du?« Ich versuchte, den Spieß umzudrehen.

»Ich bin ein Kind der Liebe. Ein Wunschkind. Meine Eltern haben sich aus dem ganzen Chaos ausgeklinkt.«

»Und warum bist du dann hier?«

»Meine Mutter ist bei einem Autounfall gestorben. Mein Vater reist viel.«

»Das tut mir leid.«

»Du kannst dir selbst leidtun. Kuba! Reno oder Las Vegas.«

»Sie lügen mich nie an. Wenn irgendetwas wäre, würden sie mir Bescheid geben.«

»Alle Erwachsenen lügen. Schau sie dir genau an und achte auf die Pausen. Sie können es uns bloß nicht sagen, weil sie die Regeln selbst aufgestellt haben und niemand wissen darf, wenn sie dagegen verstoßen, und außerdem müssen wir so erzogen werden, dass auch wir uns an die Regeln halten. Eine Sauerei! Warum wirft man nicht einfach alles weg und fängt von vorne an. Aber schau sie dir genau an, hör ihnen zu. Dann fällt es dir auch auf. Bald wirst du zum alten Gambit gerufen, und dann verkündet er dir die schlechten Neuigkeiten mit Grabesmiene.«

»Das würden sie mir selbst sagen.«

»Nicht die. Wart's nur ab. Du wirst schon sehen, dass sie genauso sind wie der Rest.«

»Warum bist du so verdammt herzlos?« Das war ein Fehler, aber sie hatte mich verletzt.

»Weil du so kindisch bist. Du denkst, du wüsstest alles, dabei hast du es bloß aus Büchern. Du läufst hier hocherhaben rum und machst dich über alle lustig, verabscheust sie alle, aber ich kenne dich genau.«

»Das kannst du gar nicht«, sagte ich. »Das kann niemand!« Aber ich hatte Angst. Jude war zu mächtig. Ihre Macht durchfuhr mich und zwirbelte mein Zwerchfell zu einem Knoten aus Schrecken.

»Ich wette, du masturbierst nicht mal.«

Ich war froh, dass sie den Fachbegriff benutzt hatte anstatt des St. Gelbert'schen Jargons, dem meine vierwöchige Bekanntschaft mit den *phrases idiomatiques* möglicherweise noch nicht gewachsen war. »Natürlich tue ich das. Für wen hältst du mich denn?«

»Lass mal sehen«, sagte sie und zog am Gürtel meiner Levi's, die ich wie alle anderen als inoffizielle Schuluniform trug, neben Skihosen für formelle Anlässe.

Noch nie hatte mich jemand angefasst, trotzdem verstand ich; ich hatte genug gelesen. Wo sich ihre Hände bewegten, züngelten

Flammen auf, machten mich machtlos, und ich konnte nicht mehr fliehen, während sie meinen Reißverschluss aufzog. »Du bist noch Jungfrau«, sagte sie. »Du wirst losgehen wie eine Bombe.« Ich spannte die Beine an, um nicht umzukippen, und als mich Schmerz und Lust bissen, hörte ich sie sagen: »Das hat nichts mit Liebe zu tun, Kit, rein gar nichts.« Mein Mund füllte sich mit Asche.

In der Aula gab es ein Telefon, aber das benutzte ich nicht. Ich lief zur Bar im Dorf. »*Je veux téléphoner ...*« Die Nummer schien die Telefonistin zu überraschen, denn sie sagte misstrauisch, ich müsse den Anruf anmelden. Ich wartete eine Stunde lang, trank Tasse um Tasse schwarzen Kaffee, bis mein Herz hämmerte und die Nervenenden unter meiner Haut bebten. »*C'est à moi!*«, rief ich, als das Telefon klingelte. Der Besitzer nahm ab und hielt mir den Hörer stumm entgegen. Ihre Stimme klang sehr weit entfernt. Später erfuhr ich, dass sie noch nicht wach gewesen waren. »Ihr müsst mich abholen.«

»Warum, Kit? Was ist los?«

»Ich bin nicht bereit, hier noch mehr Zeit zu verschwenden. Ich würde mehr lernen, wenn ich mit einem Butterbrot durch die Welt ziehe.«

»Mit einem was?«

»Egal. Wie auch immer, ich gehe hier weg.«

»Das ist eine Art von Erpressung.«

»Ich weiß.« Es gab eine Pause. Ich bemühte mich, ihre Atemzüge zu erhaschen, um der mechanischen Stille etwas entgegenzuhalten.

»Ist es so dringend?«

»Ja.« Wieder eine Pause. Vielleicht berieten sie sich.

»Dein Vater hat ein Bankkonto in Genf.«

»Ja.«

»Wir kontaktieren sie. Mach dir keine Sorgen, Darling. Es wird nicht lange dauern. Ich kümmere mich, so schnell ich kann. Und jetzt geh wieder zur Schule und hab Geduld.«

»Versprochen?«

»Versprochen.«

Ich wartete zwei Tage, zumeist eingeschlossen in meinem Zimmer, nur zwischendurch ging ich runter ins Dorf, schmuggelte Essen in die Schule und aß allein. Am dritten Tag klopfte es an meiner Tür. »Wer ist da?«

»Dr. Gambit möchte dich sehen«, rief die Stimme der Sekretärin.

»Ich komme sofort.« Judes Worte in meinem Kopf ließen mich elend und schwach werden, aber ich stand vom Bett auf, kämmte mir die Haare und schloss die Tür auf.

»Anscheinend können deine Eltern nicht ohne dich auskommen«, sagte der Rektor und reichte mir einen Brief. Er war von der Bank meines Vaters und beinhaltete Fluganweisungen und Tickets. »Dir bleibt nicht viel Zeit zum Packen. Glaubst du, du schaffst es rechtzeitig?«

»Ich denke schon.« Ich versuchte, nicht allzu begierig zu wirken.

»Miss Sexton wird dich zum Bahnhof bringen.« Er streckte die Hand aus. »Es tut mir leid, dass wir nur eine kurze Zeit miteinander verbringen konnten, Kit. Viel Erfolg.«

»Auf Wiedersehen.« Ich schüttelte seine Hand. Falls ich mich je an einer Kindheit versucht hatte, war sie nun vorüber. Ich hatte den Gesprächen zu Tisch und am Abend unter den herumlungernden Gruppen zugehört und angenommen, dass sie mich nicht betrafen, uns nicht betrafen. Jude, obwohl ich ihre Worte heftig bestritten hatte, ließ mich daran zweifeln, und ihre Hände an meinen Schenkeln hatten Geschichten gesät und Drachenzähne tief in meinem Bauch hinterlassen. Ich sah zu, wie sie schlüpften, gleich Maden in den Gedärmen eines toten Tieres, wie sie meinen Unglauben und meine Ignoranz verschlangen, so dass ich nach meiner Rückkehr genau beobachtete und lauschte, um niemals wieder nackt erwischt zu werden.

Und jetzt verstand ich alles: das plötzliche Aussetzen der Gespräche, sobald ich den Raum betrat, die gegenseitige Höflichkeit, die nie hinterfragten Ausflüge, die wechselnden Gesichter unseres Haushalts, die unerklärte und immer wiederkehrende Spannung. Ich stellte keine Fragen. Ich wollte weder meine Vermutungen bestätigt wissen noch belogen werden. Dafür war ich zu alt. Ich empfand nichts als Wut, weil meine Unschuld mich so verletzlich gemacht hatte, und Scham. Man könnte argumentieren, es sei eine Verschwendung emotionaler Energie, sich für einen Zustand zu schämen, der nur durch die eigene Jugend und Erziehung zustande kommt, die sich nicht abändern lassen, aber schließlich schämt man sich auch für adoleszente Akne, für einen verkrüppelten Arm oder die Unfähigkeit, die Sprache des Landes zu sprechen, in dem man sich gerade befindet, selbst wenn es sich dabei um Paschto handelt. Man schämt sich, weil man auf gewisse Weise unzureichend ist, unvollkommen, verglichen mit irgendeinem Ideal. In unserer Familie galten Ignoranz und Dummheit zwar nicht als Straftat, aber eindeutig als Makel. Meine Eltern hatten Mitgefühl für aussichtslos Minderbemittelte, aber zu sagen hatten sie ihnen trotzdem nichts. Mein Vater schüttelte ihnen die Hand und ließ Floskeln über sie regnen; meine Mutter zog sich in ein schüchternes, angespanntes Schweigen zurück, weil sie weder mit ihnen noch mit ihren eigenen Schuldgefühlen umgehen konnte. Nur Schönheit und Vernunft konnten die Welt retten, doch im Angesicht des ungeheuren Ausmaßes, das diese sanften, siderischen Zwillinge überwinden mussten, versteckte sie sich in einem hartnäckigen Pessimismus, der darauf beruhte, dass uns

Leonidas' Schicksal bevorstand und weder uns noch ihm eine andere Wahl blieb als zu kämpfen. Immerzu lebte ich in der Furcht, mich auf der anderen Seite wiederzufinden, inmitten der ungepflegten Barbardenhorde, und mitansehen zu müssen, wie sich meine Eltern abwandten. Manchmal hörte ich, wie meine Stimme zu Meinungen eilte, die sie womöglich für naiv befinden würden, und dann entschuldigte ich mich stotternd. Sie waren immer geduldig und rational, und ich hätte mir keine Sorgen machen müssen, aber damals wusste ich noch nicht, dass ich ein Monster war.

Vielleicht hatte mein Vater zurecht auf St. Gelbert's bestanden. Fraglos lernte ich in meinen vier Wochen dort die einzigen beiden Dinge, die mich anderweitig viel mehr Zeit gekostet hätten oder ich vielleicht nie herausgefunden hätte: Das Erste brachte mir Jude bei, beim Zweiten half Hollow.

Nach meiner Heimkehr stellte mir meine Mutter keine Fragen. Ich war zu Fantah und unserer Farm in Massachusetts zurückgekehrt, um ihre Ankunft zu erwarten, lenkte mich jedoch von meinen neuen Erkenntnissen ab, indem ich angeln ging und den langen, schwülen Pfad zwischen aufragenden Maisstauden entlanglief, wo ich nachts schlaflos mit anhörte, wie die Farmer auf die Waschbären mit ihren Zitronenäuglein schossen, das liebste Kuscheltier eines jeden Kindes, bis Staub und Schweiß auf meinen Fußsohlen anbackten und ich meinen Lieblingsflussabschnitt erreichte, mit den Trittsteinen, auf denen ich das Kind mimen konnte, während ich darauf wartete, meine erwachsenen Weisheiten auszutesten.

»Was lief falsch?«, fragte mein Vater.

»Wir haben kaum etwas gelernt, und wenn, dann war es zu einfach.« Ich spürte, wie er bedeutungsvoll eine Augenbraue in Richtung meiner Mutter hob.

»Das könnte stimmen. Kit ist es gewohnt, allein zu arbeiten, und deren Standards kennen wir nicht.«

»Ich halte einen Besuch beim Pädagogen für angemessen. Ein paar Tests, und dann wissen wir, wo wir stehen.«

Wir flogen nach New York. »Bist du nervös?«, fragte sie.

»Überhaupt nicht. Das wird doch keine Konsequenzen haben, oder?«

»Nein«, lächelte sie. »Überhaupt keine.«

»Dann wird es mir sicher Spaß machen, wie ein Quiz oder Kreuzworträtsel.«

»Gut.«

»Du bist verrückt und genial«, sagte Hollow in meinem Kopf.

Die Dame im cappuccinofarbenen Kleid mit Federn aus einer Auswahl feuriger *petits fours* spielte etwa eine Stunde lang mit mir, während meine Mutter in Ovids *Metamorphosen* versank und den Stapel Hochglanzmagazine auf dem polierten Tisch im Wartezimmer verschmähte. Endlich, nachdem ich der Dame vorgelesen hatte, Formen für sie identifiziert, Listen von Gegensätzen und Wortgruppen aufgeschrieben, Geschichten über Tintenkleckse erzählt, Figuren zugeordnet und einzelne Personen aussortiert hatte, bis ich mich fühlte wie Kim in Rudyards gleichnamigem Roman, mitten im Training für das *Great Game*, als ich schon erwartete, dass sie eine Kiste voller Edelsteine auf dem hellblauen Tisch auskippen würde, um mein Gedächtnis zu testen (blau, sinnierte ich an einem Punkt, weil es beruhigend war und Kindergarten, warum rasierte sie aus demselben Grund nicht die schwarzen Tiefen ihrer Achselhöhlen?), wurde meine Mutter hereingebeten, und ich übernahm ihren Platz.

»Also«, sagte mein Vater, »wie bist du zurechtgekommen?«

»Wusstest du, dass du ein fotografisches Gedächtnis hast?«, fragte meine Mutter.

»Ja«, sagte ich. »Das hatte ich schon immer. Haben das nicht alle?«

»Nein. Der Rest von uns muss sich auf die harte Tour erinnern.«

»Es bringt nicht viel, solange du nicht verstehst, woran du dich erinnerst.« Mein Vater klang etwas aufgebracht.

»Ich denke, darum müssen wir uns bei Kits IQ nicht sorgen.«

»Und das Lesealter?«

»Spielt keine Rolle«, sagte sie. »Das lässt sich nicht mehr messen, es ist jenseits der Skala.«

Mein Vater wusste nicht, ob er zufrieden oder beleidigt sein sollte. »Zahlen?«

»Da braucht es etwas Hilfestellung.«

»Keine Schulen mehr«, warf ich schnell ein. »Nur für Mathe ist es die Sache nicht wert. Sonst renne ich weg.«

»Erpressung, Kit«, sagte sie.

»Mir bleibt keine andere Wahl«, sagte ich. »Ehrlich.«

»Wir werden das noch genauer besprechen.« Das war mein Signal. Ich ging hinaus in den Flur und ließ sie meine Schritte die Treppe hinauf hören, ehe ich ins Badezimmer ging, wo man, wie ich aus Erfahrung wusste, alles mitbekam, was in dem passend benannten Salon vor sich ging. Diese Akustik hatte ich bemerkt, als ich noch recht klein gewesen war und mich wunderte, wie deutlich man das laufende Wasser von unten hören konnte. Umgekehrt sollte es genauso funktionieren. Ich wusste auch, dass sich Menschen in Sicherheit wähnten, nicht belauscht zu werden, wenn sie von vier Wänden umgeben waren. Solange man nicht an die Vorstellung von Überwachung gewohnt war oder vermutete, das Zimmer könne verwanzt sein, bedeutete außer Sichtweite gleichermaßen außer Hörweite.

»Unser Kind fällt wohl etwas aus dem Rahmen«, hörte ich meine Mutter sagen.

»Vielleicht versuchen wir es mit einer Tagesschule?«

»Dann würde sich das Umfeld ständig verändern, oder wir müssten Kit jedes Mal allein lassen, wenn wir reisen.«

»London wäre besser.« Ich hielt den Atem an, um ihre Antwort nicht zu verpassen, vor allem aber, um ihr telepathisch zu vermitteln, was sie antworten sollte.

»Das kann ich mir einfach nicht vorstellen. Ich glaube, Kit ist nicht die Sorte Mensch, die es mit einem ständigen Strom an Fremden aufnehmen kann, und bei diesem Intelligenzgrad sollten wir nichts riskieren. Auch wenn die Pädagogin keine Psychiaterin war, hat sie angedeutet, dass Kit eventuell ›sensibel‹ sein könnte, wie man das früher genannt hat.«

»Das ist wirklich sehr altmodisch.«

»Eine grobe Vereinfachung. Trotzdem halte ich es für keine gute Idee, ein Kind über so lange Strecken allein zu lassen.«

»Du meinst, wir müssen unserem heranwachsenden Genie Gesellschaft verschaffen, wenn es denn schon keine Spielgruppe haben darf.« Ich spürte ihr Lachen mehr, als dass ich es hörte. »Und was ist mit der Mathematik? Um im einundzwanzigsten Jahrhundert zu leben, muss ein Kind rechnen können.« Mein Vater hatte die Zukunft immer im Blick. Er hatte sogar alle Zeiten phantastisch gut im Blick, was ihn bisweilen etwas jehovahesk wirken ließ; Minuten und Millennien wurden bei ihm nicht nur präzise erfasst, sondern mit Phantasie erfüllt, weshalb das Publikum seiner Vorträge, handelten sie auch vom Analphabetismus unter russischen Leibeigenen im achtzehnten Jahrhundert, meinen konnte, es lese Puschkin oder einen Augenzeugenbericht.

»Eine private Lehrkraft?«

»Das wäre nicht verkehrt. Ich würde es selbst übernehmen, doch mir fehlt die Zeit, und außerdem ist Kit wahrscheinlich schon zu alt, um von mir zu lernen.« Er hatte mir die Grundlagen der Arithmetik beigebracht, indem er mit Fantah und mir Karten spielte, insbesondere Cribbage. Dann hatte er mich in Dezimalzahlen und Brüchen instruiert, damit ich etwas von den Statistiken verstand, über die sie gelegentlich sprachen, später kamen Prozentsätze dazu. Mehr musste ich nicht hören, also ließ ich die Toilettenspülung rauschen.

Von da an wich ich nicht mehr von ihrer Seite. Meine privaten Lehrkräfte kamen und gingen noch regelmäßiger als die Assistenzen meines Vaters, bis sie nach ein paar Jahren völlig ausblieben, auch wenn der Unterricht ganz nach meinen Wünschen wieder aufgenommen werden konnte, wenn ich alt genug war, um irgendwo zur Universität zu gehen. Bald durfte ich an den Dinnerpartys meiner Eltern teilnehmen, und ich wandte mein neues Wissen bei denjenigen an, die ich dort traf, ein fortwährender Festzug meiner Studien. Je mehr ich lernte, umso mehr erschienen mir Judes Worte wie ein simples Lob. Wie hatten Kunstschaffende das Hirngespinst der Liebe erfunden, fragte ich mich. Sex existierte natürlich, genauso gegenseitiges Interesse, Gemeinschaft und sogar Zuneigung, aber die große Leidenschaft, von der die Welt in Stücke gerissen werden sollte, gab es nicht, auch wenn Literatur, Malerei und Musik sie ohne Unterlass zelebrierten. Vielleicht war sie ein Mythos wie Gott, der nur erdacht worden war, um ein Bedürfnis der Menschheit zu erfüllen und sie zu überzeugen, weiter an diesem Wettlauf teilzunehmen, weil es sie zum Teil eines herrlichen und wunderschönen Ganzen machte. Meine Eltern befragte ich nicht, weil ich ihnen nicht zeigen wollte, was ich wusste, und weil ich fürchtete, auch sie selbst würden nicht ohne dieses Angebot eines persönlichen Utopia auskommen und mich entweder anlügen oder mir ihre Unzulänglichkeiten aufzeigen, indem sie sich etwas vormachten. Noch wollte ich sie nicht vom Thron stoßen. Dann bliebe mir nichts mehr. Vor St. Gelbert's hatte ich mir keine Gedanken über die Liebe gemacht. Meine Reaktion auf Roddy war unreflektiert, und jetzt konnte ich nicht entscheiden, ob dieser Nachmittag am Fluss ein Libellenflickern dieser legendären Emotion gewesen war oder nichts als Sex.

»Jung bin ich, und weiß noch nicht,
Wie man der Liebe dienstlich ist,
Sie wie gewinnen, und wie sie binden,
Wann zu lieben, wann entschwinden.

Nimm mich, nimm mich, Teil von dir,
Solang ich jung bin, noch ganz bei mir.«

Als ich mich zuletzt in der Gesellschaft von Drydens Jungfrau wähnen konnte, war ich zu jung, um jemandes Interesse zu wecken. Jude, die sich damit ein seltsames Bedürfnis erfüllte, ließ mich diesen Akt erleben und zurückweisen, als hätte ihre Berührung mich ganz automatisch in Ekstase versetzt, sie hatte mir einen Eissplitter ins Herz getrieben, den sie aus dem verkrusteten Eiskristall ihres eigenen genommen hatte, und meine emotionale Jungfräulichkeit durchstoßen, als hätte diese nie existiert. Besitzt man sie noch nach der Pubertät, könnte man genauso gut mit einer Glückshaube durchs Leben gehen; doch sie so jung abgelegt zu haben, schien mehr mit Perversität als jugendlicher Achtlosigkeit zu tun zu haben. Und trotzdem war ich zu jener Zeit wütend gewesen, weil ich sie hatte erleiden müssen.

Ich beurteilte die Entscheidungen meines Vaters so amüsiert wie leidenschaftlich; die meiner Mutter blieben mir verborgen, auch wenn ich während des Flugs Blicke zwischen ihr und einem rothaarigen Mann beobachtete, die meine Hände zunächst taub werden ließen, gleichzeitig überraschte und amüsierte mich das rote Haar und wie sie darauf reagierte.

Und so, nach diesem Ausflug für meine liebe Leserschaft, in dem ich meinen Bildungsweg beleuchten und uns einander vorstellen konnte, ähnlich wie in Ibsens verachtetem ersten Akt, kehren wir zu Aias zurück. Ich warnte Sie bereits vor den scheinbaren Belanglosigkeiten, mit denen ich mein blankes Skelett aus Beton und Frässtahl stuckiere. Wie ein Amulett der alten Welt. Ich bin ein entkerntes Stadthaus, wie es John Nash entworfen hätte, werde tagein, tagaus umgebaut, klinisch und utilitaristisch, doch meine klassische Fassade des einfachen, unschuldigen Menschenkinds soll dabei bewahrt werden.

Mein Vater hatte Aias an einer obskuren Berufsfachschule an der Westküste von Wales aufgesammelt (bei jedem anderen hätte ich von Aufgabeln gesprochen). Ich war nie dort, kann es mir aber nur zu gut vorstellen: zerklüftete Berge, schwarze Felsen, Sprühregen und Niesel, die Schafe sympathischer als die menschliche Rinderherde. Er lehnte Einladungen zu Vorlesungen niemals ab, ganz egal, wie entlegen der Ort oder die Resonanz auch sein mochten. Selbst den anschließenden Sherry im Belegschaftszimmer kann ich mir gut vorstellen, dazu das zerkochte Mittagessen oder Dinner aus der Mensa; die verzweifelte Suche meines Vaters nach irgendeinem Gesprächsgegenüber unter dem versteckten Klerus, mit dem solch missionarische Außenstellen besetzt werden, um die Heilsbotschaft nach Hiob unter die Bevölkerung zu bringen, die sonst so hell und frei sein könnte, mein Vater mitten im Versuch, seine dynamische Kraft wieder aufzufrischen, da sie ihn während der Vorlesung verlassen hatte, indem er die Stärke anderer in sich erdete oder ein Energiefeld zwischen zwei Polen eines Dialogs aufbaute, um seinen Akku aufzuladen. Und Aias wäre durch einen ähnlichen Impuls zu meinem Vater hingezogen worden, vielleicht nach Monaten langsamer Korrosion und Schwächung der Gehirnzellen. Entstanden wäre so ein Blitz inmitten des Zwielichts dieser nasskalten Akademie, den mein Vater fälschlicherweise für Bewunderung oder Sex gehalten hätte. Vielleicht war auch das Licht nicht sonderlich gut, weshalb er sich im Alter der Liebschaft meiner Mutter verschätzte und verlauten ließ: »Ich verstehe nicht, wie Sie es hier aushalten können.«

Und die Antwort: »Ich auch nicht.«

»Wir müssen etwas unternehmen. Wie würde es Ihnen gefallen, wenn …?« Und die Liebschaft meiner Mutter, überrascht von der Wärme und Ernsthaftigkeit des Angebots: »Ja, ich könnte zu Beginn der Ferien kommen«, gleichermaßen impulsiv und unschuldig.

Natürlich wusste ich in diesem ersten Augenblick im Wohnzimmer nichts von alldem; mir schien nur als fehle hier etwas viel mehr, als dass es schieflief. Zu Beginn betrachteten die Assistenzen meinen Vater immer mit treuem Welpenblick, der, wie ich schon bemerkte, nie an ihre eigentlichen Herrchen oder Frauchen gerichtet war, sondern nach innen, in Richtung ihres eigenen kleinen und bezaubernden Selbst (vielleicht schöpfte mein Vater seine Energie aus diesem Brunnen der Bewunderung). Wenn sie heranreiften (und dies geschah genauso schnell wie bei Welpen, die von Woche zu Woche wachsen), wurden sie aggressiv und drohten auszubrechen, ihre Blicke abwechselnd protzig und eingeschnappt, doch nun auf meinen Vater fixiert, bis sie irgendwann glasig und gleichgültig wurden. Dann gingen sie. Aias' Blick war kühl, ein Lächeln in den Augen. Was auch immer dahinter liegen mochte, ließ sich nicht einfach hervorholen. Aias blickte durch eine Glasscheibe.

»Wann fahren wir?«, fragte ich meine Mutter und ließ die Jalousie auf das schwarze Taxi fallen.

»Am Donnerstag.«

»Und wofür sprichst du dich aus?«

»Dafür, genau wie du, sehr sogar.«

Ich war das Risiko einer direkten Frage eingegangen, etwas, das wir in unserer Familie eigentlich vermeiden, und war überrascht von der direkten Antwort, die nur durch das Zitat meiner eigenen Worte leicht abgefälscht wurde. Seit ich von der Schule zurückgekehrt war, fragte ich mich, was sie von den rollierenden Assistenzen meines Vaters hielt, auf welche Regelung sie sich wohl geeinigt hatten. Plötzlich verstand ich den Grund für meine Scheu vor direkten Fragen, die ich immer hinter einem stilistischen Schleier verdeckte, denn wenn ich sie stellte, würde meine Mutter mir die Wahrheit entgegnen, und ihre Wahrheit würde mir womöglich Angst einjagen.

Wir besitzen, neben der Farm in Massachusetts und der Wohnung in London, eine Villa in Iticino. Außerdem gibt es ein Chalet am Rand der am wenigsten vom Tourismus frequentierten Schweizer Alpen, die ich zum Wohl meines Vaters nicht namentlich nennen werde, da er als Einziger dorthin reist, im Gepäck immer eine Assistenz und eine noch ungeschriebene wissenschaftliche Arbeit, um zurückzukehren wie Moses, beladen mit guter Gesundheit und den statistischen Tabellen des Wirtschaftsrechts, die zum neuen Pakt der Kapitalismus-Anbetenden weltweit werden sollen, national wie individuell, vereint allesamt in ihrer Hingabe zum Goldenen Kalb. Ihnen nachzutragen, dass sie sein reines Denkvermögen für ihre Zwecke entfremden, hatte er schon lange aufgegeben, falls er es überhaupt jemals tat, denn, wie ich beim Abendessen hörte, sie seien ohnehin Schurken, auch ohne das Wissen, das er ihnen überließ, nur eben tölpelhaft und uninformiert, würden mit ihren Spekulationen und Manipulationen Panik und Elend auslösen, wohingegen sie dank seiner Beiträge zumindest nur den Fortschritt hemmten. Es sei, wie er so oft sagt, wie der Unterschied zwischen Dominostein und Damespiel. Er selbst widmet sich nur dem Schachmatt mathematischer Reflexionen. Meine Mutter spielt nichts außer Bluff. Ich fragte mich, welche Spiele Aias spielte. Einmal hatte ich eine sechswöchige Leidenschaft für Mah-Jongg entwickelt; die Komplexität, die Ästhetik der Steine, das Gefühl, an einem historischen und raffinierten Übel teilzuhaben, dem nur Opiumgenuss gleichkommt, und die Legende, laut der kein Westmensch östlich des Suez sich je daran wagen sollte. Wer Bluff nicht kennt, sollte wissen, dass ich meine Mutter natürlich schlechtrede, indem ich den Namen ihres liebsten Spiels nenne; wer es kennt, wird wissen, dass ich nur ihre emotionale Subtilität loben möchte.

Es dämmerte noch, als wir uns am Flughafen trafen. Mein Vater bricht gerne früh auf. Lässt man ihm die Wahl zwischen einer angenehmen und einer spartanischen Uhrzeit, gibt es für ihn keine Wahl. Es hat irgendetwas mit seinem skandinavischen Lutheranismus in Kombination mit den langen Winternächten seiner Kindheit zu tun. Grand'mère ist genauso. Es braucht enorme Willensstärke, um im Dunkeln aufzustehen und sich auf erleuchtete Straßen zu begeben, obwohl man weiß, dass der ganze Arbeitstag noch bevorsteht und man diese Gebäude in kühlem Licht und erneuter Schwärze ansehen muss, ehe die Zeit für sich selbst beginnen kann. Jeder Tag wird zu einer Wikingerexpedition in die Kälte und Dunkelheit. Will man stark sein, zu den Berserkern gehören, will man überhaupt aufstehen, so hat man das in der Frühe und in aller Eile zu tun; es ist der erste Überfall des Tages. Natürlich ist mein Vater kein Lutheraner mehr, aber diese gedanklichen Gewohnheiten sind so eng mit ihm verflochten wie der Rhythmus des englischen Gebetsbuchs mit der Sprache meiner ungläubigen Mutter. Im Bett zu liegen, bedeutet auch, die Sünde in die kuschelige Wärme der Decken zu locken.

Durch die Glastür der Abflughalle konnten wir die graue Wüste aus Startbahn und Feld sehen, die verbrauchten Glühwürmer der Lichter, die den kohleschwarzen Streifen überzogen. Am Vorabend, das wusste ich, hatten sie inmitten der restlichen Stadtlichter geglüht, die einen brillanten Brustschutz für eine schlafende Titanin abgeben würden oder einen juwelenbesetzten Umhang für die Königin der Nacht. Die Stadt auf ihrem Rücken, aufgewühlt von flammenden Edelsteinen, ist ein wunderschöner Anblick, wenn man in einem Düsenjet über ihr schwebt und nur darauf wartet, sich wie Jupiter auf Semele zu stürzen. Aber jetzt war es noch früh am Tag.

Zu dieser Stunde, hinter diesem Glas, sprachen die Menschen leise, flüsterten beinahe andächtig, als säßen sie im Angesicht Gottes, was, wie sie fürchteten, schon bald der Realität entsprechen könnte. Noch sind wir nicht an das Flugzeug, an Flügel gewohnt. Trotz aller Statistiken erwarten wir jedes Mal, dass unsere Erfindung uns im Stich lassen wird. Unsere gesamte Spezies, wir alle haben einen Ikarus-Komplex. Wir wollen durchs Fliegen Zeit sparen, weil unsere Leben so kurz sind und alles schnell erledigt werden muss, damit wir so lange leben können wie nur möglich, und wenn nicht durch Verlängerung der Zeit, dann durch Verdichtung. Wir wollen fliegen und uns von allen Elementen lösen, wir wollen nicht von der mühseligen Raumzeit zurückgehalten werden und den gesamten Wurmschwanz auf der Erde mit uns zerren müssen, so wie wir reisten, bis wir uns endlich in die Lüfte erheben konnten, um an anderer Stelle zu landen. Trotzdem haben wir Angst. Es ist unnatürlich. »Sollten die Menschen Vögel sein, hätte Gott ihnen Flügel gegeben.« Wir haben Angst vor unserem eigenen Stolz, Angst davor, dass Gott genau dieses Flugzeug ausgewählt haben könnte, um unseren Einfallsreichtum und Hochmut zu strafen, weil wir ihn nach unserem eigenen Bild neidisch gemacht haben und er alle hasst, die ihn zu erreichen versuchen, wie die armen Seelen vom Turmbau zu Babel, eine der scheußlichsten Erzählungen, die je erdacht wurde, um uns in die Schranken zu weisen und jegliche revolutionären wie erdumspannenden Bestrebungen zu zerstören. Und nun besitzen wir auch noch die Rakete, die uns aus dem Schoß der Erde befreien und in die Sterne schießen könnte. Aber wir sind Teil der Natur und können nichts Unnatürliches ersinnen. Nur der allmächtige Niemand schreibt uns Verbote vor, sollten wir ihn übertrumpfen und erwachsen werden wollen.

Also bangen wir in den Abflughallen der Flughäfen. Der kleine Mann neben mir, mit dünnen Haaren und einem schicken Handkoffer voller Dokumente, die er während des Flugs studieren würde, damit der Nemesis bloß nicht meinte, er genieße den Flug, und ihn entsprechend bestrafte, wippte vor und zurück, und ich versuchte, sein Blinzeltempo zu errechnen; die Frau mittleren Alters mit der juwelenbesetzten Kleopatra-Brille hing am Arm ihres Mannes, der ihr geistesabwesend die Hand tätschelte. Die Tür öffnete sich. Die anmutige Stewardess stellte uns die Marschbefehle aus; jetzt gab es kein Zurück mehr. Der kleine Mann schluckte schwer. Wir schritten in einer ordentlichen, stillen Reihe nach vorn, um unser Schicksal herauszufordern.

»Sie sind sehr schön«, sagte Aias.

»Wer?«

»Die Flugzeuge. Ihre Form, und dass sie aus Metall gemacht sind. Mit den Nieten wirken sie zerbrechlich und gleichzeitig tapfer.«

Hatte Aias Angst? Ich suchte nach möglichen Anzeichen, konnte aber keine finden. Ich stellte mir die Liebschaft meiner

Mutter wie bei Milton vor, »häuptlings aus äther'schen Höh'n gestoßen«, das blonde Haar vom Kopf fließend wie Wogen gegossener Bronze, Ikarus-Phaeton-Luzifer, die rebellische Dreieinigkeit der Gottessöhne, mit ausgebreiteten Flügeln lächelnd, große Federn, die die fallende Gestalt auffingen und in himmelblaue Höhen trugen. Zuerst war ich überrascht, die drei nicht über Aias' Kopf auf dem blauen Plastikkissen der Kopfstütze kreisen zu sehen, und fragte mich, was die sittsame englische Stewardess in ihrer ordentlichen marineblauen Uniform wohl gesagt hätte anstatt: »Guten Morgen, sehr geehrte Damen und Herren. Im Namen des Kapitäns und der Crew darf ich Sie an Bord willkommen heißen. Bitte legen Sie Ihren Sicherheitsgurt an.«

»Fliegen ist für mich immer noch so neu, dass ich es jedes Mal aufregend finde.« Aias steckte die beiden Hälften der Metallschnalle so entschlossen ineinander, wie man sich das Schwert in sehr, sehr frühen Mantel-und-Degen-Filmen anlegte.

»Ich kann mich nicht mehr an meinen ersten Flug erinnern«, sagte ich. »Warum ist es so aufregend?«

» Nun, es geht dabei auch um Sex und Tod, nehme ich an.« Die Liebschaft meiner Mutter war clever und hatte beschlossen, mir auf Augenhöhe zu begegnen.

Die Turbinen saugten und spuckten uns entlang der Häuserreihen aus. Wir stiegen auf, bis unser gleißender Zylinder in den Himmel schoss.

»Apotheose«, sagte Aias. Durch das Fenster sah ich, dass wir von Wolken umgeben waren, die im Sonnenaufgang rot und golden strahlten, was ich leider wunderschön fand. Als Nächstes würde ich wohl noch Gefallen an Schneelandschaften finden.

Das Flugzeug setzte uns in Neapel ab, und wir begaben uns in den Mietwagen, den mein Vater an jedem Flughafen für uns bereitstellen ließ, das Gepäck wurde verladen, dann flohen wir nach

Süden durch Bougainvillea, warmen Staub und Orangenhaine, deren »goldene Lampen in einer grünen Nacht« für den Sommer von ihren matten Decken befreit worden waren; wir untertunnelten Berge oder klammerten uns auf Straßenspiralen an ihre Flanken, neben uns fiel die Landschaft in Felsen und Ebenen ab, das Meer, klar und tief unter uns, lud beinahe zum Sprung ein. Mein Vater fuhr präzise, herrlich, unerschüttert von den kleinkindlichen Wutanfällen der Einheimischen oder der aggressiven Nervosität der Urlaubsreisenden. Aias saß neben ihm; meine Mutter und ich auf dem Rücksitz. Schon jetzt hatte mein Vater aufgegeben, Aias zu bezirzen oder kleinzumachen. Selbst der vage Jähzorn, den ich seiner Stimme ob Aias' Umbenennung entnommen hatte, war durch die entschiedene Vernunft ersetzt worden, die er für die wenigen Personen bewahrte, die ihm gleichgestellt waren. Gelegentlich sah ich, wie meine Mutter die beiden im Rückspiegel beobachtete.

Man nimmt an, dass Iticino ursprünglich eine griechische Siedlung war, da der Name von ihrer Bezeichnung für »Fisch« stammt, bevor das Italienische einen kleinen Fisch daraus machte, weil alle großen schon lange aufgespießt oder ins Netz gegangen waren, mit Nachtlichtern zu ihrem Untergang an die Oberfläche gelockt und schlussendlich mit Dynamit vertrieben worden waren, so dass nichts übrigblieb außer einigen übergroßen und tollkühnen Tintenfischen, die leichtsinnig aus tieferen Gewässern hertrieben, und einer Vielzahl mundgerechter Muscheln und Garnelen, um die immer wieder Rotbarbenschwärme kämpften, auch wenn sie klein genug für einen Zierteich oder die Plastikpüppchen in einer Babybadewanne waren. Iticino wurde erfolgreich von den sarazenischen und spanischen Armeen eingenommen, die beide nichts damit anfangen konnten, und zuletzt von bestimmten Touristengruppen, die sich selbst für besonders reflektiert und empfänglich für die Schönheit der Natur hielten und diesen so kargen Ort, an dem wirklich nur die größten Dickköpfe hängen konnten, genau deshalb schätzten. Zwei steinige Arme formen eine Art Bucht, an einem Streifen Strand werden die Boote vertäut, gleich daneben die Häuschen der Fischerfrauen (die Männer verbringen die meiste Zeit draußen oder in der eigenen Bar) und eine flache Klippe voller kletternder, mediterraner Flora, auf die Spekulanten ihre Touristenvillen gesetzt haben. Mitten zwischen diesen zwei Welten liegt eine Piazza, auf der sich beide Seiten theoretisch treffen könnten, dies aber natürlich nie tun, da physische Nähe jegliche Zusammenkünfte, geschweige denn Intimität, nicht garantiert, sondern eher davon abschreckt. Untereinander sprechen die Fischerleute in einem unverständlichen Dialekt, der als eine Art Gaunersprache dient, halten sich jedoch einen oder zwei Köpfe als Verbindung zur Außenwelt, um den geschmolzenen Strom des einfachen, aber reinen Italienisch der Besuchergruppen zu verstehen, vielleicht sogar Englisch, wenn es von Gestik unterstützt wird, die, wie zu erwarten, aus diversen Filmen gelernt wurde. Auf der kleinen Piazza liegen sich zwei Bars gegenüber, damit beide Seiten beobachten und sinnieren können, wie die andere Hälfte lebt, deren Sitten und Bräuche, was gleichermaßen Neid und Selbstgerechtigkeit auslöst. Von Sommer zu Sommer gibt es Fluktuationen in der Kolonie, doch die Bewohnerschaft, soweit es sich beurteilen lässt, bleibt dieselbe, auch wenn Arturos ältester Sohn Gennaro wohl das Gegenteil denken mag, wenn er in den Lichtern seiner Bar steht und über die dunklen Pflastersteine blickt, auf die bleichen Gesichter und Haare, die einförmigen T-Shirts und kurzen Hosen der Männer und Frauen auf der Touristentribüne, und ihren nervösen Stimmen lauscht.

Die Vorstellung, der Lebensstil der Fischerleute sei aus irgendeinem Grund besser als unserer, ist albern. »Unserer« sage ich, weil es an der Zeit ist, klarzumachen, wo ich stehe oder vielleicht auch sitze. Ich würde mich verkünsteln, wenn ich so täte, als gehörte ich nicht genauso zu meiner Gruppe wie Gennaro zu seiner. So etwas wie einen natürlichen Menschen gibt es nicht, abgesehen von der höchst menschlichen Eigenschaft, sich als einzige aller Spezies bis ins Unendliche an seine Umgebung anpassen zu können. Sowohl eine Aborigine als auch ein Börsenmakler sind natürliche Menschen. Ich sehe keinen Grund, Gennaro um seine sogenannte Natürlichkeit zu beneiden, denn in jedem Fall erscheint es mir, als würde seine Gruppe genauso von Cupidos Habgier regiert (passenderweise steht hier der römische und nicht der griechische Gott, dem wir zumindest die Erotik zu verdanken haben, wenn auch nicht viel mehr) wie unsere. Mir graut es vor uns, aber nicht, weil wir unnatürlich sind, sondern weniger klar definiert. In jedem Menschen steckt eine Leere, doch in den meisten wird sie von deren Zeit und Ort verhüllt wie begrenzt; bei uns scheint es mir allerdings, als könnte unsere dünne Bedeckung in Form von Baumwollhemden und Hosen zu schnell auffliegen und fortwehen wie ein Nichts, während die Fischer in ihren dunkelblauen Strickpullovern und schweren Hosen unerschütterlich sitzenbleiben, die gebräunten und knöchernen Füße fest verankert auf dem Pflaster, die Hartholzhände fest um bauchige Becher geklammert. Vielleicht hat unsere Leichtigkeit auch etwas Gutes. Schließlich könnten die Fischer auch überangepasst sein, verkalkt, während wir in unserer scheinbaren Vergänglichkeit die nächste evolutionäre Mutationsstufe darstellen. Möglicherweise flüchtete der Mensch, der nicht von Gewohnheit, Zeit und Ort aufgehalten wurde, schnell genug vor der nächsten Eiszeit, auch wenn die anderen ihm Leichtfuß, Irrlicht, Tölpel hinterherriefen. Nun ist es die Technologie, die sich auf der ganzen Erde zu den Sternen schießt wie eine zerstörte Erbsenschote, die ihre Samen weit verstreut, während wir uns an archaischen Gesellschaftsformen festhalten wie schwerfällige und versponnene Mammuts, die darauf hoffen, die nächste bitterkalte Jahreszeit zu überstehen, indem sie sich ein noch dickeres Fell zulegen.

Es gab außerdem noch das Hotel Del Golfo Azzurro, das ich vergessen hatte, weil wir unsere eigene Villa besitzen und noch nie dort übernachtet haben, aber dort war ein Zimmer für Aias gebucht worden. Mein Vater hasst Hotels, vielleicht weil er so viele von ihnen ertragen muss; deshalb haben wir mehrere Wohnsitze. Unsere Villa wurde zu Beginn des Booms gebaut und ist dementsprechend solider als die späteren Bauten aus Kiesblöcken und Zement, die in ihren Pastelltönen hinter den gigantischen Kakteen stehen wie Toffee-Würfelchen. Die Fenster sind kleiner; sie ist dunkler, kühler und geräumiger dank hoher Decken und einer Loggia, und weil die Mauern aus Stein errichtet wurden, riechen die Zimmer der Villa beinahe feucht, auch wenn die Außenwände in der Hitze zerbröseln, verlässt man die sonnengeplagte Landschaft, mit ihrem Gezuckel und Geraschel der dürren Stängel und Plastikblätter, dem Zikadenzirpen und Eidechsenflitzen, um die Villa zu betreten, dringt man in eine feuchte, dämmrige Höhle des Schweigens ein, in ein Labyrinth, durch das man sich tasten oder den dünnen Stimmen folgen muss, bis sich Augen und Ohren umgewöhnen. Aber mit Signora Gambardella und ihrer Tochter, die hier leben, solange sie bei unseren Besuchen kochen und putzen, fehlt der Platz für eine weitere Person, und wir brauchen die Gambardellas, da sich Fantah weigert, nach Iticino zu kommen, weil sie sich hier angeblich wie eine Außenseiterin fühlt. Es hat keinen Zweck, ihr zu erklären, dass man in Italien immer angestarrt wird, dass auch wir angestarrt werden und sie den Einheimischen ein exotisches Bildungserlebnis bieten könnte. Fantah steht es nicht nach Missionierung.

Zunächst fuhr mein Vater zur Albergo del Golfo und verschwand mit Aias hinter der harmlosen, sauberen Fassade, so braun wie Toffee mit Kaffeegeschmack, während meine Mutter und ich im Auto blieben und auf den Ausblick starrten, der dem Hotel seinen Namen gab, bis mein Vater wieder herauskam und wir den Hügel hinabfuhren.

»Nicht schlecht für das, was es ist«, sagte er. »Ein ganz anständiges Zimmer mit Balkon. Zum Abendessen soll Aias zu uns kommen.« Meine Mutter nickte. Ich stellte mir vor, wie Aias den Hügel abends erklomm und morgens mit klatschenden Schritten hinabstieg, kleine Staubwölkchen aufwirbelte; im Bett liegend, die Decke anstarrend und an einer Zigarette ziehend. Rauchte Aias? Ich konnte mich nicht erinnern. Wir fuhren an der Haustür vor. Wie durch ein Wunder erschien Signora Gambardella, stand so einladend in dem Portal, als bitte sie um Malerin und Fotograf, die leider nie dabei sind, wenn sich verheißende oder apokalyptische Augenblicke ereignen.

»*Buon giorno, signori. Molto piacere.*« Wenig überschwänglich, dennoch effizient trat sie vor, um mit dem Gepäck zu helfen. Wir trugen es in die Villa, wo alles zu unserer Begrüßung bereitstand, wie mein Vater bemerkte, worauf die Signora das Gesicht verzog und eine abschätzige Handbewegung machte. Aus dem Augenwinkel sah ich, wie eine schmale Gestalt den Salon betrat.

»*Mia figlia!*«, bedeutete ihre Mutter mit offensichtlichem, aber kontrolliertem Stolz. Ich hatte es gewusst und war trotzdem überrascht. Die Entwicklungsstufen der menschlichen Kaulquappe lassen sich genauso konkret darstellen wie bei jedem anderen Tier, und weil sie alle drei Jahre stattfinden, kann man dabei von Schaltjahren sprechen, auch wenn man das erste Jahr als Baby aussparen muss, weil es sich nur um eine Fortsetzung der Zeit in der Gebärmutter handelt. Als wir Renata zuletzt sahen, war sie ein 15-jähriges Kind gewesen, nun war sie eine fast 17-jährige Frau.

Signora Gambardella war eine Fremde aus einer anderen Provinz. Gambardella, falls er denn jemals existiert oder Renata überhaupt gezeugt hatte (es gab viele Möglichkeiten), war schon lange verschwunden, und »*mio marito*« umgab eine merkliche, ungewöhnliche Schweigsamkeit. Die Signora war Iticino auf jede erdenkliche Art und Weise fremd. Sie sprach Italienisch, sie trug leichte Kleider aus Chintz oder Seide, die nicht zu ihrem Alter oder ihren Umständen passen wollten, sie unterrichtete ihre Tochter, und ihre Mitgift war für die einheimischen Söhne außer Reichweite. »*Parla inglese. Sarebbe utile per la pronuncia. È molto importante e difficile la pronuncia.*«

»How do you do?«, sagte Renata leise. Sie war sehr schön, wie es junge Italienerinnen in ihrer ersten, schon bald verwelkenden Blüte sind. Auch sie hatte scheinbar keinerlei Absicht, in Iticino steckenzubleiben. Ich dachte über ihre Mitgift nach, ob es wohl genug sein würde, um einen respektablen Fang auf dem freien Markt zu machen. Ihre Mutter war die örtliche Hexe oder, genauer gesagt, die inoffizielle Krankenschwester und Hebamme. Ob sie tatsächlich qualifiziert war, erfuhren wir nie, aber ihre Fremdheit und ihr scheinbar höherer Bildungsgrad reichten aus. Viele der Frauen gaben ihr den Vorzug, wenn es um die eigenen Wehwehchen oder die der Kinder ging, und hinterließen Geschenke an der Tür, erdrosselte Hühner, Eier, frisch gefangene Fische und Obst, versöhnliche Gaben. Selbst der Arzt bat bei Patientinnen im Wochenbett um ihre Hilfe und war froh, eine Vielzahl der kleinen, unbezahlten Zumutungen abzugeben, seinem Alter geschuldet. Ab und zu mochte sie vielleicht sogar bezahlt werden. Wenn wir dort lebten, weckten mich gelegentlich nächtliche Rufe unter ihrem Fenster, die am nächsten Morgen einen dunklen Schimmer unter ihren Augen und etwas weniger Jugendfrische nach sich zogen, aber niemals eine Beschwerde. Einmal hatte mein Vater den Fehler gemacht, ihr vorzuschlagen, sie solle sich einfach wieder schlafen legen, doch das darauffolgende »Tut mir leid, dass der Herr gestört wurde« gab ihm das Gefühl, die Nase zu tief in ihre Angelegenheiten gesteckt zu haben.

Signora Gambarella war keine Hexe, stattdessen ließ sie sich im Notfall von nichts aus der Ruhe bringen und war peinlich sauber. Dank dieser Eigenschaften erschienen ihre Bewältigung und Heilung gewisser Situationen nicht nur wundersam, sondern brachten ihr auch die Zuneigung meines Vaters ein, der es gerne ruhig, geordnet und nicht verwahrlost hatte, allerdings nicht keimtötend sauber. Ich glaube, meine Mutter hatte keinen Sinn für diese Dinge, solange die Umgebung hübsch dekoriert war und weder Hässlichkeit noch Dreck aufdringlich genug wurden, um bis in ihre Traumwelt vorzudringen. Schönes blieb einfach an ihr haften, umringte sie, als wollte es ganz bewusst die Kulisse eines Kunstwerks bilden, ohne dass meine Mutter es bemerkte, während sie träumerisch in die Ferne blickte wie Venus, eingelullt vom Lautenspieler, dessen Noten vor den Fenstern herabfielen wie Regentropfen, ohne Beachtung zu finden, und kaum wahrgenommene Figuren in der Finsternis unter den Baumkronen zur Dudelsackmelodie eines Satyrs tanzten und lachten. Meine Mutter ist ein Kunstwerk; jede Geste, jeder Ton wurden schon vor langer Zeit von einer Person ausgewählt, für die Oscar Wildes Ausspruch über die eigene Genialität, die komplett ins Leben einfließen möge, ganz selbstverständlich ist.

Angekleidet ist sie immer *la grande dame*. Als das Gepäck verräumt war und mein Vater bei unserer Begutachtung des Hauses festgestellt hatte, dass die Truhen voller Bücher und mechanischer Hilfsmittel für seine Schriftwerke vor uns angekommen waren, nahmen wir ein leichtes Mittagessen zu uns, dazu einen Weißwein aus der Region, und legten uns schlafen, während sich die Hitze über die Erde ergoss wie Lava. Als ich aufwachte, lief ich zum Fenster, dessen Läden noch verschlossen waren, genoss den kühlen Marmorboden unter meinen Füßen und sah hinab auf die hitzigen Gewächse im Garten, die einem weiteren Nachmittag standgehalten hatten und bald dankbar in einer Düsternis versinken würden, die einer Dunkelkammer glich. Der Mann einer der regelmäßigsten Kundinnen der Signora kümmerte sich um die Pflanzen und schenkte ihr jegliche Früchte der jeweiligen Saison: Feigen, Pfirsiche, Weintrauben, *Fichi d'India*, Tomaten, Kürbisse, Melonen. Ich wandte mich ab, begann zu duschen und mich anzuziehen. Ich wollte zuerst unten sein, um ihren Abstieg am Fuße der Treppe zu erwarten.

Es war Odette (oder sollte ich Madame Swann sagen? Vielleicht beide, schließlich bleibt das Erlebnis ohne eine von ihnen unvollständig), die durch den Bois ging, hinter ihr nur mein Vater mit zwei Stufen Abstand. Es war, als schwebten kleine, unsichtbare Schwingen über der Treppe. Und doch ist dieser Kutter, in dem sie saß, nichts als ein Taschenspielertrick. Ich sollte, für Ihr Verständnis, nachempfinden, wie sie mir genau in diesem Augenblick erschien, doch ich schaffe es nicht, möglicherweise weil ich eine Person hinter mir bemerkte, denn Aias war durch die offene Vordertür hereingekommen und starrte nun ebenfalls hinauf. Meine Mutter ist natürlich unermesslich klüger als Madame Swann; ich will mit diesem Vergleich nur die Größe des Anlasses vermitteln. Vielleicht ist es falsch, die eigene Mutter mit einer Kurtisane zu vergleichen, die erst kürzlich an Respekt gewann, weil sie ihren Liebhaber heiratete, aber Sie kennen mich mittlerweile gut genug und wissen, dass wir es hier mit einem meiner brillanten, zweischneidigen Komplimente zu tun haben. Ohnehin ist es Odettes lange Lehrzeit, mit der sich ihr Statusgewinn erklären lässt. Hätte man sie zu einem früheren Zeitpunkt respektabel verheiratet, wäre sie ein Nichts gewesen. Ihr Streben entspringt der Phantasie. Und da liegt der Unterschied. Das ganze Wesen meiner Mutter entspringt der Phantasie. Sie atmet nicht einmal instinktiv wie andere Menschen, sondern macht daraus eine eigene Kunst, gleich des Oboespiels. Ihr Kleid bestand aus einer Art Gaze in Art-Nouveau-Blau und Grün, düster glänzend wie alte Broschen aus Schmetterlingsflügeln oder Pauamuscheln im Perlmutt des Rittersporns. War dies der Augenblick, in dem Aias sich verliebte?

Beim Abendessen bedienten uns Renata und ihre Mutter. Ich beobachtete die wachsende Unruhe meines Vaters. Es war eine Sache, von der Signora bedient zu werden, die ihn wissen ließ, dass sie jedes andere Arrangement als zutiefst beleidigend empfinden würde, oder von der kindlichen Renata, die er mit einem Taschengeld belohnen konnte, doch diese kühle junge Frau war etwas ganz anderes, sie weckte den Verfechter des Egalitarismus in ihm, und er konnte sich nicht schnell genug an die Situation anpassen. Anstatt des Lächelns, das er immerzu wie einen Segen auf das Kind niederließ, murmelte er dem Teller grüner Bohnen ein *Grazie* zu, ohne die geringste Grazie zu zeigen. Vielleicht hatte Renata seine Schroffheit bemerkt, oder vielleicht hatte auch sie beschlossen, sich dem Egalitarismus anzuschließen, denn zum Dessert ließ sie sich nicht mehr blicken, und als der Wein herumgereicht wurde, entspannte sich mein Vater allmählich und strahlte wieder die wohlwollende und magnetische Präsenz aus, die wir so gut kannten.

Sie alle tranken eine ganze Menge. Der Puritanismus meines Vaters reicht nicht bis zu seinen Trinkgewohnheiten. Er behält sein altweltliches Bedürfnis nach Alkohol zu Mahlzeiten bei, das es auch in der Neuen Welt hätte geben können, wäre sie nicht von den Siedlern entdeckt worden. Sie haben ihre Entdeckung nicht ohne Grund Vinland getauft. Ein Land, wo Milch und Honig fließen, mag schön und gut sein, solange man beides zu fermentieren weiß, aber wilde Trauben sind einfach besser. Den ersten Kater hatten sicherlich die Vorfahren meines Vaters. Sie müssen wohl auch meine Vorfahren sein. Dabei fühle ich mich nicht, als stamme ich von meinen Eltern ab; vielmehr sehe ich mich als ein Wechselbalg, das sich die beiden interessantesten Menschen der Welt als Begleitung ausgesucht hat. Ich fühle nichts von demselben Blut, das angeblich schwer durch unsere Venen fließt und uns aneinanderbindet. Außerdem kann ich mir kaum vorstellen, dass Grand'mère die Mutter meines Vaters sein soll, wahrscheinlich weil sie nie auf diesem Verwandtschaftsgrad beharrte. Als junge Frau war sie mit dem alternden Ibsen bekannt und könnte von ihm gelernt haben, welche Sünden und Tugenden Väter ihren Kindern auferlegen. Mir erzählte Grand'mère in meiner Kindheit nur teutonische oder skandinavische Sagen und Märchen, die genug Tod und Leidenschaft beinhalteten, um die Vorstellungskraft eines Kindes zu befeuern, ohne ihm die Last der eigenen Familiengeschichte aufzubürden. Zu meinen Eltern ist sie höflich und gediegen. Mit all dem will ich sagen, dass mir die Vorfahren meines Vaters nicht wie die meinigen erscheinen, auch wenn ich, und das ist seltsam genug, davon überzeugt bin, dass sie mit ihm verwandt sind. Manche Menschen umgibt eine Aura einer anderen Zeit, beinahe so, als hätten sie eine gewisse Epoche übersprungen, um in unserem Jahrhundert zu landen. Das sollte Ihnen auch beweisen, dass es keine Epoche gibt, die mir hätte Platz bieten können. Meine Mutter könnte spätrömisch sein – zu ihr passt dieses Erblühen des Bewusstseins, das in den Geschichtswissenschaften auch als Dekadenz bezeichnet wird. Außerdem hat sie einen exzellenten römischen Kopf – was das Trinken angeht. Mein Vater ist ein Pirat.

Selbst ohne die Probleme mit Renata und den Prinzipien meines Vaters war die Stimmung zunächst unterkühlt. In dermaßen angespannten Situationen senkt meine Mutter ihr hübsches Haupt gerne tief über den Teller und hofft, der Kelch möge an ihr vorübergehen. Ich fragte mich, wie Aias wohl zurechtkommen würde, und aß mein Antipasto mit verstecktem Entzücken, das nichts mit den bunten Leckerbissen zu tun hatte, die die Signora für uns arrangiert hatte. »Du plauderst wie die Bandar-log«, sagt Balu zu seinem kleinen Mogli, der vom ergrauten Arnold of Rugby (mit der Hilfe von General Baghira und Finanzier Kaa) in der Privatschule des Dschungels trainiert wird, um die Menschheit anzuführen, und auf keinen Fall durch den Kontakt mit nichtsnutzigen, dreckigen, geschwätzigen, unwürdigen Unteraffen verdorben werden darf. Ein soziales Muster haben wir mit unseren Affenvettern gemeinsam: Die Schwächeren beschwichtigen die Stärkeren mit sanfter Stimme und Hilfsbereitschaft. Allerdings wurde körperliche Stärke in unserer Spezies durch Geld ersetzt. Die Unterlegenen plaudern; nicht nur vereinzelt, sondern in Gruppen; wie auch die Redseligkeit jüdischer Nachbarschaften sich einen Weg bis zu den Machtsitzen Manhattans gebahnt hat; Frauen; das industrielle Proletariat, nicht aber das Landvolk, das nicht oft genug mit Aggressoren konfrontiert wird, und genauso wenig professionelle Narren aller Arten. Zwischen Affe und Engel steht der Homo vulgaris, der Clown, der schon immer zweideutig war. Aias plauderte, und langsam wurde mir bewusst, dass sich meine Mutter nicht mehr hinter dem Gesprächsfluss versteckte; stattdessen hörte sie zu, denn ihr Schweigen zeugte nicht von Arroganz, sondern vielmehr von einem Kollaps der Selbstsicherheit, auf deren Grundlage sie entscheidet, ob unsere Aussagen ihre Aufmerksamkeit verdient haben. Aias quatschte, plapperte, manipulierte unsichtbare Marionetten, kreierte ganze Szenen und Figuren mit der Leichtigkeit eines Scharlatans. Dann stellte die Liebschaft meiner Mutter geschickt Fragen, forderte sie beide zu Antworten heraus. Meine Mutter setzte sich auf, mein Vater lachte und reichte die Karaffe weiter. Es war eine gute Vorführung, beinahe hätte ich applaudiert. Ich fragte mich, ob Aias vor Angst und Anstrengung schwitzte. Ich sah, wie das dünne Oberteil am ungebräunten Fleisch klebte. Vielleicht war es nur der Wein, der diese Hitzewallung verursachte.

»Dieses Mal«, sagte mein Vater, »werde ich etwas Neues ausprobieren, und ich will, dass ihr mir alle helft. Ich will ein Ideenbuch schreiben.«

»Ist das neu?« Ich nahm ein Grissini und brach es in drei Teile, um daraus ein K zu formen.

»Ja und nein.« Meine frechen Kommentare bringen ihn nie aus der Ruhe. »Dieses Buch wird ein Sokratischer Dialog.«

»Keine Zahlen?« Ich arrangierte die Grissini-Teile zu einem gedrängten A.

»Nur sehr wenige. Es soll ein Symposium werden.«

»Mit Wein?« Ich sah nach, ob Aias den Standpunkt meiner Mutter ergriffen hatte, aber konnte bei all dem aufmerksamen Gelächel nichts erkennen. Es war, als hielt Aias die gesamte Besetzung zwanghaft fest, nachdem man das Stück endlich in Bewegung gebracht hatte, und das mit nichts als reiner Willenskraft.

»Wenn es sein muss. Zahlen langweilen mich. Sie zeigen den Menschen nur, was sie wissen wollen, oder werden dafür auf einen winzigen Zweck reduziert. Wie Malthus. Wenn ich ihnen sage, dass sich ihre Bevölkerung bis zum Ende des Jahrhunderts verdoppeln wird, fragen sie sich nur, wie sie mehr Nahrung herbeischaffen können, und nicht, wie sie das Wachstum stoppen können. Vielleicht ist es an der Zeit, einige Dinge ganz offen zu benennen.«

»Warum brauchst du uns?«

»Vielleicht, um meine eigenen Gedanken zu schärfen, vielleicht, weil das Ganze als Diskussion interessanter wäre. In einer der Kisten, die vor uns ankamen, ist ein Aufnahmegerät.«

»Dann werden wir den Wein wohl brauchen.«

»Du empfindest Aufnahmen also als Hemmnis?« Aias lehnte sich mit der rituellen Kerze, die die Signora immer auf den Altartisch stellte, nach vorne, um meiner Mutter Feuer zu geben.

»Sehr.« Sie nahm einen langen Zug, und sie sahen sich durch die Flamme an.

»Dann wird es mir genauso ergehen. Ich werde sie transkribieren müssen.«

»Sollen die Aufnahmen Wort für Wort übernommen werden«, fragte meine Mutter, »mitsamt den Pausen und Halbsätzen?«

»Nein. Aias und ich werden die Texte überarbeiten und eine Auswahl erstellen. Es wird so fließen wie bei Plato.«

»Und auch so rational sein?«

Er zuckte mit den Schultern in der bekannten Geste des Wer-weiß-das-schon. »Vielleicht. Wir müssen einen Versuch wagen. Entweder werden wir die Namen abändern oder die Initialen verwenden. Figuren sind nicht nötig, nur die verschiedenen Blickwinkel sollen klar werden.«

»Also ist es eigentlich egal«, sagte Aias, »ob wir hinter unseren Aussagen stehen? Könnte man den Advocatus Diaboli geben, um ein Argument voranzutreiben?«

»Ja, das könnte man.«

»Aber beruhen unsere Gedanken nicht darauf, wer wir sind?«,

fragte meine Mutter ihre Liebschaft über den Hellespont des Esstischs hinweg.

»Ruhe«, sagte mein Vater. »Wir fangen bereits an, obwohl das Aufnahmegerät noch nicht angeschaltet ist. Außerdem sind wir alle zu müde. Morgen geht es los.«

»Wilde hat das ein- oder zweimal gemacht, richtig?«, fragte Aias.

»Du meinst *Der Kritiker als Künstler*? Ja, auch das ist ein Sokratischer Dialog. Wenn unsere Diskussion genauso überzeugend und wunderschön sein könnte, würde ein Kunstwerk dabei herauskommen.« Meine Mutter ließ ihr langes Haar wallen, und ich bemerkte ein kaum hörbares, selbstspöttisches Schnauben.

»Wir könnten Renata einmal dazubitten. Es würde ihrem Englisch guttun.« Mein Vater schob seinen Stuhl zurück. »Sollen wir zur Piazza gehen? Dort wird es kühler sein. Ich sage der Signora, sie soll sich keine Mühe mit dem Kaffee machen.«

Meine Mutter zog einen leichten Mantel über, dann liefen wir über das Kopfsteinpflaster durch die satte Dunkelheit. Auf der Piazza floss das Licht der gegenüberliegenden Seiten zusammen wie die schlammigen Uferseiten eines schwarzen Flusses im Mondlicht, die Strömung eine endlose Aneinanderreihung von Körpern, junge Männer wie Frauen, die so fanatisch voneinander getrennt wurden wie in einer altmodischen Sonntagsschule in New England, dabei waren sie sich der anderen Seite so bewusst, dass sich die Spannung zwischen den Wellenketten förmlich kräuselte. Wir nahmen in einer halbleeren Bar Platz; die Saison hatte gerade erst begonnen, noch blieb die volle Touristenflut aus.

»Du musst das Feuerwasser aus der Gegend probieren, *anice*, eine Art derber Pernod. Die Fischer trinken ihn im Kaffee, wenn es morgens kalt ist, obwohl das an einem so heißen Abend kaum vorstellbar sein mag. Kann ich dich heute dazu verlocken, Darling?«

Meine Mutter schüttelte den Kopf. »Und was ist mit Kit?«

»Ja, ich hätte gerne einen.« Ich wollte Wasser dazugeben, um mir vorzustellen, ich tränke Absinth, die grüne Sündenmilch des Teufels Stute, gewonnen von Hekates trockenen Brüsten. Gennaro würde einen milchgetränkten Cappuccino trinken, in dem Glauben, etwas Stärkeres verderbe ihm den Magen oder die Nerven. Ich versuchte, ihn am anderen Ufer zu erkennen, doch er war nicht da. Zumindest schien mir dieser Junge , der bei den Fischern stand, ein anderer zu sein als der mir bekannte. Ich spähte in die unablässige Ebbe und Flut der Körper, in der nun immer weniger Frauen erschienen, bis nur noch *giovanotti* übrigblieben.

»*Hue Gennar'. Du sta la vedova staser'?*«, rief einer der Männer am Nachbartisch. Ein schmaler Junge in einer Dreierreihe drehte sich um und grinste.

»*Lan goppa la, a letto*«, rief er zurück.

»*Va su, va su!*« Die Männer brachen in theatralisches Gelächter aus. Wie Renata hatte Gennaro die Grenze überschritten. Plötzlich herrschte Stille. Zwei Frauengestalten waren Arm in Arm auf dem Platz erschienen, im Gleichschritt und mit erhobenen Köpfen, wenn auch in keinster Weise aggressiv. Mein Vater stand auf und verbeugte sich. »*Prego signora, s'accomodi. Qualche piccola cosa a bere?* Was hättest du gerne, Renata?« Er winkte sie an unseren Tisch. Mit einer eleganten Verbeugung nahm die Signora sein Angebot an.

»Meine Mutter hätte gerne einen Cinzano Bianco und ich einen Scotch on the rocks mit Soda, bitte. Vielen Dank. Sehr freundlich von Ihnen.«

Ich nahm eine Gitarre wahr, deren gezupfte Klänge die Stille durchdrangen, und amerikanische Stimmen. Eine Gruppe hatte an einem Tisch Platz genommen und uns für einen Augenblick das Rampenlicht gestohlen. Die Signora verzog das Gesicht.

»Wer ist das?«

»Sie sind nichts. Sie arbeiten nicht. Sie sind, *come si dice* – Panner?«

»Penner«, sagte ich mit größter Freude.

»*Robaccia!*«, sagte die Signora, die stets mehr verstand, als man erwartete.

»Sie schlafen am Strand«, sagte Renata, »und machen dort Lagerfeuer.«

»Studierende«, sagte ich. Renata und ihre Mutter blickten skeptisch. »Oder Hippies«, ergänzte ich.

»Ah!« Davon hatten sie in der Zeitung gelesen. »Was bedeutet ›Hippie‹?«, fragte Renata.

»Ein Hippie«, bot Aias an, »macht sich keine Gedanken über die Gesellschaft und deren Konventionen.«

Renata übersetzte für ihre Mutter, die das Gesicht nur noch weiter verzog. Der Gitarrist begann erneut zu singen.

»Come all you fair and tender ladies,
Be careful how you court young men.
They're like a star of a summer morning;
They'll first appear and then they're gone.«

Aias sah meine Mutter an. »Es ist faszinierend, wie Konventionen im Laufe der Zeit von einem Geschlecht aufs andere übertragen werden.«

»Wie meinst du das?«

»Vielleicht meine ich eher Konzepte als Konventionen. Im elisabethanischen Zeitalter hielt man Frauen für das wankelmütige Geschlecht.

Verschieden nur im einen:
Sie liebt die Himmelsluft, den Äther rein,
Er Engelsflug, so wird es immer sein.«

»Stimmt das? ›Kein Mann bewahrt die Treue‹?«

»Im Großen und Ganzen stimmt es wahrscheinlich, und zuletzt trugen wohl der Kult um die Virgin Queen und die Überreste höfischer Liebeleien dazu bei.«

»Und seither?« Ich schwenkte mein milchiges Glas.

»Ich würde vermuten, im siebzehnten und achtzehnten Jahrhundert hatten die Geschlechter ein recht ähnliches Ansehen. Was meinst du, Renata?«

»Oh, Männer sind immer … wie sagt man?«

»Launisch, meinst du? *Fickle*?«

»*Yes. Fickle.*«

»*Cosa?*«, fragte die Signora ziemlich scharf. Bei der Erklärung schien Renata Schwierigkeiten zu haben.

»Sieht deine Mutter das nicht so?«, fragte mein Vater.

»Sie dachte, ich hätte etwas anderes gesagt – ein schlechtes Wort.«

»Gibt es denn überhaupt schlechte Worte?«, stellte meine Mutter in den Raum.

Die Signora und Renata erhoben sich zum Abschied. Mit steifem Rücken und leerem Blick schlichen sie durch die Spazierenden, umgeben von Gemurmel und den Hintergrundklängen der Gitarre.

Am nächsten Morgen stand ich früh auf, doch mein Vater war bereits wach und packte die Truhen aus. In Iticino frühstückten wir getrennt, da uns keine morgendlichen Zeitungen beieinander hielten. Meine Mutter schläft länger. Ich aß ein Brötchen mit Butter, spülte es mit milchigem Kaffee herunter und ging anschließend hinaus, wo die Straßen bereits warm und, dank aufgesogenem Tau, etwas dunstig waren. Mein erster Ausflug in Iticino war immer dem Erwerb von *zoccoli* gewidmet, den hölzernen Sandalen mit Lederriemen, in denen alle über den Strand und durch die harten Straßen polterten. Zuerst protestieren die zarten Füße und werfen Blasen, aber allmählich lassen Salz, Sonne und Entschlossenheit eine Hornhaut entstehen. Nach langer Recherche scheint mir dies einem indischen Initiationsritus am nächsten zu kommen oder den ausdauernden Herausforderungen, denen der junge Felix Krull sich stellen muss. Ich weiß, wie kindisch das ist, aber ich genieße den Schmerz.

Der kleine Markt auf der Piazza war bereits in vollem Gange, überall wurde geredet. Seit letztem Jahr waren meine Füße um zwei Größen gewachsen, also kaufte ich zwei Paar, eines aus Holz und eines aus Gummi, sollte mein Fleisch zu bluten beginnen. Die Gummilatschen schwingend, lief ich zwischen den Fischerhütten hinab zum Strand, wo die Boote bereits an Land trockneten und der eine oder andere Fischer herumlungerte, während die Älteren gerissene Netze flickten, die Maschen fest mit den bloßen Zehen eingespannt, um den korallfarbenen Faden aus dem hölzernen Weberschiffchen mit gedankenlosem Geschick zu knoten und zu drehen, wie es auch belgische Damen an ihren Spitzenkissen tun, während ihnen unverständliche Silben von den salzgeschwollenen Lippen tropften. Als ich sie hinter mir ließ, spürte ich die Silben und das trübe Weiß ihrer eingesunkenen Augen auf mir, als wäre ich in tiefster Tiefe ertrunken und sie ein reger, gieriger Schleim, der sich auf mein Fleisch gelegt hatte. Trotz der Hitze fröstelte ich beinahe. Könnten die Fischer ohne den Tourismus auskommen, hätten sie die Besuchergruppen schon lange in ihre Netze eingewickelt und weit hinter dem Hafen versenkt, aber sie hatten sich an den zusätzlichen Komfort gewohnt, der sich ihnen nun bot, und konnten den einfachen Lebensstil ihrer Väter nicht mehr ertragen. In einem Zustand halbbewusster Benommenheit, der das Alleinsein und die bedrohlichen Blicke begleitete, ging ich den Strand entlang.

Zwei Küstenarme umschließen den winzigen Hafen, der nicht viel mehr ist als ein Streifen Strand; einer davon ist menschengemacht – eine Zementmole mit Miniaturleuchtturm –, der andere besteht aus naturbelassenen Felsen, an die zu einer Seite die See schwappt und sich zur anderen Höhlen und sandige Stellen tummeln, bei deren Anblick man meinen könnte, ein Kind hätte sich an einer winzigen Parodie einer echten Küste versucht. Beide Paar Sandalen und den Großteil meiner Kleidung ließ ich an einem Felsen des puppengroßen Palm Beach zurück und begab mich in die sanfte Umarmung des Wassers. Diese erste Begegnung war immer ein Genuss. Vielleicht würde Sex sich so anfühlen oder, korrigierte ich, könnte sich so anfühlen. Mit Jude war es kalt gewesen, beinahe körperlos. Der Geist hatte den Krümmungen des Körpers zugesehen. Liebte man sich selbst, war die Beteiligung stärker, schließlich war man gleichermaßen Gesang und Melodie. Ich ließ das seichte Ufer hinter mir und lief ins klare, ruhige Wasser wie in eine Wolke Tränengas aus warmen Mätressentränen. Algenhaare ergriffen mich und schwebten verführerisch beiseite, wenn ich sie mit den Beinen stieß. Langsam arbeitete ich mich an der Klippe entlang. An der Spitze, ehe ich in die nächste Bucht einbiegen konnte, gab es eine starke Strömung. Diese geringe, aber reale Gefahr bereitete mir Vergnügen; ich jage mir gerne Angst ein. Schon jetzt konnte ich den Sog der Strömung spüren, die mich von meinem Weg in die nächste Bucht abbringen wollte, um mich hinaus aufs Meer zu ziehen. Aber ich kämpfte mit Armen und Beinen dagegen an, so weich, wie ich noch war, ohne jedoch schneller zu schwimmen, denn das würde mich nur schwächen, mir die Kräfte rauben. Ganz bewusst behielt ich meinen Rhythmus bei. Auch darauf freute ich mich, wie auf die erste Begegnung mit dem Wasser, bei jedem ersten Bad während unserer regelmäßigen Aufenthalte in Iticino: die Angst, den Kampf, die Beherrschung des eigenen Körpers und Geistes, den Moment der Panik, den Hauch von Tod in der Nase, wie das verdächtig würzige Aroma eines herbstlichen Freudenfeuers in weiter Ferne, das man nur riechen, aber nicht sehen konnte. Ich umrundete mein ganz persönliches Kap Hoorn und spürte, wie mich das Wasser allmählich wieder in Richtung Küste führte.

In einiger Entfernung zum Strand hielt ich inne, um mich auf den Rücken zu drehen und die Küste zu beobachten. Ich hatte gewusst, dass sie sich dort aufhalten mussten, und tatsächlich lagen sie in anonymen Haufen beieinander, wie Baumstämme oder römische Bleibarren, manche alleine, manche in klobigen Paaren. Am Ende des Strands stand ein Zelt. Nur einer von ihnen schien wach zu sein und in gemächlichem Tempo nach Treibholz zu suchen, das er in diesem Augenblick an die vom Vorabend geschwärzte Feuerstelle brachte. Bis ich mich umgedreht und mir einen Weg durchs seichte Wasser gebahnt hatte, um mich aus dem Meer zu erheben wie Vater Tiber, anstatt mich würdelos über die vielen Kieselsteine und Muscheln zu quälen, hatte er das Feuer schon zum Lodern gebracht wie ein vergnügter Pfadfinder. Ich rieb mir die Salztropfen aus den Augen und lief auf ihn zu. Es war schon wieder wie in St. Gelbert's. Wie lange es wohl dauern würde, bis er mir entweder eine Zigarette anbot oder mich um eine bat?

Die gebückte Gestalt sah auf: »Du stehst mir in der Sonne.« Es war der Gitarrist.

»Und ich dachte immer, das Beste an der Sonne wäre, dass sie nichts kostet.«

»Dann such dir deinen Anteil irgendwo anders.«

»Deine Gitarre ist ziemlich cool.« Ich wandte den Blick von ihm ab und sah in Richtung Meer. In einer Aluminiumdose blubberte köstlich duftender Kaffee.

Er grunzte etwas und stocherte im Feuer. »Hast du keine Angst, so früh unterwegs zu sein?«

»Ich bin hier immer früh unterwegs. Vielleicht wegen der Hitze.« Ich wartete auf den nächsten Stoß.

»Oft hier, wie der Bordellbesitzer zum Bischof sagt?«

Ich hockte mich auf der anderen Seite des Feuers in den Sand. »Jedes Jahr.«

»Bist du aus den Staaten?«

»Ich bin von Nirgendwo«, sagte ich.

»Schau an, genauso soll es sein. Willst du einen Kaffee?« Er hielt mir einen Pappbecher hin.

»Danke.«

»Zucker ist in dem Päckchen. Pass auf die Ameisen auf. Die kommen überall rein, die sind schlimmer als Termiten.«

Ich nahm mir einen unberührten Zweig aus dem glimmenden Haufen, ausgebleicht und abgenagt wie ein Hasenknochen, und rührte in der heißen, schwarzen Flüssigkeit. Eine Ameise kraxelte eine Schneepiste hinauf und wurde plötzlich unter einer zuckrigen Lawine begraben. Ich befreite sie mit dem trockenen Ende des Zweigs und setzte sie in der sicheren Strandwüste ab.

»Da fühlt man sich wie ein Gott, nur einmal Spucken, und du hättest sie ertränkt.« Er rotzte das Meer beeindruckend laut an. »Wie bist du hierhergekommen?«

»Bin um die Klippe geschwommen. Mache ich immer am ersten Morgen hier, um zu sehen, ob ich es noch schaffe.«

»Wohnst du in einem Hotel oder einer dieser schäbigen Villen?«

»In der schäbigsten, der ältesten. Mein alter Herr kann Hotels nicht ausstehen.«

»Ein weiser Typ.« Eine Weile saßen wir zusammen und tranken Kaffee, man könnte es wohl als andächtiges Schweigen bezeichnen, auch wenn das eher einer Nervenprobe gleicht, solange es nicht auf Gleichgültigkeit beruht.

»Stehen die jemals auf?« Ich riss den Kopf in Richtung der gestrandeten Wale.

»Wenn ich sie trete.«

»Und das da?« Ich nickte in Richtung des klapprigen Zelts.

»Ah, das nennen wir das Honeymoon Hotel, für alle, die sich die Kleider vom Leib reißen wollen. Die Einheimischen sind nicht besonders kultiviert.«

Ich lachte und stellte den Becher absichtlich in die heißen Kohlen, so dass die Hitze nach meiner Hand schnappte, das Wachspapier zu weinen begann und in die Flamme gezogen wurde, bis nur noch ein kohleschwarzes Skelett übrigblieb. Dann stand ich auf. »Ich muss los. Danke für den Kaffee.«

Er hob die Hand. »Leo.«

»Kit.«

»Bis dann.«

»Bis dann.« Ich lief zurück ins Meer, in vollem Bewusstsein, dass er mir auf den Arsch starrte, und watete so schnell wie möglich davon. Für einen Kopfsprung mit Anlauf war das Wasser nicht tief genug, am Ende wäre noch ein Bauchklatscher dabei herausgekommen. Präzise Schwimmzüge brachten mich an die Spitze der Landzunge; ich ließ mich von der Strömung erfassen und um die Kurve treiben, jetzt schon mit mehr Sicherheit. Ein halbes Dutzend starke Stöße zogen mich aus ihrem festen Griff.

Langsam schwamm ich zurück zu meinen Klamotten und streckte mich zum Trocknen auf einem Felsen aus, wo ich kurz, aber tief im heißen Schatten des Überhangs einschlief.

»Wo warst du?«, begrüßte mich mein Vater wie erhofft, wenn auch ohne jegliche Dringlichkeit.

»Ich habe mit Diogenes gesprochen«, sagte ich und ging duschen.

»Lasst uns zuerst ein Trankopfer für die Toten darbringen«, sagte mein Vater und füllte unsere nachmittäglichen Gläser. Das Räderpaar des Aufnahmegeräts murmelte leise vor sich hin, und das grüne Polypenauge zwinkerte.

»Welche Toten ehren wir denn?«, fragte meine Mutter.

»Die Philosophie, diese uralte Sibylle in ihren schäbigen Lumpen.«

»Ich habe mir immer Michelangelos Sixtinische Sibylle vorgestellt: ein großer, derber Körper, darin die schlimmsten Aspekte beider Geschlechter vereint«, sagte Aias und prüfte die Lautstärke am zwinkernden Licht.

»Genauso ist es. Sie war eine Hybride, zusammengesetzt aus vielem Verschiedenen.« Manchmal ist das Englisch meines Vaters etwas ungewöhnlich.

»Und nach ihrem Tod fallen diese Bestandteile auseinander, jeder wird zu einer ganz eigenen Wissenschaft, zu einem Forschungsobjekt.«

»Exakt. Die Kosmologie, Psychologie, Ökonomie, Soziologie, Biologie und die Physik entstammen allesamt ihrem Zerfall.«

»Tatsächlich war sie eine Titanin«, erklärte Aias, »und aus ihrem Blut entstehen neue Monster.«

»Die könnten jedoch auch sehr schön sein«, warf ich ein. »Aphrodite wurde auf die gleiche Weise geboren.«

»Wen genau würdest du mit Aphrodite vergleichen?«, fragte meine Mutter.

»Die Kosmologie ist zwar wunderschön, aber in zu weiter Ferne, genauso die Musik der Sphären.«

»Dabei ist unsere moderne Sicht auf das Universum genauso prachtvoll wie ihr vorwissenschaftliches Gegenüber, sogar noch prachtvoller, was durchaus ungewöhnlich ist. Ein Zugewinn an Wissen verringert unseren Sinn für Prachtvolles in der Regel nur. Um etwas anzubeten, braucht es ein gewisses Maß an Mysterium.«

»Könnte es daran liegen, dass unser Wissen im jetzigen Stadium unvollständig ist, wie auch der erste Blick der Kreuzfahrer auf Jerusalem? Vielleicht werden all diese Fragen, wenn wir unseren Wissensstand erst einmal erweitern, für uns bald so alltäglich sein wie die Mondlandschaft.«

»Vielleicht stellt gerade eine andere Person das größte Mysterium dar und ist es dementsprechend wert, angebetet zu werden. Ein anderer Mensch ist das Einzige, was wir nie vollständig verstehen, uns nie vollständig einverleiben können«, sagte Aias.

»Aber kann es das wert sein, einen anderen Menschen zu verstehen?« Ohne aufzusehen, nippte meine Mutter an ihrem nicht vergossenen Trankopfer. »Können menschliche Wesen so mysteriös und schön sein? Die meisten Menschen sind so anschaulich wie Objekte.«

»Eine Person kann einem Kunstwerk entsprechen, das man sich nur an die Wand hängt, aber nicht besitzt.«

»Das wäre aber eine sehr außergewöhnliche Person.«

»Ja, höchst außergewöhnlich.«

»Also«, sagte mein Vater, »strahlt das Mysterium der Wissenschaften nur eine gewisse Schönheit aus, solange unser Wissen unvollständig bleibt. Der Mond wird zum Stück Fels, sobald wir auf ihm landen, daher müssen wir als nächstes zur Venus reisen, ehe wir sie um ihre Geheimnisse bringen und anschließend genauso fallen lassen. Ist es überhaupt die Mühe wert, wenn Wissen ohnehin nur zu Ernüchterung führt?«

»Das ist eine akademische Frage. Aber uns bleibt keine Wahl. Erst wenn wir die Erde in die Luft gejagt haben, können wir aufhören.«

»Du meinst also, jeder Schritt ergibt sich aus dem vorherigen?«, fragte meine Mutter.

»Ja. Selbst wenn ich mich weigere, meine Forschung weiterzuführen, wird eine andere Person sie aufnehmen.«

»Die Zivilisation hat schon einmal versagt.«

»Aber, falls du vom finsteren Mittelalter sprichst, nicht völlig«, widersprach ich.

»Vielleicht war es ein notwendiger Zeitraum der gegenseitigen Befruchtung«, sagte Aias.

Meine Mutter runzelte die Stirn. Wie bereits erwähnt, ist sie altrömisch, das erste Jahrtausend n. Chr. ist nichts als ein langer Winter ihres Missvergnügens, beherrscht von Misstrauen und Gewalt.

»Dass die Welt durch technologische Fortschritte zusammenschrumpft, lässt sich, wie Kit sagt, kaum aufhalten, ohne die Erde zu zerstören. Und auch ohne Europa, Russland und Amerika würden Afrika und Asien nur kurz stolpern, ehe sie dieselbe Entwicklung fortführen. Dementsprechend«, sagte mein Vater, »müssen wir die sukzessive Entdeckung und Einverleibung aller Fakten akzeptieren: Diese Evolution ist so notwendig wie ihre biologische Vorgängerin, in der Tat stellt sie nur deren Fortsetzung dar. So wird die Entdeckung von gestern zur Alltäglichkeit von morgen.« Er war in voller Fahrt, aber in diesem Augenblick brach das Aufnahmegerät in lautstarken Protest aus. Aias stürzte sich darauf und beruhigte das Geklage. »Ist es denn vorstellbar, dass unser Wissen eine Grenze erreicht?«, begann mein Vater von neuem.

»Aus meiner Sicht nicht.« Aias sah von dem zensierten Roboter auf. »Unser Wissen kennt keine Grenzen.«

»Und was ist mit der unvermeidlichen Übersättigung und Langeweile?«

»Das menschliche Streben nach Wissen ist wie eine Sucht«, sagte meine Mutter, »unersättlich und doch sättigend. Wird nichts Neues erschaffen, das wir erforschen können, ist ein Ende vorstellbar, auch wenn es in noch so weiter Ferne liegt; und gerade weil es vorstellbar ist, ist es schon jetzt real.«

»Die Wissenschaft wird irgendwann enden, auch wenn dies von unserem jetzigen, lückenhaften Standpunkt kaum absehbar ist, also kann sie nicht den Endzweck darstellen. Und dasselbe gilt für ihre Anwendungsformen: Auch die Überwindung aller materiellen Missstände können wir vorhersehen, also können sie nur ein notwendiges Mittel zum Zweck darstellen, nicht den Endzweck selbst.«

»Erfüllt werden kann der Endzweck also nur von etwas, das kein Ende hat, das unerschöpflich ist«, sagte ich.

»Und so sind wir an einem Paradoxon angelangt.«

»Sicherlich sind das nur Wortspielereien«, widersprach meine Mutter. »Setzen wir die Wissenschaft mit Entdeckung gleich, ist sie nicht grenzenlos. Mehr sagen wir nicht.«

»Aber was ist denn grenzenlos?« Mein Vater klang etwas pikiert.

»Die Schöpfung.«

»Jedes Tier kann ein anderes erschöpfen«, sagte ich.

»Nein, es kann sich nur fortpflanzen.«

»Solange man Gott außen vorlässt, was wir vermutlich alle tun«, sagte Aias, »ist die Schöpfung ein Privileg des Menschen.«

»Und wie verhält es sich mit Schöpfungsprozessen im Universum?«, fragte meine Mutter.

»Soweit wir wissen, sind sie mechanisch und unvermeidlich. Man nehme zwei Atome Wasserstoff und ein Atom Sauerstoff und peng: Es wird zu Wasser. Mit der Zeit werden wir wohl feststellen, dass der Ursprung des Lebens nichts anderes ist. Irgendwann werden wir neue Menschen erschaffen können, genau wie es Shaw und die Science-Fiction seit fünfzig Jahren vorhersagen. Seltsam ist jedoch, dass wir uns die Zukunft sehr gut vorstellen, aber kaum emotional verarbeiten können.« Mein Vater nahm einen tiefen Schluck aus seinem Glas, als könnte es ihm eine Antwort liefern.

»Meinst du damit«, sagte Aias, »dass uns zwar gewisse Ereignisse von besonders begabten, intelligenten Menschen vorausgesagt werden, obwohl ihnen, wie im Fall von Kassandra, niemand Glauben schenkt? So würden wir weiterhin leben wie im Mittelalter, und die Depression zwischen den beiden Weltkriegen entspräche einer mittelalterlichen Hungersnot ...«

»Und die Paranoia von Hitlers Judenjagd«, sagte mein Vater, »entspräche dem Wahnsinn der Hexenjagd.«

»Ein halbes Jahrhundert der Krankheiten, Hunger, Gewalt ...«, meine Mutter stieg in die Litanei ein, »und nun, da wir endlich die ersten technologischen Fortschritte machen, scheint es, als seien wir so emotional erschöpft wie von einer Reihe tödlicher Orgasmen, als wollten wir nichts als Trost.«

»Vielleicht sind wir von der Kindheit ins hohe Alter gesprungen und haben die besten Jahre verpasst«, sagte ich.

Im Raum herrschte eine undurchdringliche Stille, während draußen die trockene Hitze knisterte und die Insekten unbekümmert zirpten.

Sie, meine mutmaßliche Leserschaft, werden sich fragen, warum ich Ihnen all dies berichte. Die Antwort ist einfach: Es interessiert mich und Sie, ich bitte um Verzeihung, nicht. Mein Vorhaben ist es nicht, Ihnen alle diese Ereignisse näherzubringen; stattdessen widme ich mich meiner kindlichen, priesterlichen Aufgabe der Schöpfung. Ich baue Schlösser und Kuchen aus Sand, die von der Flut davongetragen werden oder unverzehrt bleiben. Sie haben das Privileg, falls Sie denn überhaupt existieren, mir über die Schulter zu blicken und meine Neuschöpfungen zu begutachten, doch Sie dürfen mich auf keinen Fall mit etwaigem Geplapper über Ihre eigenen Präferenzen unterbrechen. Ich habe Sie schließlich vorgewarnt, Ihnen genau erklärt, dass ich mir meine kindlichen Privilegien vorbehalte, und Sie können nicht über meine Spielchen bestimmen, denn um ganz ehrlich zu sein, ekeln Erwachsene wie Sie mich an, langweilen mich, machen mir möglicherweise sogar Angst, weil Sie all diese schreckliche, unreflektierte Macht besitzen. Sie wollen nichts hören außer der Geschichte und beschweren sich dann, weil Menschen wie ich Sachliteratur bevorzugen: Traktate, Gedichte über Blumen, Choralgesänge, als wären Epen, Romanzen, Sagen und Romane nicht schon immer der passende Ort für all diese Themen gewesen. Aber ich habe Vorbilder, Felix und Marcel, mein Heiligenpaar. Ich habe Ihnen eine geometrische Struktur vorgegeben, in deren Hintergrund der Mann sein Hemd auszieht, um die Perspektive dieses Mannes einzuführen, und genauso die Protagonisten, die sich im Vordergrund mit ihren Initiationsriten beschäftigen. Genau das werde ich wieder tun, seien Sie gewarnt, denn es erregt und interessiert mich und entspricht der Wahrheit, selbst für Ihre uninteressierten, unverzerrten Verhältnisse. Sie wollen nur sehen, wie der Mann sein Hemd auszieht, die nackte Menschheit könne man so sehen, würden Sie behaupten, menschennah sei das Ganze, aber ich werde Ihnen vom Gemunkel der Engel berichten, von symbolhaften Handlungen mythischer Figuren, von einer Welt, in der Bäume mehr sind als Natur und sich zu Säulen und Bögen erheben: ein grundlegendes Stück Architektur, ohne das der Mann sein Hemd auch anbehalten könnte, ohne das er sich bloß eine banale Erkältung einfangen würde. Auf der simpelsten Ebene würden Sie mich auffordern, Ihnen Menschen zu präsentieren, die nicht denken oder sprechen, höchstens in einsilbigen Klischees. Sie behaupten, ich würde all diese Überlegungen vergessen, wenn ich älter werde, und mich den wichtigen und praktischen Sorgen des Lebens widmen; vielleicht halte ich meine Eltern auch aus diesem Grund für die interessantesten Erwachsenen auf der ganzen Welt. Natürlich haben sie ihre Schwächen: Mein Vater zum Beispiel, wie Ihnen sicher aufgefallen ist, neigt zur Schwerfälligkeit und Vorträgen für ein Publikum, das nur aus einer Person besteht, aber zumindest langweilen sie mich nicht mit Materialismus. Auch werden Sie behaupten, dass es eine ganz andere Sache wäre, würden meine Eltern weder Geld noch Talent besitzen: dass wir also, wäre der Verbrennungsmotor nicht erfunden worden, noch immer auf dem Rücken von Eseln reisen würden und dies aus irgendwelchen Gründen moralischer wäre. All dies lehne ich entschieden ab, genau wie Ihr Verlangen nach einer Abfolge dramatischer, pointierter Augenblicke, die Ihnen die Illusion einer Romanhandlung vermitteln sollen. Das ist unkünstlerisch; es entspricht nicht der Wahrheit und langweilt mich. Genug davon.

»Ich weigere mich, verfrüht zu altern«, sagte die Liebschaft meiner Mutter. »Es muss eine andere Lösung geben.« Zustimmend ließ das Aufnahmegerät seine leere Spule klappern, woraufhin Aias es ausschaltete. Bei diesem Anfall von Vehemenz sah meine Mutter neugierig auf. Aias stand stramm, wie vor einem Wettlauf, und es war wohl dieser Moment, in dem sie, und vielleicht auch ich, den Unterschied zwischen der Liebschaft meiner

Mutter und dem Rest von uns bemerkte. In unseren Körpern fühlen wir uns nicht zuhause, zumindest mein Vater und ich nicht. Wir legen sie morgens an, zusammen mit der Kleidung für den Tag. Doch meine Mutter hat sich an ihren Körper angeschmiegt wie eine Katze. Aias war der Körper; durchdrang ihn ohne jegliche Andeutung eines Koestler'schen Gespensts in der Maschine.

»Nun«, sagte mein Vater, »wir haben den Anfang gemacht, einen ersten, sehr interessanten Schritt. Lasst uns auf die Technik hören und eine Pause einlegen.«

Ich ging in die Küche, um mir ein Glas Wasser zu holen. Als ich die Tür öffnete oder vielmehr am Griff ruckelte, hörte ich eine Stimme sagen: »*Scostumad', vatene!*«, aber als ich hineinging, saß dort nur Renata am Resopaltisch vor dem Fenster, in der Hand ein Buch. Sie schien aufzusehen. Ich lächelte.

»*Ho sete*«, erklärte ich. »*Dov'è la signora?*«

»Meine Mutter ist unterwegs«, antwortete sie voller Entschlossenheit, ihr Englisch zu üben.

»Oh. Was ist das für ein Buch?«

»Für das Cambridge-Englischexamen. Es heißt *Tom Sawyer*. Es handelt von einem Jungen namens Tom und seinem Freund Uck. Kennst du es?«

»Und wie.«

»Sind alle amerikanischen Jungen so?«

»Wie denn?«

»So jung, so ungezogen?«

»Es ist etwas altmodisch.«

»Inwiefern?«

»*All'antica. Di cento anni fa.*«

»Also nicht wie im Film?«

»Nein.« Ich füllte mein Glas an der Spüle neben dem Fenster und warf einen Blick hinaus. Bildete ich es mir nur ein, oder ver-

deckte der große Baum eine Schlange im Garten der Signora?
»Viel Glück«, sagte ich und nahm mein Wasser.

»*Come?*«

»Mit dem Buch.«

»Oh ja, vielen Dank.«

Ich betrat den Salon rechtzeitig, um zu hören, wie mein Vater sagte: »Wenn ihr wollt, könnt ihr das Auto nehmen …«

»Kommst du nicht mit?«

»Nein. Ich hätte gerne einen Tee und etwas Ruhe. Ich scheine mich noch nicht an die Hitze gewöhnt zu haben. Signora Gambardella kann sich um mich kümmern.«

»Sie ist unterwegs. Renata ist in der Küche.«

»Dann werde ich ihr beibringen, wie man eine anständige Tasse Tee macht.« Die Miene meines Vaters erhellte sich sichtbar, wie man so sagt, und er beschloss, sogleich jünger auszusehen. Ich fragte mich, welcher Zeitvertreib besser wäre: zuhause zuhören oder in der Fremde zuschauen. Ginge ich ihm aus dem Weg, könnte mein Vater seine Bestrebungen auf möglichst interessante Weise fortführen, und ich wollte sehen, wie Aias Auto fuhr. Es gibt nur wenige Aktivitäten, bei denen wir uns in dem Maße ausdrücken oder verraten können wie beim Autofahren. Zum Glück ist es besonders weit verbreitet und vielsagend. Und ich wollte, dass Aias mich bemerkte.

»Kit?«, fragte meine Mutter.

»Wenn ich darf, begleite ich euch.«

»Natürlich, Darling.«

»Ich ziehe mich schnell um, dann hole ich euch ab«, sagte Aias und nahm die Schlüssel aus der ausgestreckten Hand meines Vaters. Meine Mutter nickte und ging hinauf. Dann hörte ich, wie mein Vater in der Küche Überraschung vortäuschte, und wie eine Autotür zugeschmissen wurde, der Motor aufheulte und das

Auto losfuhr. Ich fragte mich, ob der Feigenbaum seine seltsamen Früchte mittlerweile verloren hatte.

Als die Liebschaft meiner Mutter zurückkehrte, strahlte sie wie frisch gebadet und desodoriert. Im Auto herrschte ein schwacher, kosmetischer Duft nach Sauberkeit. Aias trug eine weiße Seemannshose, wie sie auch ein kürzlich eingezogener Matrose tragen könnte, und ein lilafarbenes T-Shirt, das die Armmuskulatur betonte, es schrie »blasige Brühe aus Goldfischblau«. Meine Mutter (habe ich Ihnen das schon gesagt? Ich weiß es nicht mehr, aber dass der eigene Nachwuchs so denkt, ist ungewöhnlich genug, um eine Wiederholung zu rechtfertigen) ist sehr schön (auch wenn die Schönheit im Auge des Betrachters liegt; die meisten Kinder stehen im Wettbewerb mit ihren Eltern, können sie also nicht schön finden, ohne sich selbst beraubt zu glauben, weshalb sie Schuldige für ihre eigene Hässlichkeit finden müssen, denn die meisten von uns finden sich, und das eindeutig aufgrund der Gene, hässlich). Weil ich keine dieser Einschränkungen umschiffen muss, kann ich meine Eltern so sehen, wie sie wirklich sind, die wuchtige Attraktivität meines Vaters und die Eleganz meiner Mutter. An diesem Tag trug sie einen ihrer vielen Blautöne mit Lila oder Grün aus enganliegender künstlicher Seide, da sie keine echte Seide trug, auch kein Fell oder Leder. Ich erinnere mich an ein nervenaufreibendes Weihnachten, an dem Grand'mère uns allen Rentierpantoffeln schickte, weil sie gelesen hatte, ein Blizzard habe New York fest im Griff, und der Überzeugung war, nur ein Naturprodukt werde die Kälte abhalten; selbst die eingebauten guten Manieren meiner Mutter konnten nicht die Abscheu überwinden, die sie beim Auspacken des Geschenks empfand. Sie wurden nie getragen. An meiner Mutter sah auch Falsches echt aus. Ihre Kleidung, die sie auf der ganzen Welt kaufte, wann immer ihr etwas ins Auge fiel, war ausschließlich günstig und steckte doch voll jener Schlichtheit, die angeblich ein Vermögen kostet. In Singapur ging sie in einem Hauskleid, das sie in einer Londoner Kette gekauft hatte, zu einem Diplomatendinner und stellte alle in den Schatten, selbst ohne ein einziges Schmuckstück, das vom Kleid ablenken oder es aufdonnern konnte. Es war, als würde die Nachahmung eine gewisse Wahrheit in ihr aufgreifen, als würde sie dadurch echt. Jeden Tag vollbrachte meine Mutter ganz gewöhnliche Wunder und machte Wasser zu Wein.

Wir stiegen ein, Aias und meine Mutter vorn, ich auf der Rückbank, und nahmen die steile Straße raus aus der Stadt – Aias bewältigte sie bestimmt, aber ruhig. Die Fahrt hinauf und hinab, um sich umzuziehen, hatte der Liebschaft meiner Mutter eine unbeobachtete Erfahrung mit der seltsamen Maschinerie ermöglicht.

»Gebt mir Bescheid, falls euch auffällt, dass ich auf die falsche Straßenseite abdrifte«, sagte Aias. Für meinen Vater fährt England auf der falschen Seite, seit Schweden nach rechts gerutscht ist. Mit diesem Kommentar verortete Aias sich. Wir fuhren in die entgegengesetzte Richtung, aus der wir nach Iticino gekommen waren, nach Süden an der Küste entlang. »Was gibt es hier zu sehen?«

»Ein paar Kriegsschlachtfelder weiter südlich«, bot meine Mutter an, »falls sie dich interessieren.«

Aias mimte ein Erschauern. »Die sind in der Zwischenzeit bestimmt überwuchert. Aber wenn man sich auf einen Hügel stellt, könnte man vielleicht herausbekommen, wie die Schlachten vonstatten gingen; wie ein General, der die Strategie aufstellt.«

»Interessiert dich Krieg denn nie?«

»Ich kann den Reiz verstehen, aber man muss ihm widerstehen.«

»Wir sind sowieso noch nicht bei den Schlachtfeldern«, warf ich ein. »Davor liegt noch ein langes Stück Küste mit vielen Kurven.«

Also schlängelten wir uns die weiße Straße zwischen Meer und Himmel entlang, deren Blautöne kaum auseinanderzuhalten waren, neben uns eine felsige Klippe voll riesiger Kakteenwächter.

»Wir könnten kurz anhalten, wenn du möchtest«, sagte meine Mutter. Manchmal gab es hier eine natürliche Aussichtsplattform, die sich über einem winzigen Dorf, noch kleiner als Iticino, über das Meer erhob, nicht mehr als ein Spalt im Felsen, in dem kleine Brocken Vulkangestein auf verschiedenen Ebenen angeordnet waren, um etwas Geld abzuwerfen. »Wie wäre es hier?«

Aias bog scharf ab, so dass der Wagen auf einem breiten Sockel mit Meeresblick stehen blieb, und schaltete den Motor aus. Niemand sprach. Nach dem Beben unserer Reise schien es beinahe, als hielten wir den Atem an, doch dann sickerten das Zirpen der Zikaden und die Hitze durch die offenen Fenster.

»Vielleicht ist es draußen luftiger«, sagte Aias. Meine Mutter betastete die Tür und erwischte versehentlich den Scheibenwischer. Während ich beobachtete, wie sie ihre Verwirrung noch nicht recht verstand, stieg Aias aus und umrundete die Motorhaube. Als die Liebschaft meiner Mutter den Türgriff packte, sah meine Mutter auf. Nicht einmal die Glasscheibe zwischen ihnen konnte ihren Blicken den nötigen Anstand verleihen. Sie stieg aus.

Nicht oft hat man das Privileg, jenen Augenblick mitzuerleben, von dem man rückblickend sagen kann: »Ja, da ist es passiert.« Meine Mutter ging, vermutlich recht zittrig, zum Rand der Plattform, Aias folgte.

Wenn wir auf der Farm in Massachusetts leben und ich das Angeln satthabe, flüchte ich mich schnell mal nach New York, um die Stadt aufzusaugen. Anonym wie jedes andere Kind durchlaufe ich sie von einem Ende zum anderen, lege gelegentlich Pausen bei Baseballspielen ein, hinter dem Maschendraht, wo ich mit sich selbst beschäftigte Kinder beobachte, zwar neugierig, aber nie neidisch; meistens durchforste ich die großen grauen Hallen des Metropolitan Museum, schließe mich der Warteschlange zum Lunch mit meinem Tablett an und setze mich an den Brunnen, dessen monströs-etruskische Eisenfiguren ins Nirgendwo eilen, und warte darauf, welche zufälligen Vergnügen und schrullige Gesellschaft an meinen Tisch wandern werden. In einem der Räume hängt ein phantastischer Veronese, auf dem Amor Venus und Mars mit einem Liebesknoten zusammenbindet. Ich habe erfahren, wie es sich anfühlt, den Amor zu spielen, meiner Mutter und ihrer Liebschaft zu Beginn ihrer Vereinigung einen Segen auszusprechen. Sie sind Figuren von großem Reichtum und Statur, damasten, gepanzert, auch wenn sie ihren abwarf, wie Don und Donna einer *favola* aus der Hochrenaissance, für die Shakespeare keine Zeit mehr hatte. Es spielte keine Rolle, dass Aias' Kleidung schweißnass klebte, sich an Gesäß und Schenkel schmiegte wie eine zweite Haut. Die Stirn der Venus, könnten wir sie berühren, wäre wahrscheinlich ebenso feucht, das Haar sicherlich zerzaust. Es wirkt, als senke sie den Blick auf den übereifrigen Buben, bescheiden und errötet, während sie zur Entschädigung eine milchige Perle aus der Brust presst. Auch Mars wirkt etwas überrascht, vielleicht sogar verängstigt, obwohl er nie zuvor Angst verspürte, beim Anblick dieses schmalen, doch stählernen pinken Bands, dem Vorgänger des unsichtbaren Netzes, in dem er später gefangen werden sollte. Meine Mutter und Aias sahen auf den abfallenden Hügel, das Meer und die Felsen. Als ich zu ihnen ging, war das magnetische Feld ihrer Lust beinahe stark genug, um als sichtbare Wolke aufzusteigen und die beiden mit sich auf See zu ziehen.

Kurz fragte ich mich, wie es meinem Vater erging. Aber ich bereute nichts. Das war eine unerwartete Zugabe. Bald würde ich die versäumten Nachrichten von zuhause aufholen können: Jupiter und Antiope. Aias sagte etwas zum Ausblick. Meine Mutter nickte und fragte, ob Aias jemals so weit in den Süden gereist sei. »In Rom beginnt die Neuzeit. Seither ist auf gewisse Weise alles klassizistisch. Seit jener Epoche hat kein Ereignis auf die Landschaft eingewirkt. Das mag nicht weniger originell sein als die Feststellung, dass Stonehenge in England furchterregend ist; aber mir erscheint es nur wahr.«

»Das Land der Mythen«, sagte ich, als ich mich den beiden von hinten näherte. Der Fiat war zum Triumphwagen der Venus geworden, aus den Rädern sprossen Federn aus weißem Straßenstaub, und der Wagenlenker drehte einen goldenen Kreis, beinahe wie eine Sonnenscheibe. Auch wenn ich mich nicht als das Kind meiner Eltern empfinde, scheint es mir, vielleicht ja gerade deshalb, als würde ich das gesamte Erbe der Zivilisation antreten. Mein Kopf steckt voller Legenden der ganzen Welt, natürlich vor allem der westlichen Welt, auch wenn der Osten in Form von Babylon und China durchaus seinen Teil beigetragen hat und infolgedessen auch die Mythen der Mohawk und Apache und des Christentums, wie eine Piratenhorde oder ein Schatz aus Tausendundeine Nacht. Immerzu kann ich meinen Vorrat anbrechen und mich im Geheimen an den Juwelen und der Pracht weiden, an denen die Zeit noch keine Spuren hinterlassen hat. Mir erscheinen diese Geschichten sprechender als die synthetischen *diamanté* unserer Zeit: Kriegshelden und Filmstars, die dieselben Legenden nachspielen, die ich bereits auf den großen Leinwänden des Prado oder auf der Bühne der Scala gesehen habe. Vielleicht habe ich doch etwas vom Zeitgefühl meines Vaters abbekommen, dazu die Dringlichkeit meiner Mutter, so dass alles, was wir im

Laufe unserer Leben gesehen und gelesen haben, zur Ausstattung meines Geistes beitrug und mir so alltäglich erscheint wie anderen Kindern ein Stuhl oder die Nachbarschaft. Davon hätte ich in St. Gelbert's genauso wenig erzählt wie Jude von ihrer Musik, aber ich vermutete, dass jedes der Kinder dort eine ganz eigene Mythologie in seinem Kopf beherbergte, für die es sich später schämen sollte. Meine Eltern haben ihre eigene, wie ich weiß, und schämen sich nicht, doch die meisten Erwachsenen werden von der Sphäre der Phantasie ins Praktische gedrängt, in abgestumpfte Leben. So war es nur natürlich, dass ich den Triumphwagen und seine Besatzung wie Kunstwerke sah und ihnen die entsprechende Achtung verlieh, wie Homer der kleinstädtischen Helena, die mit einem Besucher flüchtete (einem Angeheuerten, einem Handelsreisenden?) und von ihrem zornigen Mann, der eine Schar aus Verwandtschaft und Nachbarschaft anführte, verfolgt wurde, auch wenn dieses Bild oder diese Worte nur in meiner Vorstellung aufgehängt und gedruckt wurden.

Als wir das Haus erreichten, war es sehr still, und niemand reagierte auf das einfahrende Auto, das Schließen der Haustür oder unsere Stimmen. Es blieb noch etwas Zeit bis zum Abendessen. Zu meiner Überraschung war der Ausflug recht kurz, auch wenn ich mich so erschöpft fühlte, als wären wir den gesamten Tag unterwegs gewesen. Für einen Augenblick zögerte meine Mutter in der Eingangshalle. »Willst du etwas zu trinken? Was hast du noch vor, Darling?«

»Ich bin heute Morgen weit geschwommen; ich bin ziemlich müde. Wahrscheinlich mache ich ein Nickerchen.«

Sie wandte sich wieder Aias zu, stellte ihre Frage nur mit dem Blick.

»Ich sollte duschen. Ich fürchte, ich bin jedes Mal völlig nassgeschwitzt, wenn ich bei diesen Temperaturen unterwegs bin.«

»Ich habe dein Zimmer noch gar nicht gesehen. Ist es nett?«

»Ich würde dich auf einen Drink einladen, solange es dir nichts ausmacht, zu warten, bis ich fertig bin.«

»Das wäre schön. Ich habe ein schlechtes Gewissen, weil du in einem Hotel übernachtest. Da möchte ich gerne, dass es nicht allzu heruntergekommen ist.«

Bei diesem Täuschungsmanöver, gleichermaßen an sich selbst wie mich gerichtet, lächelte ich in mich hinein, winkte ihnen zum Abschied müde, aber frohen Mutes und sah vom ersten Stock aus zu, wie sie ohne ein weiteres Wort oder eine weitere Berührung ins Auto stiegen. Tosend fuhr das Auto den Hügel hinauf. Ich ging in mein Zimmer, riss mir die ebenfalls klamme Kleidung vom Leib und legte mich auf das kühle Bettlaken, das fast unmittelbar die fiebrige Nässe und Hitze meines Körpers übernahm; um erneute Abkühlung zu spüren, suchte ich mir eine andere Stelle. Was taten sie wohl jetzt? Sie waren mir entflohen und würden es immer wieder tun, solange ich keinen Weg fand, sie zu sehen, ohne gesehen zu werden. Ich schob eine Hand über die feuchten Locken meines Schritts und begann mich langsam zu streicheln. Das Zimmer war wie das exotische Treibhaus eines Botanischen Gartens, schummerig und dunstig, und ich die fleischige Orchidee darin, der Parasit fremder Emotionen; oder eine Venusfliegenfalle, dachte ich und lachte und wand mich bei all dem Vergnügen. Jungsein ist schwer: Unsere Phantasie brennt so heiß wie die eines Eunuchen, aber die Möglichkeiten zu ihrer Befriedigung sind beinahe so selten wie seine. Manchmal muss ich mich vier- oder fünfmal an einem Tag in meinem Zimmer oder im Bad einschließen. Beim Einschlafen fragte ich mich, wo mein Vater und Renata sich wohl aufhielten, aber ich war zu müde, um irgendetwas zu unternehmen. Später hörte ich vage, wie das Auto zurückkehrte. Ich musste einen Weg finden, aber mich überfluteten erneut die Wärme und vorzügliche Mattigkeit, die jeglichen Impuls tilgten, ihre Wiederkehr von der Treppe aus zu beobachten.

Renata erschien nicht zum Abendessen. Mein Vater sagte, Ellie Friedland habe angerufen, wir müssten sie bald treffen, und Aias sprach nicht mit meiner Mutter, jedoch umso lebhafter, um meinen Vater zu unterhalten. Danach, auf dem Weg zur Bar, konnte ich Gennaro im Vorbeigehen zuflüstern: »*Domani.*« Er nickte. Leo und die anderen Strandräuber erschienen nicht, wir gingen früh. Anscheinend waren wir alle müde.

Am nächsten Morgen war ich wieder früh unterwegs, wenn auch in die entgegengesetzte Richtung. Die beiden Ufer des *spiaggia* Iticino hießen Molo d'Argento und Molo d'Oro, die naturbelassene Seite hatten Leo und sein Freundeskreis übernommen, silbern sollte sie womöglich wegen der Farbe des Sandes sein, und die künstliche Seite wohl golden, weil in der Nähe die Fischkutter anlegten. Am Strand türmen sich schwarze Steine, in denen die einheimischen Kinder nach Seeschätzen graben und angeln. Gennaro war schon dort, hockte unbequem auf einem trockenen Stein, in hellgrauer Flanellhose, einem Hemd und weichen Lederschuhen, während ich Hemd, kurze Hosen und meine hölzernen *zoccoli* trug. Als ich zu ihm kletterte, stand er auf und winkte etwas unbeholfen.

»*Ciao!*«, sagte ich.

»*Ciao.*« Gennaro streckte mir die Hand entgegen.

»Du bist sehr schick heute. Wie ein echter Gentleman.«

Er sah an sich hinab und strich zur Entschuldigung über die akkuraten Bügelfalten. »Es erschien mir passender.«

»Warum?« Ich war ziemlich unbarmherzig. »Was sollen wir denn unternehmen, wenn du so angezogen bist?«

Wieder lachte Gennaro nervös. »Ich kann nicht lange bleiben. Ich muss bald los. Viel zu tun.«

»Ein echter Geschäftsmann.« Ich verabscheute seinen Wandel zutiefst.

Nur mit Mühe hielt er an seiner Würde fest. »Wir sind keine Kinder mehr, Kit. Es ist nicht gut, wenn wir zusammen sind.«

»Was hat sich verändert?«

Wir waren uns zuerst im Alter von sechs Jahren begegnet. Damals hatte Fantah uns begleitet, um auf mich aufzupassen, und am zweiten Tag hatten wir uns auf die Suche nach einem Strand gemacht, wo ich spielen konnte, während Fantah ein weiteres der vielen grellbunten Jäckchen strickte, die sie über ihren Saris trug. Wenn englische Damen im Laufe der Zeit vergessen, was es mit diesem Wollgewand auf sich hat, wird man es für eine exotische Erfindung von asiatischen Emigrierten halten, für ein folkloristisches Schnittmuster, das seit Generationen weitergereicht wird und seinen Ursprung in einem sanskritischen Schriftzeichen hat. Die Schar kleiner Jungen, die bei unserer Ankunft geflüchtet waren, hatte sich wieder eingeschlichen, um durch die Felsen auf ihre Bräune zu starren, die sich nicht von ihrer eigenen unterschied, und auf meine Blässe und die Falten ihrer langen Chiffonröcke. Einer, wohl etwas mutiger als der Rest, stellte sich in die Sonne und starrte uns offen an.

»Kleine Monster sind das«, sagte Fantah.

Dieser eine Junge kam uns ziemlich nahe. »Kit«, sagte ich und deutete auf meine Brust.

»Gennaro«, sagte er und tat es mir nach. Ein klassisches Kennenlernen. Ich sah mich nach den anderen um, aber sie hatten ihm das Feld überlassen. Ohne gemeinsame Sprache spielten wir zusammen, wie es nur Kinder und Liebende vermögen. Seitdem trafen wir uns jedes Jahr. Es war Gennaro, von dem ich den Großteil meines Italienischs lernte, auch wenn er im Gegenzug nur ein oder zwei Worte Englisch lernte. Zunächst bewunderten wir unsere Unterschiede. Vielleicht waren wir etwas verliebt. Jetzt hatten wir uns seit zwei Jahren nicht mehr gesehen, Tokio war dazwischengekommen. Er streckte die Hände aus, imitierte eine Geste der Erwachsenen.

»*Scugnizz*«, sagte ich. So hatte ich ihn immer genannt, nach den Gassenkindern der Stadt, und ihm hatte die vage Assoziation zu schlagfertiger Schlechtigkeit gefallen. »Oder sollte es jetzt ›junger Mann‹ sein?«

»Ich muss los. Mein Vater … Es gibt viel Arbeit. Ich fahre mit dem Boot und kümmere mich um die Buchhaltung. Das ist viel Verantwortung.« Er war gleichermaßen stolz und eingeschüchtert.

»Und Renata?« Er äffte eine wissende, entschuldigende Erwachsenengrimasse nach. »Sie ist zu alt für dich.«

»Irgendwo muss man anfangen, und für den Anfang ist eine ältere Frau gut«, war seine Standardantwort. Die älteren Männer hatten ihn auf die nächste Stufe gezwungen, auf seinen bereitgestellten Platz. »Das verstehst du, wenn du älter bist.«

»Wir werden sehen.« Ich hatte gehofft, mich zumindest noch für eine Weile an einer angeblichen Kindheit festhalten zu können. Vielleicht würde mich Gennaros Abtrünnigkeit hinauszwingen. Ich hatte mehr von dem kleinen Jungen erwartet, der die Schatten als Erster hinter sich gelassen hatte. Jetzt würde man ihn dafür auslachen, Umgang mit Jüngeren zu pflegen: Der Kodex war genau definiert und wurde strengstens eingehalten.

»Ich muss los. Tut mir leid.« Dann ergänzte er noch, was ich ihm beigebracht hatte, weil er es in Filmen aufgeschnappt und unbedingt hatte lernen wollte: »*See you.*«

»*See you.*« Wir schüttelten uns die Hand. Ich sah zu, wie er sich die Strandmauer hinaufstemmte und in Richtung des Dorfes ging, zu den an Land gezogenen Booten mit ihren seltsam spitzen, schnabelartigen Bugschnauzen und fassförmigen Rümpfen, die so grell bemalt waren wie chinesische Drachen. Ich fragte mich, ob er noch wusste, was dieser Abschiedsgruß eigentlich bedeutete. Ich würde ihn beim Wort nehmen.

An diesem Tag gab es keine Diskussion. Als ich zurückkam, hörten Aias und mein Vater die Kassette an, tippten und redigierten. Meine Mutter schrieb Briefe. Ihre Korrespondenz ist enorm. Sie sitzt in Dutzenden Komitees auf der ganzen Welt, an denen sie nur postalisch teilnimmt, selten persönlich, und falls doch, einige so diamantharte Kommentare fallen lässt, dass alle für ein gutes Jahr zufriedengestellt sind und sie den nächsten Flug nach Hause nehmen kann. Ihre Briefe sind pragnant, oft sehr witzig und stammen eindeutig von ihr, durch ihren Stil ebenso markiert wie durch ihr Schreibmaterial.

Ich holte mir ein kaltes Getränk aus der Küche, wo die Signora schon mit dem Essen beschäftigt war, dann nahm ich mir ein Handtuch und ging prahlerisch an ihnen vorbei, durch den kleinen Vorgarten mit seinen rosenfarbenen Oleandern inmitten von harten Salbeisplittern, schwang mein Handtuch und bog links ab, als wollte ich hinab zum Dorf, ging dann aber wieder scharf links und noch einmal, bis ich vor der hinteren Gartenmauer der Signora stand. Ein Dattelpflaumenbaum ließ die dünnen Äste herabhängen. Die Steine der Mauer waren hart, doch der bröckelnde Mörtel, der schon immer mehr Sand als Zement gewesen war, bot meinen Zehen Platz, um Halt zu finden. Hier war der Hügel besonders steil und wurde nur von dem schmalen Pfad geteilt, auf dem ich stand. Niemand schien diese Stelle einsehen zu können; über mir war nur Gestrüpp und eine riesige Kaktusfeige, die Wache stand wie eine von Wyndhams Triffids. Aber es konnte jederzeit jemand auf dem Pfad auftauchen, also musste ich mich beeilen. In der Mauer gab es eine Tür, die irgendwie von innen verschlossen worden war, wie ich feststellen musste. Ich schlüpfte aus meinen *zoccoli* und ließ sie mit meinem Handtuch in einem Büschel Unkraut liegen. Zwischen meinen Zehen war der Staub warm. Wo die Dattelpflaume überhing, begann ich zu klettern und mein nacktes Fleisch, Knie, Zehen und Hände wichen vor dem Scheuern der rauen, verwitterten Steine zurück. Bei meinem ersten Versuch fiel ich, weil ich keinen Griff fand, stieß mir den Zeh und schürfte mir die Handflächen auf. Dann fand ich einen Halt für meinen Fuß, vielleicht einen halben Meter höher, griff nach den tiefhängenden Zweigen, die mein Gewicht zwar nicht trugen, aber mir wenigstens etwas mehr Balance verschafften, zog das freie Bein nach und steckte den Fuß in einen Spalt, damit ich mich hoch genug stemmen konnte, um einen Arm auf die Mauer zu legen und mich mit Hilfe eines stämmigeren Zweigs hochzuziehen. Keuchend vor Angst und Anstrengung blickte ich zurück auf den Pfad. Nichts bewegte sich. Im Schutz der Dattelpflaume ließ ich mich von der Mauer herabsinken und sprang in den Garten.

Dort gab es einen Feigenbaum, der Gennaro Schutz geboten hatte, falls er es tatsächlich gewesen war. Wie war er herein- und hinausgekommen? Er hatte sich sicherlich so schick wie möglich gemacht und war nicht über die Mauer gekraxelt wie ich. Von allen Grundstücken im Dorf war das der Signora wohl am besten gesichert. Noch einmal sah ich mich um. Vom Gärtner keine Spur. Ich betrachtete das Tor. Der Riegel, der von außen so massiv gewirkt hatte, war nichts als ein Ast, der durch zwei rostige Metallschlaufen gelegt worden war. Ich zog das Messer hervor, das ich nun als Teil von Judes Vermächtnis bei mir trug, und durchsägte den Ast etwa zur Hälfte, so dass er mit einem Ruck von außen zerbrechen würde. Es gab genügend andere im Garten, mit dem man ihn ersetzen konnte. Der Plan war zwar riskant, aber mir fiel nichts Besseres ein. Es könnte jederzeit auffallen, dass der Ast zerbrochen war und man ihn austauschen musste, bevor ich ihn mir zunutze machen konnte, aber dieses Risiko musste ich eingehen. Und wenn es mit dem Tor nicht klappte, gab es immer noch die Mauer. Auf diesem Wege würde ich immer hereinkommen, das wusste ich; ich wollte es nur nicht allzu oft probieren. Nachdem ich den Ast durch die Schlaufen gefädelt hatte, kletterte ich wieder über die Mauer, dank dem Baum war es diesmal einfacher, blickte schnell nach links und rechts und ließ mich auf den Pfad plumpsen, wo ich eine Staubwolke aufwirbelte. Mit Handtuch und *zoccoli* folgte ich dem Weg bergauf. Er führte immer höher, zwischen Hecken und vereinzelten efeuumrankten Steinmauern entlang, gelegentlich wurde er von einem anderen Pfad gekreuzt, auf den ich abbog, falls dieser eine vertikalere Route versprach; meine Entscheidungen markierte ich mit entsprechenden Symbolen. Als ich sieben Jahre alt war, entwickelte ich eine Leidenschaft für einsames Pfadfinden, wenn ich mich einer meiner liebsten Imitationen hingab: als der letzte Mohikaner oder eines der Kinder des Waldes, auf der Flucht in den Neuwald. Jetzt erwies dieses Wissen sich zum ersten Mal als nützlich, auch wenn ich mich am Miniaturhafen samt Meeresblick unter mir orientieren konnte, und nun auch an meinem Ziel, dem Albergo del Golfo Azzurro über mir. Ich würde noch ungefähr zehn Minuten brauchen; der Rückweg würde sehr viel schneller gehen.

Das Hotel stand auf einem felsigen Vorsprung, mit Zement gepolstert und von schmalen Säulen gestützt, als hätte es ein Vogel dort abgesetzt. Die Balkone, von denen einer zu Aias' Zimmer gehören musste, boten einen Blick aufs Meer, und unter ihnen war über eine weite Strecke nichts als Luft. Ich hatte gehofft, mir von einem günstig gelegenen Baum einen Überblick verschaffen zu können, aber das konnte ich glatt vergessen. Auch an den schmalen Stützen konnte ich nicht hochklettern, selbst wenn ich gewusst hätte, welches Zimmer das richtige war. Ich musste mir etwas anderes überlegen. Also ging ich den Pfad wieder hinab, folgte meinen Markierungen an unserer Villa vorbei in Richtung Meer zum Molo D'Argento. Dieses Mal kraxelte ich entlang der Klippe, bis ich mich auszog, meine Klamotten versteckte und um die Spitze schwamm. Nach meinem vollen Morgen war ich etwas müde, zudem musste ich bald wieder zum Mittagessen in der Villa sein.

Als ich mich dem Strand näherte, war keine Spur von Leo oder den schlafenden Baumstämmen meines letzten Besuchs zu sehen. Er hatte sie wohl zurück ins Leben katapultiert und fortgeführt. Das Feuer war niedergebrannt und wurde nur noch von der Sonne gewärmt. Abgesehen davon schien der Strand sauber und abfallfrei zu sein. Das Honeymoon Hotel stand noch immer. Ich fragte mich, ob ich einen Blick hineinwerfen wollte, befand das aber für zu riskant. Ich wollte nicht beim Herumspionieren erwischt werden. Trotzdem machte ich mir nicht die Mühe zurückzuschwimmen. Stattdessen erklomm ich die Felsen, während mein Körper trocknete, dann band ich mir mein Hemd um und lief unter den Blicken der Fischer zurück.

Als ich nach Hause kam, aßen sie bereits. Zu Mahlzeiten wartete man bei uns nicht; das wäre eine Zumutung, als insistierte man, dass Menschen zur rechten Zeit zum heiligen Futterritual zurück sein müssten. »Warst du schön schwimmen, Darling?«, fragte mich meine Mutter mit einem Lächeln. Dahinter verbarg sich ihre Sorge, ich könne ertrinken, doch meine Unabhängigkeit wollte sie nicht einschränken.

»Ganz nett«, sagte ich. »Ich bin am Verhungern.« Die Signora brachte mir eine überdimensionierte Portion Pasta. Auch sie lächelte, und ich grinste zurück, gab das hungrige und geniale Kind, wie ich es gelegentlich tue. Es war *pasta asciutta*: große Stücke gewellter Abflussrohre in einer würzigen Soße, die ich mit großer Freude in meinen Mund beförderte und verschlang. Die Signora hatte sie zubereitet, als ich unterwegs gewesen war.

Nach dem Mittagessen machte mein Vater erste Andeutungen hinsichtlich einer Siesta.

»Außer mir haben alle dein Zimmer gesehen«, sagte ich zu Aias.

»Dann komm doch jetzt mit, wenn du magst«, lächelte die Liebschaft meiner Mutter.

»Vielleicht mache ich das wirklich.«

»Du müsstest allerdings zurücklaufen.«

Ich verkniff mir ein »Ist doch nicht weit«, das mir von den Lippen zu springen drohte wie eine im Tod befreite Seele in einem mittelalterlichen Comicstreifen. Vielleicht wäre nichts passiert. Niemandem wäre etwas aufgefallen, aber irgendwann musste man schließlich anfangen, die eigenen Worte mit Bedacht zu wählen. Sie verraten uns so schnell.

Also ertappte ich mich bald wieder dabei, den Hügel zum Albergo hinaufzugehen; dieses Mal auf Asphalt und in Gesellschaft. Wegen der leisen Schmerzen in meinen Wadenmuskeln lachte ich in mich hinein. Dieses Mal betrat ich das Kaffeetoffee durch einen weißen Spalt, dem gegenüber ein blauer Chromschreibtisch auf Marmor stand, an dem der Rezeptionist ein Sci-Fi-Taschenbuch mit hüpfenden grünen Männchen auf roten Kratern las. *Il Microcosmo Verde*. Auf Italienisch klang marsianisches Geplapper noch mehr nach den Chipmunks.

»*Diciassette*«, sagte die Liebschaft meiner Mutter. »*Grazie.*«

Ein »*Prego*« begleitete das Schlüsselgeklimper, doch seine Augen starrten schon wieder in die Unendlichkeit.

»Und wenn sie kein Englisch sprechen?«, sagte ich, als wir zum Aufzug gingen.

»Wer?«

»Die grünen Männchen.«

»Ich glaube nicht, dass es sie gibt. Du etwa?«

»Nein. Aber es wäre tröstlich.«

»Dass sie existieren?«

»Ja.« Wir schlossen uns in dem kleinen Plastiksarg ein, geeignet für maximal vier Personen, und fuhren zur nächsten Etage.

»Falls sie existieren«, sagte die Liebschaft meiner Mutter und steckte den Schlüssel ins Loch, »dann sind wir nicht allein, uns obliegt nicht die gesamte Verantwortung für das Universum, und das ist wiederum tröstlich. Allerdings steht eine Sache fest: Falls sie existieren, sind sie technologisch auf demselben Stand wie wir.«

»Warum?«

»Weil wir so kurz vor dem Durchbruch sind. Wären sie uns voraus, stünden sie schon hier.«

Ich ging ans Fenster und sah durch die Jalousien auf den Balkon. »Vielleicht sind sie nicht so neugierig wie wir.«

»Das hat nichts mit Neugier zu tun; man legt einfach einen empirischen Stein auf den nächsten, Ursache und Wirkung. Wenn eine Theorie korrekt ist, würde sie auch auf die kleinen grünen Männchen zutreffen.«

»Du meinst, sie hätten keine andere Wahl?«

»Was denkst du?«

Das Zimmer roch schwach nach Parfüm. Ich fragte mich, ob es das meiner Mutter war. Aias schritt voraus, öffnete erst die Glastüren, dann die Jalousien, und wir gingen hinaus auf den Balkon. Der Blick aufs Meer und noch weiter war ausgezeichnet. Unter den Bäumen und Büschen sah ich einen Streifen des Feldwegs, dem ich am Vormittag gefolgt war, und merkte mir einen Schwall Heckenkirschen, an dem man mich vom Balkon sehen konnte.

Das leuchtende Meer schmerzte mir in den Augen, während ich die entfernten Schatten zu erkennen versuchte; entweder legten die Fischerboote ab oder warteten vor dem Ufer auf ihre unschuldigen Opfer. Für einen Augenblick lehnten wir an der Brüstung, und die Sonne schlug so heftig auf uns ein, dass mir der Schädel brummte.

»Für Sightseeing ist es zu heiß.« Aias führte uns zurück ins Zimmer, wo es zwar nicht kühl war, aber zumindest etwas erholsamer, wenn man eine Jalousie herunterzog und die andere leicht offenstehen ließ.

Es war ein Doppelzimmer mit zwei Einzelbetten und eigenem Bad. Tatsächlich war alles in zweifacher Ausführung bereitgestellt worden, die Schränke, Frisiertische, nach typischem Art-Déco-Stil mit Eichenfurnier und Metallbesatz, die gesteppten Polsterstühle und Kopfteile der Betten.

»Mach es dir gemütlich.« Aias deutete auf das Bett am Fenster. »Ich würde dir einen Drink anbieten, aber ich habe nur Scotch, und wenn ich mich recht entsinne, magst du den nicht.«

»Nein, danke. Aber trink du nur. Ich hätte gerne ein Wasser, wenn man es aus der Leitung trinken kann.«

»Es steht nirgendwo, dass man es nicht könnte, und es gibt sogar zwei Gläser.« Die Liebschaft meiner Mutter ging ins Bad, dann hörte man Wasser rauschen. »Ich habe es so kalt wie möglich eingestellt, aber kälter wird es einfach nicht.«

»Danke.«

Aus der Schublade eines Frisiertischs nahm Aias eine Flasche Johnnie Walker Black Label, füllte mit akkuraten Bewegungen genau ein bernsteinfarbenes Drittel des Glases, verkorkte die Flasche wieder und stellte sie auf die gläserne Tischplatte. Das Zimmer war klösterlich leer, bis auf die ihm eigene Ausstattung und die Flasche Scotch und ein Paar Schuhe, das neben einem Kofferständer mit Aias' Tasche ordentlich aufgereiht bereitstand. Es gab keine Kleidung, die über Stühle geworfen worden war, keine Bücher, keine Papiere. Warf man nur einen kurzen Blick durch die Tür, hätte man meinen können, das Zimmer stünde leer, doch ein schwacher Geruch hatte sich festgesetzt.

»Kann ich die Toilette benutzen?«

»Na klar.« Aias hatte sich auf das andere Bett gesetzt, lehnte sich auf den Ellbogen, um das Glas im richtigen Winkel zu halten. Ich ging ins Bad und verschloss die Tür geräuschlos. Hier sah es weniger asketisch aus. Über der Stange des Duschvorhangs trockneten Hosen und Socken. Ein tropfendes Hemd hing wie ein schwankender Geist auf einem Kleiderbügel. Ich pinkelte so leise wie möglich, wollte lieber das Porzellan treffen anstatt des Wassers. Hörte jemand mit an, wie man pinkelte, gab es dieser Person Macht über die andere. Aias hatte schon genug Macht. Eine Waschtasche aus Plastik erregte mein Interesse, aber es war zu riskant. Auf dem Regalbrett über dem Waschbecken stand eine gelbe Zahnbürste, die neu wirkte, und eine beinahe volle Tube englischer Zahnpasta, plastikweiß und sehr minzig. Ich öffnete die Tür und rief hinaus.

»Kann ich mir ein Handtuch leihen? Ich würde mir gerne das Gesicht waschen. Ich bin noch voller Salz.«

»Na klar. Es gibt genügend saubere.«

Ich schloss die Tür und planschte am Waschbecken. Dann trocknete ich mich mit einem sauberen Lappen ab und nahm den dreckigen vom Haken, hielt ihn mir an die Nase, um das Aroma der Liebschaft meiner Mutter tief einzuatmen. Es roch nur schwach nach Seife. Ich vertauschte die beiden Handtücher und öffnete die Tür. »Danke.«

Aias lächelte.

»Ein ›Gern geschehen‹ wäre jetzt angebracht.«

»In England gibt es keine höfliche Variante. Vielleicht, weil wir es nicht so meinen?«

»Könnte sein.«

»Als was definierst du dich?«

»Mitglied der Weltbevölkerung Nummer irgendwas.«

»Hast du einen amerikanischen Pass?«

»Momentan schon. Aber ich könnte auch verschiedene andere haben, wenn ich wollte. Schwimmst du?«

»Ein bisschen. Früher war ich ganz gut, aber man kommt so schnell aus der Übung.«

»Ich schwimme jeden Tag.«

»Vielleicht könnte ich irgendwann mitkommen?«

»Das könntest du.« Ich war wieder auf dem Bett, bewusst entspannt, und schickte ein Lächeln über die Lücke zwischen uns, als Aias das Glas hob. Heute Abend würde Aias sich die Hände, das Gesicht und wer weiß was noch mit dem Handtuch abwischen, das ich benutzt hatte, unwissentlich meinen Schweiß mit dem eigenen vermischen, denn selbst auf frisch gewaschener Haut sind Schweiß, Öle und Salze, die das Handtuch aufsaugt. »Ich sollte mich auf den Heimweg machen.« Ich schwang die Beine vom Bett.

»Dann bis zum Abendessen.«

»Was für ein Tag ist heute?«

»Donnerstag, glaube ich. Langsam verliere ich hier jegliches Zeitgefühl.«

»Dann essen wir auswärts. Die Signora hat donnerstags frei. Das gefällt ihr zwar nicht, aber mein Vater besteht darauf. Normalerweise gehen wir zur Pizzeria. Mir schmeckt's.«

»Die Pizza?«

»Ja, aber sie ist anders, als man sie irgendwo nördlich von Neapel bekommt. Bis dann.« Zum zweiten Mal an diesem Tag ging ich den Hügel hinab, auch wenn ich dieses Mal rannte, weil ich plötzlich müde war.

Meine Mutter weckte mich. Ich hatte lang und tief geschlafen. Aias war eingetroffen, und sie waren bereit zum Aufbruch, nur von mir fehlte jede Spur. Als ich aufwachte, beugte sie sich über mein Bett. »Kit, Kit, wach auf, Darling.« Ihr Parfüm, schwerer Moschus, sickerte in meine Träume. Oder war es schon dort gewesen?

»Du bist wirklich wunderschön«, murmelte ich.

»Danke, Darling, aber ich glaube, du schläfst noch.« Sie strich mir die Haare aus den Augen und gab mir einen Kuss. Körperliche Zuneigung hat mir meine Mutter nie vorenthalten, da sie die richtigen Bücher gelesen hatte und selbst diese säugetiertypische Warmblütigkeit besaß, dank der sich pelzige Tierchen zusammenkuscheln und Katzen in der Sonne oder am Kamin schlummern. Man hätte meinen können, dass ihre Schüchternheit und das Sanskrit ihre Fürsorge minderten; aber dem war nicht so. Wenn sie sich in Augenblicken wie diesen über mich beugte, versetzte mich ihre Anwesenheit in eine ruhige Wonne, die ich normalerweise nur spürte, wenn ich mich im warmen Salzwasser auf dem Rücken treiben ließ, mit geschlossenen Augen, und meine Gliedmaßen vom Glanz der Sonne überströmt wurden, während sanfte Wellen mich beinahe in den Schlaf wiegten. »Gehen wir zur Pizzeria?«

»Ja.«

»Ich komme gleich.«

Sie stand auf und ging. Es war fast schon dunkel, denn hier im Süden wird die kurze Dämmerung von der schwarzen Nacht überrollt, nicht wie in Olde oder New England, wo das romantische Halbdunkel des Sommers lange anhält, oder wie das nächtelange Morgengrauen im Großmutterland. Bevor ich das Licht einschaltete, schloss ich wegen der Moskitos die Fensterläden und Fenster. Die Moskitos von Iticino sind ganz besonders bösartig. Im Dunkeln liegend, habe ich schon oft ihrem surrenden Sturzflug gelauscht, wenn sie ihre Bomben auf nacktes, verletzliches Fleisch fallen lassen, um mich hektisch aufzusetzen, das Licht einzuschalten und sie zu blutigen Punkten an der Wand zu schlagen – Punkte meines Bluts. Am nächsten Tag zeugen geschwollene Wulste von ihren Besuchen wie die Bissspuren von Sukkuben, lassen die Gliedmaßen aufblähen mit dem Gift dieser kleinen Degenspitzen, so tödlich wie Laertes' Racheplan. Ihre Lieblingsstelle war das Augenlid, das sie mit derselben Treffsicherheit anschwellen ließen wie ein Boxkampf.

Die Pizzeria lag am Rande der Piazza. Es war nur eine Hütte, die den Ofen des *pizzaiolo* beherbergte und zu einem Innenhof mit einem riesigen Weinstock führte. Die Tische und Stühle wackelten, aber jede Gruppe erhielt saubere Papierservietten, und der einzige Weißwein auf der Karte war immer kalt und trocken. Die *pizze* hatte ich Aias bereits angepriesen. Sie waren außerdem unglaublich günstig, weshalb alle hierherkamen. Mir gefielen hier nicht nur Essen und Getränke, sondern auch, wie gut man andere beobachten konnte. Als wir ankamen, war bereits viel los; der *pizzaiolo* mit weißer Kochmütze und Schürze verwandelte die Teigkugeln mit schnellen Bewegungen in flache Platten, ließ Öl rieseln, tüpfelte Käsestückchen und Tomaten, ehe er die platten Pfannkuchen in den feurigen Bauch des Ofens schob, so dass sein Gesicht abwechselnd rotbraun oder bleich war, als hätte er es bemehlt wie eine Pizza. Vielleicht bestand auch der Rest seines Gesichts nur aus Belag: Augen aus Oliven, eine Tomatenscheibe als Mund, dazu eine Mozzarella-Nase mit Kapern als Nasenlöchern. Wir aßen und tranken, bei dem Geräuschpegel war ein Gespräch unmöglich. Kaffee nahm man in einer der Bars zu sich;

wer noch zusammen gegessen hatte, teilte sich für diesen Genuss auf, ging entweder nach Liliput oder Brobdingnag, auch wenn ich nicht entscheiden konnte, was nun was war. Manchmal erschienen mir die Fischer wie Riesen, doch dann schrumpften sie unter meinem kühlen Blick zu Nadelspitzen, wie es Traumgestalten tun.

So saßen wir also in dieser Bar und hatten es uns, wie man so sagt, gerade erst mit Espressi und Cognac gemütlich gemacht, als Leo und ein Teil seines Stamms hereinkamen, nur saßen wir natürlich draußen, und ich bemerkte bloß anhand einer Aufmerksamkeitswelle, die durch die Einheimischen ging, dass sie sich zu uns gesellt hatten. Ich hatte die Gesichter nach Gennaro abgesucht, aber er hielt sich heute Abend fern.

»Freunde von mir«, sagte ich, reckte den Kopf in Richtung der Gruppe und stand auf. »Ich sage nur kurz Hallo.« Mein Vater nickte.

Ich bahnte mir einen Weg zwischen Tischen und Stühlen hindurch. Wir saßen immer vorne, wo es am dunkelsten war; sie nahmen den Tisch gleich vor der Bar, wo helles Licht schien, in dem der Gitarrist klimpern oder sie sich in noch größerer Abgeschiedenheit wähnen konnten, weil die Dunkelheit sie vom Rest der Gäste trennte. Mit Leo waren sie zu viert: ein blasser *Negro*, ein jüdisches Mädchen, sicher hieß sie Gerry, Carole oder Sally Ann, und ein wölfischer Junge in zerschlissenem Denim, der nichts sagen, sondern bloß höhnisch grinsen oder in die Ferne schauen würde, um seiner Überlegenheit Ausdruck zu verleihen.

»Hi!«, sagte ich zu Leo.

»Hi.« Er sah von der Gitarre auf, dann wieder hinunter, um sie zu stimmen, der schiefe Blick wie der eines Eichhörnchens im Central Park auf die Hände gerichtet, um genau hinzuhören und an den Wirbeln zu drehen. »Gerry, Jon, Okie – Kit.« Er nickte den anderen jeweils einmal zu. Okie nickte auch. Gerry, ich hatte gleich richtig gelegen, sagte »Hi«, und Jon grinste. Ich lächelte alle offen an.

»Woher kommst du?«, fragte Gerry.

»Ich? Von überall.«

»Klingt nach einer guten Gegend. Da will bestimmt niemand was von dir«, sagte Okie und verlagerte seinen Kaugummi zurück an einen zentraleren Kaupunkt. Ich begriff, dass ich ihn falsch eingeschätzt hatte.

»Okie drückt sich vor dem Wehrdienst«, sagte Leo, unterbrochen von Saitengezupfe.

»Hey!«, protestierte Okie.

»Ach, Kit ist schon in Ordnung. Oder nicht, Kit?«

»Ja, ich bin in Ordnung. Viel Glück.«

»Du klingst wie ein Limey. Jon ist auch ein Limey.« Gerry lächelte ihn an, er senkte den Blick.

»Ein schwarzer Limey, wer hätte das gedacht.« Leo zupfte weiter.

»Ich komme aus Nirgendwo und reise nach Überall«, lachte Jon.

»Ich habe dich heute Morgen gesehen«, sagte Gerry.

»Es sah aus, als wäre niemand da.«

»Wir waren im Hotel. Ich habe dich gehört und nachgeschaut.« Sie und Jon, dachte ich. Ich war sehr froh, dass ich so vorsichtig gewesen war und nicht offensichtlich herumgeschnüffelt hatte.

»Wo ist der Rest?«, fragte ich.

»Wir haben heute Morgen klar Schiff gemacht. Manche waren schon eine ganze Weile da und wollten weiter nach Sizilien. Also habe ich gesagt, dass sie sich gefälligst verpissen und mir meinen Frieden lassen sollen. Und das haben sie gemacht. Dilettanten, College-Kids. Jetzt sind nur noch die drei übrig.«

»Ich bin kein Dilettant, Mann, ich bin auf der Flucht«, sagte Okie.

»Der Reisende von Arkansas«, sagte Leo und spielte ein paar vertraut klingende Takte. »Ihr Okies habt euch in Oklahoma doch immer nur mit Landwirtschaft beschäftigt. Wie kommt's, dass einer von euch mit dem Denken angefangen hat?«

»Wir waren schon immer unterwegs. Weil wir immer arm waren. Eure Gesellschaft hat uns nie irgendwas gegeben, warum also sollte ich in den beschissenen Krieg ziehen. Ich hab's bloß ein bisschen weiter weg geschafft als die meisten.«

»Meine Gesellschaft isses nicht, Mann.«

»Du hast schon immer *colored* Menschen gehabt, die sich für dich bekämpfen«, sagte Jon mit einem Lächeln, um die Spannung zu lösen.

»Das sagen unsere schwarzen Jungs zuhause auch. Ich unterstütze alle, die nicht kämpfen wollen. Von mir aus auch einen blauarschigen Halb-Ziegenbock.«

»Findest du meine Gitarre so schrecklich, oder was?«, fragte Leo Jon. »Er ist ein richtiger Musiker, musst du wissen. Schreibt seinen Kram auch selbst.«

»Musik stört mich nie, solange man sie wirklich machen will.«

»Ich will nur Gitarre spielen, weil es mir schon wieder graut. Noch bin ich ganz entspannt, aber in ein paar Wochen mache ich mich auf den Weg nach Rimini, vielleicht sogar bis nach San Marino, um den richtigen Touris ein paar Kröten abzuluchsen, nicht diesen Spinnern hier. Ist das dein alter Herr? Sieht geizig aus, als hätte er Geld ohne Ende.«

»Ja, das ist er. Wenn du ihn nach einem Dollar fragst, kriegst du eine Fußnote.«

»Erinnert mich an meinen Vater«, seufzte Gerry. »Verlässlich, respektabel.«

»Ach, so was ist unter seiner Würde.«

»Eigentlich ist Gerry hier die Dilettantin.«

»Ja, das stimmt wohl. Ich bin schon vor ein paar Jahren weggerannt, aber ich weiß genau, was mich erwartet, also werde ich irgendwann heimkehren. Ich finde mich ja selbst deprimierend. Zuhause, was für ein schreckliches Wort.«

»Sei doch froh«, sagte John.

»Ich versuch's ja, wirklich.«

»Du strengst dich zu sehr an.«

»Weil mir das nicht im Blut liegt. So bin ich nicht erzogen worden.«

»Quatsch!« Leo schlug einen dissonanten Akkord an.

»Wahrscheinlich ist das genetisch.« Gerry schüttelte den Kopf.

Ich stand auf. »Ich sollte lieber wieder zu den anderen. Wir sehen uns.« Sie nickten und murmelten vor sich hin. Leo stimmte eine Melodie an, die in »Lily of the West« überging. Auf dem Rückweg ging ich außen entlang statt mittendurch und stellte mir die ganzen Kommentare vor. Leos Gesang erklang.

»But she turned unto another man
Which so oppressed my mind.«

»Du scheinst sie ja ziemlich gut zu kennen«, sagte mein Vater.

»Das ist Diogenes, nur hat er sich eine kleine Gefolgschaft zusammengestellt.«

»Einen Hofstaat.« Mein Vater lachte über seinen eigenen Witz.

»Er findet, du siehst geizig aus.«

»Wenn es ums Geld geht, schon.«

»Und als hättest du Geld ohne Ende.«

»Und was hast du darauf geantwortet?«

»Ich könnte etwas Taschengeld gebrauchen.«

»Entschuldige, das habe ich ganz vergessen. Ich kümmere mich morgen darum.«

»Vielleicht sollten wir Diogenes zu der einen oder anderen Diskussion einladen«, sagte ich und ergänzte, bevor jemand protestieren konnte: »Das würde euch bestimmt zeigen, dass ihr oft dasselbe meint.«

»Warum nicht«, sagte Aias, und meine Mutter nickte. Provokation ist schwierig, wenn die eigenen Eltern so vernünftig sind. Plötzlich fuhr ein kalter Wind, wie er nach Einbruch der Nacht manchmal vom Meer weht, durch die Pizzeria. Meine Mutter fröstelte.

»Ist dir kalt? Ich kann dir leider keine Jacke anbieten.« Meine Mutter und ihre Liebschaft sahen sich in die Augen, und ich erkannte, wie die Welt um sie herum verschwand, wie es in ihren Ohren rauschte. Waren sie schon Geliebte? Ich musste es wissen.

»Vielleicht sollten wir gehen«, sagte mein Vater. Renata und die Signora würden wohl nicht mehr auftauchen.

Ein paar Tage später geschah es, wie man in anderen Büchern sagt, dass mir das Schicksal in die Hände spielte und eine Antwort auf mein Problem bot. Ich hatte mich vom Molo d'Argento ferngehalten und war morgens nur am Hauptstrand geschwommen, ohne die Landzungen zu umrunden. Einmal begleitete mich Aias. Die Liebschaft meiner Mutter ließ Oberteil und Hose neben meinem eigenen Crusoe'schen Häufchen fallen und watete ins Wasser, versuchte sich an einem Kopfsprung und zog die Arme dann in einem tolerablen, wenn auch nicht sonderlich aufregenden Kraulstil nach vorne. Als Aias weit genug hinausgeschwommen war, ruhte sich die Liebschaft meiner Mutter auf dem Rücken aus, wog sich im Wasser wie in einer Hängematte, ging dann mit einem spritzenden Schwanzschlag zum Rückenschwimmen über, drehte sich für einen kleinen Unterwasserausflug, kam wieder nach oben, prustete und schwamm dann in langsamer, aber solider Brustlage parallel zum Ufer. Aias schwamm so faul wie jemand, der früher mit etwas Anstrengung gut gewesen war, sich aber jetzt einfach im Wasser wohlfühlte. Die Liebschaft meiner Mutter hatte breite Schultern und kräftige Beine, potenziell athletisch, dazu blondes Haar, das dunkelnass triefte und glänzte, wenn es in der Sonne trocknete, von Salzkörnern poliert. Für eine Weile lagen wir am Strand, mit dem Gesicht nach unten. Zu diesem Zeitpunkt war ich schon ziemlich braun, aber Aias noch immer sehr weiß und besorgt darüber, zu viel Sonne abzubekommen. Ein Schatten fiel auf uns, ließ mich den Kopf aus meiner heißen, schattigen Betrachtung von Salz und Gras und Strandgeruch heben.

»Ach, Kit, ich dachte doch, ich hätte dich erkannt. Wie schön, dich zu sehen.«

»Oh, Ellie, wie nett. Vater sagte, du hättest angerufen. Das ist Aias.«

»Sehr erfreut.« Die Liebschaft meiner Mutter sprang auf und schüttelte Ellies Hand wie ein perfekter englischer Gentleman, nur dass dies heutzutage niemand außer älteren Herrschaften aus der Arbeiterklasse tut, zumindest sagt das mein Vater, der schließlich Gesellschaftsexperte ist.

»Könntest du eventuell kurz nach den Kindern sehen? Ich muss einen Fischer suchen.«

»Klar«, sagte ich, »aber beeil dich. Wir müssen zum Mittagessen zurück sein. Du weißt ja, wie wichtig Vater Präzision ist.« Dies behauptete ich wohlwissend, dass ich einen völlig falschen Eindruck vermittelte, dabei jedoch nur die Wahrheit sagte. Es befriedigte irgendeinen künstlerischen Impuls in mir.

»Ach, ihr beide werdet euch sicher wunderbar um sie kümmern«, sagte Ellie und schenkte der Liebschaft meiner Mutter einen ihrer hilflosesten und bestechendsten Blicke.

»Und es macht den beiden nichts aus, bei uns zu bleiben?«, fragte Aias.

»Nein, nein, sie sind Fremde gewohnt, und Kit ist ihnen ja gar nicht fremd. Ich werde wirklich nicht lange brauchen. Und ihr benehmt euch jetzt«, und damit ging sie zum Klagegesang der Mimih.

»Aus zweiter Ehe«, murmelte ich Aias zu. »Wie alt bist du jetzt, Otto?«

»Er ist sieben und ich sechs«, antwortete Karen.

»Stimmt«, ergänzte der Junge. Offensichtlich hatte sie das Sagen.

»Na dann spielt mal los«, sagte ich.

»Aber nicht zu weit weg«, sagte Aias.

»Komm schon«, sagte Karen, »du bist so langsam«, und führte ihren Bruder zu einer Felsnase mit einem probaten Tümpel, an den ich mich aus meiner kurzen Kindheit erinnerte. Ich dachte darüber nach, wie viel besser der Molo d'Oro für solche Aktivitäten geeignet war, aber wollte sie aus unerfindlichen Gründen nicht dorthin bringen, also überdeckte ich mein Nichtwollen, indem ich mir sagte, ihre Mutter würde sicher bald zurück sein und sie dann suchen.

»*Si dice*, dass er nach Otto Schulzberg benannt wurde, ihrem damaligen Dirigenten, und es eigentlich sein Kind ist, aber selbst Ellie wäre nicht so rücksichtslos. Auch wenn es vielleicht der einzige Weg war, sich an ihn zu erinnern, also den Vater, meine ich.«

»Die Theorie fällt flach, sobald es um das Mädchen geht.«

»Ach, da wäre ich mir nicht so sicher«, sagte ich und versenkte den Kopf wieder in das Meeresdunkel, aus dem Ellie ihn gezogen hatte.

»Ich ziehe lieber mein Oberteil an, bevor ich mich in einen Hummer verwandle.« Aus irgendeinem Grund wollte ich noch nicht, dass sich die Liebschaft meiner Mutter bedeckte. Stattdessen ertappte ich mich bei dem Gedanken, wie es wohl aussehen würde, wenn Aias splitternackt auf mich zukam. Ich wollte kämpfen, ringen, verletzen oder verletzt werden. »Komm schon«, ich sprang auf, »im Wasser kriegt man keinen Sonnenbrand«, und rannte ins Meer. Der Hauptstrand von Iticino hat den großen Vorteil, dass der Meeresboden eben ist und frei von jeglichen Kieseln oder scharfen Muschelstückchen, die einen unvorsichtigen Fuß wie eine Scherbe schneiden können. Mit meinem Gestampfe durchs seichte Wasser wirbelte ich glitzernde Tropfen in Regenbogenfarben auf, die für einige Sekunden wie Kronleuchter in der Luft schwebten. Wie erwartet kostete mich diese Anstrengung Kraft, also ließ ich mich sanft in die tiefen Abschnitte gleiten, mein Haar umhertreibendes Seegras, die Gliedmaßen widerstandslos, knochenlos wie Quallen. Aias war mir finster gefolgt, hatte das Meer mit einem kerzengeraden Robbensprung geteilt, ohne es aufzuwühlen.

»Wir müssen die Kinder im Blick behalten«, rief Aias über das klare, wellenlose Glas hinweg, das mich so warm und klebrig wiegte wie mein Schweiß.

Sie hockten jetzt an dem Becken mit der schrecklichen Strömung, an die ich mich zwar erinnerte, die ich aber kaum mehr spürte.

»Denen geht es gut.« Dennoch wandte sich Aias zum Strand und hatte sich, als ich ankam, schon das Oberteil übergezogen und war zu den beiden gebückten Gestalten gegangen. Ich war froh, als Ellie sie abholte, auch wenn sie keinen Fischer im Schlepptau hatte wie erhofft.

»Sag deinem Vater, ihr sollt bald zum Abendessen vorbeikommen. Du natürlich auch.« Sie wandte sich an Aias. »Ich melde mich.« Die Sätze überbrachte sie in einem atemlosen Sprachgesang, dessen Plagalschluss ich beinahe hören konnte. Dann nahm sie die Kinder, eines an jeder Hand, um sie fortzuführen.

»Ich möchte euch gerne etwas vorlesen«, sagte mein Vater, als wir uns ein weiteres Mal um das Aufnahmegerät versammelt hatten. »›Indem es uns die vollkommen mechanische Natur des Handelns vor Augen stellt und uns damit von der selbst auferlegten und überaus hinderlichen Last der moralischen Verantwortung befreit, verleiht uns das wissenschaftliche Prinzip der Vererbung das Recht, ein kontemplatives Leben zu führen.‹ Fasst das nicht genau zusammen, was wir zuletzt besprochen haben, zumindest in Teilen?«

»Das hängt wohl davon ab, wie man ein ›kontemplatives Leben‹ definiert, oder nicht?«, schlug Aias vor.

»Ist das Wilde?«, sagte meine Mutter.

»Ja und ja«, sagte mein Vater und blickte sie nacheinander an. »Unser Konsens war, dass es nicht die Wissenschaft sein kann, zumindest nicht im Sinne eines ewigen Strebens nach Wissen.«

»Wahrscheinlich meinte er das Leben selbst«, sagte meine Mutter. »Das würde zu vielen seiner Ansichten passen.«

»Also ein Leben der ›Ruhe des Geistes, alle Feuer erloschen‹. Dabei ist das Leben selten lange genug, um kontempliert zu werden«, widersprach Aias. »Eine religiöse Kontemplation kann er sicherlich nicht gemeint haben, also muss es ihm um Ästhetik gehen. Handelt nicht gerade *Das Bildnis des Dorian Gray* von der Beständigkeit der Kunst und der Vergänglichkeit des Lebens?«

»Er hätte sein Leben wohl gerne als eine Art fluides Kunstwerk gesehen, das durch Eindrücke und Handlungen geschaffen wird wie durch Pinselstriche oder lyrische Motive«, sagte meine Mutter.

»Allerdings hält uns die Sterblichkeit immerzu davon ab.«

»Und doch gab es und wird es das Leben weiterhin geben. Es ist die Kunstform der meisten Menschen.«

»Ist das Leben nicht genauso unwirklich wie Musik, die nur auf dem Papier steht, ohne je gespielt zu werden?«

»Aber diese Musik könnte von jemandem gelesen und in Gedanken gespielt werden. Demnach ist auch jede einzelne Biographie reizvoll, weil man auf ein potentielles Lebenskunstwerk stoßen könnte.«

»Und weil das Leben endlich ist, begrenzt von Wiege und Grab, kann es zu einem Ganzen werden, einem Artefakt«, sagte Aias. Das Gespräch hatte zwischen ihnen beiden stattgefunden, während mein Vater und ich ihm lauschten wie einem Wechselgesang.

»Und was ist mit der Erbfolge?«, fragte mein Vater. »Eltern und Kinder folgen aufeinander wie Molekülketten?«

»Die meisten Kinder sind völlig anders als ihre Eltern«, sagte ich, um niemanden in Verlegenheit zu bringen, »was die Frage aufwirft, worin die Verbindung zwischen ihnen bestehen soll, abgesehen von körperlichen Ähnlichkeiten.«

»Und auch ihre Leben sind, mit Blick aufs große Ganze, völlig anders«, sagte mein Vater erleichtert, »es sei denn, sie werden von ihrer jeweiligen Gesellschaft ins selbe Prokrustesbett gezwängt. Selbst die innerliche Qualität ihrer Leben unterscheidet sich stark. Allerdings sind Leben, wie Aias sagt, ein sterbliches Durcheinander; sie können spurlos verschwinden, und in den meisten Fällen geschieht genau das. Und dann?«

»Auch wenn ein Leben nicht originell ist«, sagte ich, »ist es doch Kunst, oder nicht? Das ist die einzige Bezeichnung, die alle Kriterien erfüllt.«

»Kannst du das genauer ausführen?«, fragte mein Vater, nicht weil er es nicht verstand, sondern damit ich die richtigen Worte fand.

»Nun, jedes Kunstwerk existiert zum Selbstzweck seiner Kreation. Und diese ist unerschöpflich. Brahms hat Mozart nicht abgelöst. Stattdessen koexistieren sie; im Gegensatz zum Wissen, wo das Alte durch Neues ersetzt wird. Schöne oder aufregende Formen, wie diese peruanischen Vasen, können uns Vergnügen bereiten, aber genauso den Menschen, die sie kreiert haben, vielleicht sogar noch mehr als ihnen, und auch Menschen in tausend Jahren.«

»Sehr gut!« Meine Aufführung hatte ihn zufriedengestellt.

»Der Teil mit dem Vergnügen ist sehr wichtig.«

»Vergnügen entsteht, wenn Energie freigesetzt wird, richtig?«, fragte Aias. »Also das Gefühl, von etwas mitgerissen zu werden.«

»Ich denke schon. Es hängt nur davon ab, wie man diesen Prozess auslöst, und Kunst ist einer der Hauptauslöser.«

»Die Katharsis von Aristoteles«, sagte mein Vater.

»Die Ruhe nach dem Orgasmus«, sagte meine Mutter und sah Aias direkt an.

»Ohne diese Erlösung können wir nicht glücklich sein.«

»Und das Ziel unseres Strebens ist noch immer Glück?«, fragte mein Vater. Wir alle nickten.

»Ja, denn was auch immer der Mensch vorgeblich anstrebt, dient doch heimlich dem eigenen Vergnügen.«

»Und wenn ihm nicht gefällt, was er tut?«, fragte ich.

»Dann gibt er entweder auf, oder sein Durchhaltevermögen verschafft ihm das größere Vergnügen. Er könnte sich auch davon überzeugen, das Richtige zu tun, weil zu tun, was er für richtig hält, ihn wiederum vergnügt. Selbst wenn sein Streben sehr schmerzhaft sein mag, könnte es sein Bedürfnis nach Schmerz befriedigen und dementsprechend in Vergnügen resultieren«, antworte Aias wieder.

»Also tun alle, die ein gewisses Maß an Freiheit genießen, nur das, was sie möchten. Gibt es Ausnahmen von dieser Regel?«

»Die Rahmenbedingungen bilden die Ausnahme, sei es Armut, Krankheit oder Einschränkung durch praktische und soziale Strukturen«, offerierte meine Mutter aus ihrem Netzwerk an Komitees, die allen Menschen dieselben grundlegenden Freiheiten zu bieten versuchen, die auch sie selbst genießt. »Aber das sind Probleme, die eine praktische Lösung erlauben. Räumt man sie aus dem Weg, wie wir es im Laufe der Zeit tun müssen, sieht man die eigentlichen Probleme, die des Charakters, der Erkenntniskraft des Geistes, und diese lassen sich nicht durch technologischen Fortschritt lösen.«

»Und so kommen wir zum selben Ergebnis wie im letzten Gespräch«, sagte mein Vater so siegessicher wie ein Magier, der einen weißen Hasen aus dem Hut zieht, und bedeutete Aias, das Aufnahmegerät zu stoppen.

Aus irgendeinem Grund wollte an diesem Abend keiner von uns zur Piazza. Nach dem exzellenten Dinner der Signora verweilten wir noch lange, und Aias fuhr früh. Mittlerweile herrschte Akzeptanz darüber, dass die Liebschaft meiner Mutter das Auto über Nacht behielt, um zum Albergo und wieder zurück zu fahren. Meine Vorstellung der stapfenden Füße, die die staubige Straße morgens und abends entlangtrotteten, war, wie all diese charmanten Bilder des Landlebens, von den Fortschritten der Mechanisierung vertrieben worden.

Ich musste eingeschlafen sein, war aber plötzlich hellwach, und zwar so intensiv, wie man es nur nachts sein kann. Und doch meinte ich, nicht allzu lange geschlafen zu haben. Was hatte mich aufgeweckt? Ich sah auf die leuchtend grünen Zeiger auf meinem Handgelenk. Sie lagen übereinander. Es war erst fünf vor elf. Mein Körper bebte vor Hitze unter dem dünnen Laken, und mein

Mund glich dem Bodensatz eines Papageienkäfigs. Eingelullt vom schweren Essen des Abends, hatte ich mehr Wein getrunken als sonst. Ich würde aufstehen müssen, um mir etwas zu trinken zu holen. Aber ich schaltete das Licht nicht ein. Ich tapste durch die schwarze Baumwollwatte des Zimmers in Richtung Toilettentür. Auf halbem Weg ließ mich ein Geräusch innehalten. Ich drehte mich um und ging zum Fenster. Es war wohl, dachte ich, ein Flüstern gewesen, eine Stimme. Ich spähte zwischen den Lamellen der Fensterläden hindurch, doch durch die Scheibe ließ sich kaum etwas erkennen. Sollte ich es riskieren, das Fenster zu öffnen? Ich musste es tun. Vorsichtig löste ich den Haken und begann, erst den einen Fensterflügel sanft zu bewegen, dann den anderen. Das trockene Holz löste sich ohne jegliche Beschwerden von der Fensterbank. Jetzt wurde das Flüstern zweifelsohne wieder aufgenommen. Ich presste die Stirn an die Lamellen, um in den Garten zu sehen, doch ich konnte nichts erkennen, bis sich meine Augen an die Dunkelheit gewöhnt hatten und mich einen Baum wahrnehmen ließen, die Umrisse von Büschen und die Gartenmauer, die sich in Grautönen von dem schwarzen Hintergrund löste.

Dann hörte ich schlurfende Schritte, etwas zu meiner Linken. Ich wechselte zum rechten Fensterladen.

»*Ma senti . . .*«

»*Vatene, mosca, zanzaro!*« Es war Renatas Stimme. Unter mir bewegte sich etwas. Plötzlich schien es etwas heller zu werden, so dass ich das blasse Oval eines nach oben gereckten Gesichts erkennen konnte und die Andeutung einer menschlichen Gestalt.

»*Renata, aspetta . . .*«, flehte die Gestalt.

»*Mosca*«, sagte die Mädchenstimme wieder. Dann erklang ein Geräusch, vielleicht wurde ein Fenster geöffnet. Der Mensch im Garten streckte die Hand flehend nach oben. Er stand auf irgendetwas, das ich nicht ganz erkennen konnte, vielleicht auf einem Stuhl oder einer Kiste. Das Mädchen lachte leise. Dann ertönte ein nicht identifizierbares Zischen, und die Gestalt im Garten fiel schreiend zu Boden. Ich meinte zu hören, wie das Fenster geschlossen wurde. Ich griff mir meine Gummisandalen und schlich die Treppen hinab, durch die Küche und zur Hintertür, mit dabei die Taschenlampe, die immer unter meinem Kopfkissen lag. Die Tür öffnete sich lautlos. Im Garten schaltete ich die Lampe kurz an, um Gennaros zusammengesackte Gestalt zu erkennen, er hatte die Arme über den Kopf gelegt und atmete hektisch, um ein Schluchzen zu unterdrücken. Ich beugte mich über ihn.

»Ich bin's, Kit«, flüsterte ich. »Was ist passiert?«

»Ich werde sie umbringen. Sie hat mich eingesprüht wie einen Moskito«, brachte er heraus.

Ich zog an seiner Jacke. »Komm mit in die Küche. Wir machen dich sauber.«

»Nein, nein. Sie ist eine Hexe wie ihre Mutter.«

»So kannst du nicht nach Hause gehen. Sie werden dich nur auslachen.« Ächzend rappelte er sich auf. Halb schiebend, halb vorangehend brachte ich ihn in die Küche, schloss die Läden und schaltete das glücklicherweise recht dämmerige Licht an, das die Signora hier nutzte. Ich wollte ihn saubermachen und loswerden, ohne dass es irgendjemand mitbekam. Er sollte in meiner Schuld stehen.

»*Mamma mia*, was hat sie denn benutzt?« Sein Haar war mit einem klebrigen weißen Tau bepudert, der nach Chemikalien stank. Entweder hatte sie genau gezielt oder seine Augen nur zufällig verfehlt, doch auch so tränten sie von den Dämpfen, und vielleicht auch vor Zorn und Selbstmitleid. Ich füllte die Spüle mit Wasser und fand eine Packung Reinigungsmittel, mit dem ich eine Seifenlauge mischen konnte, die stark genug war, um dieses tödliche Zeug aufzulösen.

»Pass auf deine Augen auf«, sagte ich, als ich seinen Kopf über das schaumige Wasser beugte.

»Freun-«, setzte er an, doch ich brachte ihn mit einer Ladung Seifenwasser zum Schweigen, und er legte die geballten Fäuste folgsam auf die Augäpfel. Das Zeug, was auch immer sie verwendet hatte, ließ sich nicht komplett abwaschen. Im schaumigen Überfall verwandelte es sich in fest anliegenden Staub, doch es war zumindest besser als zuvor. Selbst als ich Gennaros Kopf ausgiebig mit einem Handtuch trocknete, hingen die Körnchen wie Läuse in seinem Haaransatz. Aber ich konnte sie verstecken, indem ich die obere Schicht seiner Haare sorgfältig kämmte. Im Fenster zeigte ich Gennaro sein Spiegelbild. Mit etwas Sorgfalt würde niemand je davon erfahren. Dann schaltete ich das Licht aus und führte ihn mit der Taschenlampe in den Garten. Er nahm das kleine Podium, auf dem er gestanden hatte, als der Zorn der Göttin ihn überwältigte. Es war eine Fischtruhe. Als wir die Gartenmauer erreichten, sah ich, dass eine Strickleiter davon herabhing wie die Webeleinen eines Klippers, sie war aus Netzschnur geflochten und an einem Wurfanker befestigt worden, der über der Mauer hing. Gennaro schlang die Arme um mich, dann kletterte er die Leiter hinauf wie ein Äffchen oder ein Fähnrich zur See, in einer Hand die Truhe. Einen Augenblick blieb er auf der Mauer stehen, dann wurde die Leiter hinaufgezogen, und ich hörte, wie zuerst die Truhe, dann die Leiter und schließlich Gennaro auf der anderen Seite landeten. Er hatte nicht an Geschick verloren, weil er sich nun um die Buchhaltung kümmerte, allerdings hatte er auch davon erzählt, mit seinem Vater unterwegs zu sein. Selbst in dieser scheinbar passiven See, wo plötzliche Stürme aus handgroßen Wolken entstanden, die ihre rituellen Versöhnungsgaben in Form von Menschen und Booten forderten, war Fischen harte Arbeit. Ich ging zurück.

Als ich die Fensterläden geschlossen hatte, stand ich in der dunklen Küche und spürte, wie das Haus lauschte. Plötzlich ertönte ein Klicken, und Licht überströmte mich wie eine Dusche. Meine Mutter stand in der Tür, die Hand noch am Lichtschalter.

»Darling, was in aller Welt …?«

»Ich hatte Hunger.« Ich öffnete das Gefrierfach.

»Warum im Dunkeln?« Sie betrat den Raum.

»Ich habe in den Garten geschaut. Er ist wirklich sehr schön. Ich dachte, ich hätte etwas gehört.«

Sie nickte. »Du machst aber nicht zu lange, Darling?«

»Nein, nein.« Ich schob mir einen kalten Hähnchenflügel zwischen die Zähne, auch wenn ich nicht hungrig war. Warum war sie wach? Vielleicht war sie unterwegs gewesen. Sie trug einen dünnen Mantel, was sollte er verdecken? Als sie erriet, dass ich sie gedanklich zu entkleiden versuchte, ging sie zur Tür.

»Und, war da irgendetwas?«

»Wo?«

»Im Garten.«

»Oh ja. Nein, nur die Bäume. Es könnte jemand gewesen sein, der zur Signora wollte.«

»Ja, das könnte es gewesen sein.« Und damit war sie weg. Als sie die Treppe hinaufging, hörte ich nur ein besonders leises Knarzen. Strumpfhose und Schuhe, auf diese Dinge hätte ich achten sollen, aber ich hatte es verpasst. Ich schaltete das Licht aus und nahm den halb aufgegessenen Flügel mit in mein Zimmer, angeekelt von meinem Versagen. Als ich die Türschwelle überquerte, erinnerte ich mich an das offene Fenster. Die Mücken würden schon zu Tausenden hier sein. Ich ging durchs Zimmer, um die Fensterläden zu öffnen und mein Stück des kalten, toten Vogels für seinen letzten Flug so weit wie nur möglich zu werfen. Am Morgen war meine linke Schulter von roten Hügelchen übersät, als wäre ein winziger Maulwurf unter meiner Haut am Werk gewesen. Es schien an der Zeit, Leo einen weiteren Besuch abzustatten. Außerdem hatte ich schon immer an die therapeutische Wirkung des Badens geglaubt, vielleicht dank der frühen Freuden der Bäder mit Fantah und der langen Historie dieser Betätigung.

Aber als die Küste sich mir näherte, denn so wirkt es, wenn man sich beim Schwimmen durch den gewaltigen Ozean bewegt, war sie wieder einmal leer. Trotzdem schwamm ich weiter, bis ich zum Waten übergehen konnte und mich wieder selbstbestimmt bewegte. Schließlich konnte sich jemand im Honeymoon Hotel aufhalten und sich bei meinem Anblick fragen, warum ich umgekehrt war. Als die letzte Welle von meinen Füßen schwappte, wurde das Zelttuch zurückgeschlagen, und Gerry kam auf mich zu.

»Hi!«

»Hi!«

Ich habe schon oft über diesen bedeutungslosen Ausruf nachgedacht. Ist es ein Schmelzwort aus »Howdy« oder »Hail« oder dem indigenen »How«? Ich sehe keinen Sinn darin. In St. Gelbert's war ich schnell zu formelleren Begrüßungsformen übergegangen, doch mir ist der Wert eines freundlichen Hicksens in bestimmten Situationen durchaus bewusst. Also hicksten wir uns zu.

»Wo sind denn alle?«

»Leo macht einen Tagesausflug mit ihnen.«

»Und du wolltest nicht mit?«

»Ich hatte das Gefühl, sie wollten lieber eine reine Männerrunde.«

Ich legte mich zum Trocknen hin und hoffte, dabei gleichermaßen freimütig und fesselnd zu wirken. Sie war nicht gerade hübsch: Ihre Haut war zu rau und ihre Nase hatte keine nennenswerte Form, aber ihr Haar war lang, dunkel und lockig, und ihre Augen waren dunkelblau. Sie war konventionell schlank, doch im Alter würden ihre Haare überhandnehmen. Schon jetzt lag ein feiner, schwarzer Pelz wie ein Schatten auf ihrer Haut.

»Muss ziemlich warm sein da drin.« Ich nickte in Richtung der Zelttuchhütte.

»Ja, aber man ist für sich. Oh Gott, mir ist so schlecht.«

Ich murmelte etwas Verständnisvolles und warf ihr einen ermutigenden Blick zu. Gerry hockte sich neben mich und grub mit einem Stäbchen Wassereis im Sand.

»Ich würde gerne mit jemandem darüber reden, aber das sollte ich nicht, und du bist sowieso noch ein Kind. Wie hältst du bloß diese Hitze aus?«

Im Sonnenschimmern taumelte die Klippe auf uns zu, während ihr der silberne Sandstrand entgegentanzte, wiegend und wogend wie Salome, bis ich meinte, in den Lichtwellen zu ertrinken, denn sie waren noch greifbarer als die Salzschwaden, die ich gerade verlassen hatte. »Für mich ist das Ganze wie ein Trip, aber wahrscheinlich bin ich zu high. Lass uns in den Schatten gehen.« Ich zeigte auf den felsigen, robbenschwarzen Überhang des Bergsporns. »So jung bin ich gar nicht«, sagte ich, als wir die pochende Sonne verlassen hatten. »›Ich hab einiges erlebt und viel gesehen‹, wie die Lady sagte. Außerdem sind manche Leute schon bei der Geburt alt. Ich auch.«

»Wahrscheinlich kommt es nicht aufs Alter an.« Sie zog ihre Sandalen aus und plantschte mit den Füßen im Wasser. Die Sandalen waren mit Mustern verziert und vergoldet, viel zu fein für die Handwerksleute und Felsen von Iticino. Unter diesen rauen

Bedingungen bleichten sie langsam aus und verschlissen. »In der Weltzeit bist du vielleicht sogar älter als ich. Vielleicht warst du beim letzten Mal der Guru und ich die Jüngerin.«

»Oder du warst der Stein und ich die Klette.«

»Ich weiß nicht, ob ich dir das abkaufe; das wäre ja Seelenwanderung.«

»Ich weiß es auch nicht, aber wenn wir annehmen, dass die Elemente in der Erdatmosphäre konstant im Gleichgewicht sind, dann wären die Kohlenstoff- und Stickstoffzyklen schon ziemlich nahe dran. All diese Systeme versuchen nur, Erfahrungen begreiflich zu machen.«

»Du bist ziemlich schlau.«

»Aus dem Munde der jungen Kinder ...« Ich ließ einen Kiesel ins Wasser plumpsen.

»Hör mir auf mit dem christlichen Mist.«

»Der ist nicht viel schlimmer als der Rest, wir kennen ihn nur besser.«

»Vielleicht bist du zu schlau.«

Ich hatte es zu weit getrieben. Ich würde einen Schritt zurück machen müssen, damit sie mir vertraute. »Ich kann nicht anders. Das liegt an meinen Eltern. Sie sind zu schlau. Sie reden über alles. Nirgendwo kann ich rebellieren.«

»So läuft's nicht immer. Meine sind auch schlau, aber so festgefahren, dass wir nicht normal miteinander reden können, und meine Mutter reißt alle Gefühle an sich.«

Ich warf noch ein Steinchen, sie sah sich seufzend in der Bucht um. »Jon und ich haben uns gestritten. Mir geht es so schlecht, dass ich mich frage, ob ich jemals wieder heil werde. Als ich in Europa ankam, hatte ich auf einmal so viel Freiheit, dass ich kurz den Verstand verloren haben muss. Ich bin sehr labil. Ich habe zwar die Schule fertig gemacht, bin aufs College gegangen, ich habe alles richtig gemacht, aber innerlich hat es mich zerrissen, ich habe alles gehasst und mich auch. Also habe ich es sein lassen und bin hierhergekommen. Ich lerne ständig dazu, aber es ist schwer und dauert so lange. Ich weiß nicht, ob ich es jemals schaffe.«

»Aller Anfang ist schwer. Woran du bisher geglaubt hast, wird völlig auf den Kopf gestellt. Da werden alle ein bisschen verrückt.«

»Jon ist so ein lieber Mensch. Er ist echt. Und nicht wie ich. Ich bin ein Arschloch. Weißt du was: Zuhause beschäftigen wir uns so sehr mit *Race*, dass wir überkompensieren.«

»Ich weiß. Wenn amerikanische Frauen nach Europa kommen, suchen sie sich als Erstes irgendeinen *coloured* Mann, was für einen, ist ihnen ganz egal, weil sie solche Schuldgefühle haben.«

»Ich weiß, ich weiß, dass ich genau das gemacht habe und ein Arsch bin. Ich liebe Jon nicht; ich will ihn nur lieben. Und er hat so viel mehr verdient. Herrgott, was für ein Chaos.«

»Wahrscheinlich ist er es gewohnt.« Ich traf sie schwer.

»Ich habe meine ganze Schuld auf ihn abgeladen, und jetzt habe ich nur doppelt so viele Schuldgefühle. Und fühle mich die ganze Zeit krank.«

»Du willst weg, um einen anderen Blickwinkel zu kriegen.«

»Und was außerdem schrecklich ist: Ich hasse diesen Strand und dieses schäbige Leben. Ich bin so sehr an Sauberkeit und Komfort gewohnt, wie alle zuhause, dass mein ganzes Selbst bei diesem Dreck und Elend rebelliert, auch wenn das natürlich spießig und materialistisch ist. Der echte Guru strahlt innere Schönheit aus; selbst wenn er schäbig und dreckig ist und übersät von Wunden, duftet er noch nach Lotusblüten. Aber ich stinke bloß.«

»Wie gesagt«, erklärte ich monoton, »du brauchst einfach einen Tapetenwechsel, mehr nicht. Dein System hat einen Schock erlitten. Du musst bloß in dich gehen.«

»Meditieren, meinst du?«

»Genau. Ein bisschen lesen. Den Kopf frei bekommen.«

»Ach, ich würde so gerne baden. Ich will mich richtig einweichen und mit Duftseife eincremen und Schaum pusten wie ein Kind und mich dann gleich noch ein bisschen mehr einweichen.«

»Du willst von innen und außen sauber sein.«

»Du hast so was von recht. Genau das ist es; ich will irgendwie gereinigt werden, mit mir selbst im Reinen sein.«

»Warum ziehst du nicht für ein paar Tage in ein Hotel?«

»Oh mein Gott, wenn ich das bloß könnte.«

»Warum nicht?«

»Erstens würde ich mich wie eine Aussteigerin fühlen. Zweitens kann ich es mir nicht leisten. Meine Großmutter hat mir ein bisschen Geld hinterlassen; davon habe ich den Flug bezahlt, aber ich muss es mir gut einteilen.«

»Der erste Grund ist emotional, nicht rational. Wenn du mal darüber nachdenkst, wirst du merken, dass ich recht habe. Und bei dem zweiten könnte ich dir helfen.«

»Du willst mir helfen?«

»Aber nur, weil ich meine eigenen Gründe habe.«

»Das verstehe ich nicht.«

»Sagen wir, ich hätte gerne gelegentlich ein Hotelzimmer zur Verfügung.«

»Bist du süchtig?«

»Ab und zu rauche ich gerne«, log ich. »Aber das kann ich zuhause nicht.«

»Sind deine Eltern nicht liberal genug?«

»Sie würden sagen: ›Aber natürlich, Darling, wenn es sein muss‹, und sich zu Tode sorgen.«

»Das ganze Getue kenne ich gut.«

»Ich habe genug Geld. Mir ist es das wert.«

»Warum kannst du dir das Zimmer nicht einfach selbst buchen oder an irgendeinem ungestörten Ort rauchen?«

»Ungestört ist man in Iticino nirgendwo, außer hier«, ich sah mich am Strand um, »und ich will nicht zu tief in die ganze Sache reingezogen werden. Ansonsten sind überall ständig Leute unterwegs, und du weißt ja, wie das Zeug riecht. Und das Zimmer kann ich mir nicht selbst buchen, weil man einerseits einen Reisepass vorzeigen muss und mein alter Herr wissen wollen würde, warum ich den brauche, und außerdem kennen mich hier sowieso zu viele. Aber eine Freundin könnte ich problemlos besuchen. Wir könnten uns irgendwie arrangieren, ein Handtuch an den Balkon hängen, wenn du Besuch hast und mich nicht dahaben willst. Ich würde das Zimmer nicht ständig beanspruchen, und die Kosten könnten wir uns teilen. Und wenn du genug hast, lassen wir es bleiben.«

»Das wäre schön.« Ich konnte sehen, wie sie schwankte. »Aber du bist minderjährig. Ich will mir gar nicht vorstellen, was die Gesetze dazu sagen.«

»Wir leben nicht nach dem Gesetz.«

»Das würde die Sache mit Jon auf jeden Fall einfacher machen. Er weiß, dass ich krank bin. Und es wäre so schön, in einem richtigen Bett zu schlafen.«

»Und die Badewanne erst!«

»Wann sollen wir loslegen?«

»Warum warten? Ich ziehe mich schnell an, und du holst deine Sachen.«

Bis ich über die Klippe geklettert, mich angezogen und wieder zurückgekehrt war, standen ein Koffer und eine große Leinentasche neben Gerry. Zu ihren Füßen befanden sich außerdem eine Kamera, ein zusammengeschnürtes Bücherbündel, eine Handtasche und eine Plastiktüte. Ich nahm den Koffer. »Lass uns gehen, bevor sie zurückkommen. Aus einer überlegenen Position lässt es sich einfacher verhandeln.« Ich leitete sie hinten herum über die staubigen Feldwege, weil die Straße an unserer Villa vorbeiführte. Noch wollte ich nicht mir ihr gesehen werden.

Während wir ihr Gepäck bergauf schleppten, lief uns der Schweiß in Strömen. Unter den emporragenden Balkonen hielten wir an, damit Gerry sich das Haar kämmen und ihr blasses, feuchtes Gesicht abwischen konnte.

»Wenn du magst, übernehme ich das Reden«, schlug ich vor.

»Danke. Ich kann nicht viel Italienisch.« Darauf hatte ich gesetzt. Ich fragte für meine Freundin nach einem Zimmer mit Bad und Balkon und hoffte, dass der Rezeptionist sie noch nicht in schlechter Gesellschaft gesehen hatte oder sie in meiner Begleitung nicht erkennen würde. Mit etwas Glück dachte er, sie wäre gerade erst angereist. »Die Sechzehn, Siebzehn und Achtzehn sind schöne Zimmer«, sagte ich dem Rezeptionisten mit einem Lächeln.

»*Sì, sì, bellissime.*« Er drehte sich zum Schlüsselbrett des Hotels um und legte dann die Nummer Achtzehn auf den Tresen. »Und der Reisepass der jungen Dame?«

Gerry übergab die Geisel, dann waren wir drin. Als wir vor der Tür neben Aias' Zimmer anhielten, zitterten meine Beine vor Aufregung.

»Was machst du als Erstes?«, fragte ich, nachdem wir das Zimmer betreten hatten.

»Baden. Schau dir das an – alles kühl und weiß. Ist das nicht der verlockendste Anblick aller Zeiten?«

»Kann ich noch schnell ins Bad, bevor du es übernimmst?«

»Na klar. Zur Hälfte gehört es ja dir.«

Sobald ich die Tür verriegelt hatte, kletterte ich auf den Toilettensitz, um an den Lüftungsschacht zu kommen, und hebelte die vier kleinen Schrauben des Gitters mit meinem Messer aus. Es ging genauso einfach wie erhofft. Vorsichtig stellte ich das Gitter auf dem Spülkasten ab und schob den Arm in die Öffnung, bis meine Finger das Gegenstück in Aias' Bad ertasteten. Dann nahm ich ein Stück Schnur aus der Tasche, knotete es an einer der Lamellen fest und begann vorsichtig, das Gitter herauszuziehen. Es löste sich einfach vom weichen Putz. Dann zog ich es der Länge nach zu mir. Keuchend und mit zugeschnürter Brust blickte ich durch die Lücke. Die Badezimmertür war offen, so dass ich direkt in Zimmer Nummer Siebzehn schauen konnte, auch wenn der Blick jederzeit eingeschränkt werden konnte, wenn jemand die Tür schloss. Ich stellte Aias' Gitter in dem kleinen Leerraum ab und befestigte das andere wieder an Ort und Stelle. Falls Aias auffallen würde, dass die Abdeckung fehlte, oder die Liebschaft meiner Mutter sich vielleicht sogar auf den Toilettensitz stellen und einen Blick wagen würde, wäre nichts zu sehen außer einer schwarzen Sackgasse, die jeglichem Misstrauen ein Ende setzte. Als das Messer und die Schnur wieder sicher in meiner Tasche verstaut waren, ließ ich die Spülung rauschen und ging zurück zu Gerry.

»Ich dachte schon, du wärst gestorben.« Wahrscheinlich hatte sie vermutet, ich nähme das harte Zeug und hätte mir einen Schuss gesetzt.

»Entschuldige, bin in Gedanken versunken. Was ist mit unserem Zeichen?«

»Am besten das Handtuch, wie du gesagt hast. Aber jetzt bade ich erstmal. Selbst Kleopatra wird mir nicht das Wasser reichen können. Und dann gehe ich vielleicht runter und verkünde Jon die schlechten Nachrichten. Du wirst wohl herkommen wollen, wenn ich nicht da bin?«

»Das entscheide ich dann. Wenn ich das Handtuch sehe, heißt das für mich, du bist beschäftigt, und ich komme nicht. Nur eine Sache noch.« Gerry sah mich fragend an. »Vielleicht werde ich ab und an recht spät sein. Man weiß ja nie, wann man es braucht, also musst du immer an das Handtuch denken.«

»Du meinst, ich soll es nur raushängen, wenn ich mit jemandem im Bett bin.«

»Ganz genau.«

»Meine Güte, hast du es nötig. Kein Wunder, dass du ein Zimmer brauchst.«

Zum Abschied lächelte ich dem Rezeptionisten zu. Dieses Mal nahm ich das Risiko der Hauptstraße in Kauf. Ich würde mir etwas Gras besorgen müssen, für den entsprechenden Geruch, und nach dem Mittagessen würde ich einkaufen gehen. Am Tisch quatschte und plapperte ich munter mit der Liebschaft meiner Mutter, bis meine Mutter mir einen recht bangen Blick zuwarf. Meine rasend gute Laune besorgte sie.

Am Nachmittag kaufte ich zwei quadratische Taschenspiegel, wie sie italienische Damen noch immer mit sich herumtragen, weiße Pappe, Dichtband aus Plastik und einen starken Klebstoff, und verbrachte zwei vergnügte Stunden in meinem Zimmer, wie ein bastelndes Kind, das mit seinem Periskop Festzüge und königliche Reisen über die Köpfe der straßensäumenden Massen hinweg ansehen will, doch stattdessen würde ich mein ganz persönliches königliches oder göttliches Tableau betrachten. Aus irgendeinem Grund war ich mir sicher, dass meine Mutter und Aias sich genau in diesem Moment einen passenden Ort in der Nähe der Badezimmertür suchten, um geschmackvollen, anständigen Sex wie in einem Magazin oder einer Werbesendung zu haben. Als mein Spielzeug fertiggestellt war, versank ich im traumlosen Schlaf der Unschuldigen. Nach dem Aufwachen ging ich in den

Garten, zog den Ast aus dem Schloss und betrat den Feldweg. Nach kurzer Suche fand ich Gennaros Truhe und Leiter versteckt hinter einem Azaleenbüschel.

An diesem Abend kamen nur Leo und Okie in die Bar. Ich sah förmlich vor mir, wie das Handtuch diskret an der Balkonbrüstung wehte.

»Willst du nicht zu deinen Freunden gehen?«, fragte mein Vater. Ich stand auf und schlenderte hinüber.

»Schönen Ausflug gehabt?«, grinste ich Leo an. Er lächelte sanft, und ich sah ihm fest in die Augen. Sie waren tief genug, um darin zu ertrinken.

»Wir sind für einen Tag nach Neapel. Per Anhalter. Hab einen guten Freund in der Schlangenstadt. Der kennt alle, die am Hafen ankommen. Ich seh die ganze Welt jetzt in einem sehr positiven Licht.«

»Ich könnte etwas Zeug gebrauchen.« Ich zappelte etwas, um zu vermitteln, wie dringend es war.

»Du brauchst erstmal eine Scheibe Brot, wenn du was draufschmieren willst.«

»Das passt schon. Darum kann ich mich kümmern. Ich komme morgen vorbei.«

»Mach das nur. Wenn Okie und ich die Welt bis dahin nicht wieder ins Lot gebracht und uns alle verbrannt haben.«

»Macht das nicht. Ein Stückchen müsst ihr für mich aufheben.«

»Wir versuchen, an dich zu denken, Mann. Richtig, Okie?«

»Na klar, Kiddo, wir denken an dich.«

Zusammen flogen sie in Richtung Meer davon. Vielleicht hätte ich sie noch erwischt, wäre ich nur hoch genug gesprungen, als sie über mich hinwegflogen. Als ich an unseren Tisch zurückkehrte, hatten sich Renata und ihre Mutter dazugesellt.

»Renata sagt, morgen gibt es eine große Fiesta«, sagte mein Vater.

»Ja, oh ja. Santa Venere delle Galline. Um die Boote zu segnen. Das passiert jedes Jahr.«

Wir waren noch nie so früh im Sommer in Iticino gewesen, hatten die Feier also noch nie mitbekommen, aber Gennaro hatte mir von diesem heidnischen Weihungsritual erzählt.

Leo hatte mich anscheinend nicht vergessen. Ich kaufte ihm einen kleinen Joint ab, nur doppelt so teuer, wie er ihn eingekauft hatte, gut zehn Gramm grober Tabak, der mir eine Art alter Stopftabak der Marine zu sein schien, und sogar etwas Zigarettenpapier.

»Das sollte zwischen uns bleiben«, sagte ich. Wahrscheinlich würde er denken, dass es mir um meine Eltern ging, dabei hatte ich Gerry im Sinn, auch wenn es nicht allzu katastrophal gewesen wäre, wenn sie herausfand, dass Leo meine Quelle war.

»Auf jeden Fall«, sagte er. »Ich habe in der Highschool mit dem Rauchen angefangen. Aber ich bin kein Schwätzer. Jeder intelligente Mensch lebt in seiner eigenen schrecklichen Welt und braucht irgendein Gegenmittel, einen Weg von Grau zu bunten Träumen. Diese alten Säcke, die dieses tödliche Universum erschaffen haben, sollten sich nicht wundern, wenn Gras der einzige Ausweg für ihre Kinder ist. Sie haben ja ihren Alkohol, ohne den könnten sie es nicht ertragen. Trinken deine Eltern viel?«

»Genug.«

Er nickte. »Siehst du.«

Als mein Vater zur Mittagszeit hereinkam, rieb er sich lachend die Hände. Offensichtlich wartete er nur darauf, dass ihn jemand nach dem Grund fragte, also opferte ich mich. Ich wollte alle bei guter Laune halten.

»Es liegt an Renata. Gerade war ich in der Küche, und was hat sie da wohl gelesen?«

»*Tom Sawyer*«, sagte ich. Er machte ein langes Gesicht. Am liebsten wollte ich mich ohrfeigen, aber ich hatte einfach nicht widerstehen können.

»Ich habe ihr gesagt, sie sei etwas zu alt dafür. Stattdessen habe ich ihr vorgeschlagen, sie solle etwas Älteres oder Erwachseneres lesen wie Jane Austen, oder etwas Modernes wie Hemingway.«

»Einfach hat er definitiv geschrieben.«

»Ich habe ihn nicht vorgeschlagen, weil er ein großartiger Autor ist, Darling, sondern weil seine Werke einfache Texte für Erwachsene sind.«

»Ja, so müsste man es wohl beschreiben«, räumte meine Mutter widerwillig ein.

»Wie auch immer, ich habe vorgeschlagen, ihr nach dem Mittagessen damit zu helfen.«

»Hättest du Lust auf einen Ausflug mit dem Auto?« Aias wandte sich an meine Mutter.

»Das wäre schön. Kit?«

»Ich bin zu müde.« Ich schenkte ihr einen harmlosen Blick, die Augenlider schon schwer nach unten sinkend.

Als das Brummen des Autos verklungen war, gab ich ihnen noch fünf Minuten. Zum leisen Dröhnen der Stimme meines Vaters aus der Küche schlich ich die Treppe hinab und durch die Vordertür, dann gebückt unter den Fenstern entlang und auf den Pfad, mit dabei meine Ausrüstung in einer hellen Plastiktüte, darüber einige Bücher, damit sie voller wirkte. In der Nachmittagssonne erklomm ich den Hügel schnell und schweißnass, mit geübtem Auge erkannte ich meine Markierungen, auch wenn mir der Weg mittlerweile vertraut war. An der Heckenkirsche blieb ich kurz stehen, wischte mir die brennenden Tropfen aus den Augen und sah hinauf zum Albergo. Von hier aus konnte man die Balkone gut sehen. Kein Handtuch. Ich ließ den Feldweg hinter mir und begab mich an die vorderste Front, passierte unser Auto in der Einfahrt und rannte schnell in die Eingangshalle.

»*Diciotto, per favore.*«

»Die junge Dame ist unterwegs.«

»Ich weiß. Sie hat mich gebeten, das hier zurückzubringen.«

»Verstanden.« Er nahm den Schlüssel vom Brett. In Gedanken dankte ich irgendjemandem, vielleicht Santa Venere delle Galline, dass Iticino so klein und entspannt war. Außerdem wollte er unbedingt wieder zurück zum Mars, oder vielleicht doch zur Venus, dem freundlichen Planeten? Aber welchen Schaden sollte ein kleines Kind schon anrichten, mit dem die Zimmerbewohnerin eine so nette Freundschaft pflegte. Der Aufzug war zu riskant. Ich rannte die Treppen hinauf und sah um die Ecke. Der Flur war leer. Geräuschlos ging ich zur Tür, drehte den Schlüssel um und war drinnen. Das Gefühl meiner zugeschnürten Brust kam mir bereits vertraut vor. Sobald ich die Tür von innen abgeschlossen hatte, leerte ich die Tasche auf dem Bett aus. Zuerst zündete ich die halbe Zigarette an, die ich mir zuvor gedreht und gekürzt hatte, nahm ein paar tiefe Züge und pustete sie mit gespitzten Lippen aus, ohne zu inhalieren, dann ließ ich den Rest im Aschenbecher abbrennen. Im Badezimmer, nun mit verschlossener Tür, falls der Geruch durch den offenen Abzug in die Nummer Siebzehn ziehen sollte, arbeitete ich die Schritte meiner vorherigen Prozedur mit der Gewandtheit eines Einbrechers, wenn nicht sogar von Tarzan höchstpersönlich, ab. Sobald ich das Gitter entfernte, hörte ich Stimmen. Mit einem Blick erkannte ich, dass die Tür offenstand, wie vorhergesagt, meine Beute jedoch nicht preisgegeben wurde. Lautlos schob ich das Periskop in die Auslassung. »Schau dir nur dieses Bild an.«

Es war so perfekt, mein ganz reales Stillleben, dass es mir schien, als hätte ich es selbst komponiert. Gewissermaßen hatte ich das auch. Hatte nicht ich es isoliert, in dem kleinen, reflektierenden Quadrat gerahmt und damit ein zweites Bild erschaffen, so dass es für eine kurze Zeit zweifach existierte? Nur eines davon wird für immer und geheim in meinem Geist hängen, wo niemand es jemals sehen wird. Selbst der wohlhabendste Magnat besitzt ein greifbares Objekt, das er vorzeigen kann, wenn neugierige Finger die Samtvorhänge aufziehen und sie lächeln sehen, zurückgelehnt in Begierde oder Befriedigung, doch in meiner Szene wird niemand je über Aktaion stolpern. Hier verfolgte ich die leuchtende Beute, als versteckte sich hinter dem Paar auf Jagd (was sonst sind Liebende?) noch eine weitere jagende Schattengestalt. Aias stand angespannt dar, wie es mir zum ersten Mal im Sonnenlicht auf dem violetten Teppich aufgefallen war, vor meiner Mutter, die sich an die gestapelten Kissen beider Betten lehnte. Dank der angewinkelten Spiegelgläser verfügte diese Komposition sogar über die bei Renaissancegemälden so geschätzte Perspektive. Es hätte eine Verkündigung sein können.

»Was ist los?«, sagte Aias.

Und meine Mutter antwortete: »Wir haben uns verliebt; unsere Phantasien haben sich verbandelt.«

Mir war, als würde mir gleich schlecht vor Aufregung, ich hatte den Atem angehalten. Das Risiko, diesen Augenblick weiter auszukosten, schien zu groß. Nachdem ich das Periskop herausgezogen hatte, brachte ich das Gitter wieder an und ließ mich auf den kalten Rand der Badewanne sinken, zitternd und schweißüberströmt. Ich weiß nicht, ob es am unbewussten Inhalieren des Zigarettenrauchs lag, an dem Effekt der Spiegel oder dem kaum augenbreiten Bereich, in den mein Sehvermögen gezwängt worden war, doch das Bild erfüllte mein gesamtes Blickfeld, in meinem Kopf sangen Formen und Farben, die Konturen dieser Landschaft, die sie erleuchtet und betreten und fest in meinem Geiste verwurzelt hatten.

Im Aschenbecher blieb noch ein Stummel, den ich einpackte, als sei ich tatsächlich suchtkrank, um bei nächster Gelegenheit Gebrauch davon zu machen. Im Zimmer hing ein überzeugend schwerer »Hauch von Mohn«. Mein Periskop verstaute ich weit hinten in der untersten Schublade des ungenutzten Frisiertischs, dazu auch einige der Bücher, und ging mit gefalteter Plastiktüte unterm Arm. Mit einem fröhlichen »*Ciao*« schmiss ich den Schlüssel auf den Tresen, der Rezeptionist hatte nicht bemerkt, wie lange ich gebraucht hatte, und rannte zum sicheren Feldweg. Beim Abstieg steckte ich mir einen kleinen Zweig der Heckenkirsche hinters Ohr, es war mir egal, wie absurd ich damit aussah. Ich war das Blumenkind der Einheimischen. Schon jetzt wehten lautere Geräusche als üblich von den Straßen unter mir herauf, es klang nach Karneval. So wie ich es unbemerkt hinausgeschafft hatte, schaffte ich es auch hinein.

»Sollen wir zum Jahrmarkt gehen?«, fragte mein Vater nach dem Abendessen, als könnte man hier um Schweine bowlen wie in Massachusetts oder wie in einem englischen Pfarreigarten das Gewicht eines riesigen Kürbisses zu erraten versuchen. Schon jetzt waren die Sträßchen überfüllt von Familien, die Arm in Arm gingen, Frauen und Männer streng getrennt; die kleine Piazza war von Ständen gesäumt, an denen man Nougat und Kokosnüsse oder Melonenscheiben kaufen konnte. Renata und ihre Mutter bildeten das Ende unserer Gruppe, ihre hochhackigen Pantoletten schlugen im Gleichschritt auf das Kopfsteinpflaster. Um den Platz wanden sich Lichterketten, die von der Hauptstraße hinab zum Strand führten. Die beiden Bars waren voll und schäumten über vor Bewegung und Erwartung. Auf einer Seite war eine Bühne errichtet worden, auf der eine Blaskapelle eine Auswahl an Verdi und Puccini spielte, zum Glück gedämpft, dazwischen immer wieder neapolitanische Volkslieder, besonders beliebt bei den italienischen Tenören, und die bekanntesten Popsongs der Gegend.

»Ein ausgesprochen komischer Name«, sagte mein Vater, als wir Platz genommen hatten, den Tisch hatte der Kellner uns als Stammgästen bereitgestellt.

»St. Venus?«, fragte meine Mutter. »Oder die Hühner?«

»Beides.«

»Weiter unten an der Küste liegt der Hafen der Venus«, erklärte Aias. »Das habe ich auf der Karte gesehen, als ich nach etwas anderem gesucht habe.«

»Bald«, sagte Renata, »holen sie die Madonna aus der Kirche.«

»Wie interessant«, sagte meine Mutter, »also gibt tatsächlich jemand zu, dass Madonna und Venus die gleiche Person sind.«

»Nur war Venus zuerst hier«, sagte ich.

»Ja, an dieser Küste war sie überall. Ich habe schon gelesen, dass hier zuerst Göttinnen angebetet worden sein sollen, dann die Götter. Ganz bestimmt sind viele Namen der Göttinnen an die Madonna überschrieben worden. Es war eine bewusste Taktik in den Anfängen der Kirche, alle örtlichen Kulte und Schreine für Heilige umzuwidmen, als wären sie Götter oder Helden, oder in ihrem Fall, wie bereits gesagt, als wäre sie eine Göttin oder Nymphe.«

»Aber all diese Göttinnen sind nur Bestandteile oder Facetten der einen, wie auch immer man sie nennen mag, oder nicht?«, fragte die Liebschaft meiner Mutter.

»Du könntest richtig liegen«, antwortete sie lachend. »Aber was ist mit den Göttern?«

»Ich glaube nicht, dass dort dasselbe zutrifft. Götter konnten Väter sein, Geschwister oder Liebhaber einer Göttin, selbst Ideale eines Egos – Helden.«

»Aber es gab nur eine Göttin?«, neckte sie.

»Ja, nur ein vollständiger und perfekter Chrysolith.«

»Und was genau tut die Madonna?«, fragte mein Vater Renata.

»Sie segnet die See. Damit die Fische kommen.«

»Und Baby«, sagte die Signora überraschend.

Renata lächelte ihr kontrolliertes, kühles Lächeln. »Meine Mutter findet diese Leute barbarisch, aber es ist gut für ihr Geschäft.«

»Aphrodite, die Göttin der Fruchtbarkeit, im Meer geboren; es passt alles zusammen«, sagte meine Mutter. Als sich die unruhige Fußgängermenge teilte, erhaschte ich einen Blick auf Gennaro. Grinsend zeigte er auf sein Haar und streckte den Daumen nach oben, wie er es in Filmen gesehen hatte.

»Sie kommt«, sagte Renata und deutete auf die Straße zum Meer, in der sich die Kirche befand. Im Dunkeln näherte sich eine Menschenmasse und löste sich zu einer Prozession auf, die auf den Platz zukam. Die Kapelle verstummte; es gab einen Augenblick atemloser Stille, dann hörten wir den strengen Gesang der Jungen, durchsetzt von den tieferen Klängen des Priesters. Zuerst kamen die Ministranten mit einem großen Seidenbanner, dahinter ein Thurifer, der sein Weihrauchfass nach links und rechts schwenkte, dann der Priester, unterstützt von noch mehr Jungen, die Statue, getragen von einem Rudel aus vier starken Fischern, örtliche Würdenträger, die Anführer der Fischer mit einem weiteren Banner, dann kleine Jungen, die umhersausten wie Sardinen; im Vorbeigehen schloss sich der Rest des Dorfes an, die Männer bekreuzigten sich, die Frauen knieten nieder. Die Prozession schritt den Platz auf allen Seiten ab, während der Priester Weihwasser und Segen verteilte und die Statue sich dank der gütigen Dienste ihrer Träger zur Weihung verbeugte.

Es war die Statue, die uns alle anzog. Sie war sehr alt und hässlich. Ihr bemaltes Holzgesicht starrte ohne Mitleid oder Verständnis über unsere Köpfe hinweg, unbeeindruckt von unseren Darbietungen des Glaubens und der Ehrerweisung. Ihre hölzernen Arme standen so steif ab wie eine Saling vom Mast. Doch am seltsamsten war ihre Bekleidung, denn sie war von einem Schal aus Federn bedeckt, lebenden Federn, die sich bewegten und gackerten, Federn aller Farben, die sich an ihre Schultern klammerten, auf ihren Armen saßen und sich zu ihren Füßen sammelten, und auf ihrem Kopf ein reinweißer Vogel wie ein Diadem, Dianas Mond, Athenas Eule. Ich fragte mich, ob sie betäubt worden waren, um an Ort und Stelle zu bleiben. Wir hatten uns allesamt erhoben. Mein Vater hatte etwas Geld auf den Tisch gelegt, dann waren wir dem Sog der Prozession gefolgt wie der Rest, vom Platz zurück in die Straße zum Meer. Immer wieder rannten Frauen nach vorne, um Geld auf das Silbertablett zu legen, das einer der Jungen in Talaren trug, und sich mit einem Knicks zu bekreuzigen, während sie etwas in Richtung des ungerührten Gesichts murmelten.

Als wir die Dorfgrenze erreichten, gingen wir am Strand entlang. Alle Fischerboote waren hell erleuchtet. Auf der betonierten Mole wiesen Laternen den Weg. Nach und nach wurde jedes Boot gesegnet, im Dunkeln erhoben sich die dünnen Gesangsstimmen über das schwarze Wasser. Auch wenn meine Mutter mir hinterherrief, lief ich weiter, zwängte mich durch die Massen. Der Priester hatte sich zurückfallen lassen, doch die Sänftenträger gingen weiter bis zum Ende des Piers. Auch die Menschen waren stehengeblieben und betrachteten die Statue, die nurmehr von Fischern in dunklen Pullovern begleitet wurde. Plötzlich erkannte ich Gennaro an meiner Seite. »Was machen sie da?«

»Der weiße Hahn«, sagte er.

Es gab eine Pause. Alle warteten. Dann kamen sie wieder zurück. Die Menschen rückten zur Seite. Jetzt konnten wir sehen, wie Santa Venere aus dem dunklen Schaum der Nacht aufstieg. Ihr weißes Diadem war fort, doch durch die Menge strömte eine Welle der Aufregung. Ich spürte sie tief in mir. Als wir den Hügel hinaufstiegen, begannen die Leute zu reden und zu lachen. Die Statue samt ihrer Wachen begab sich durch die Tür zu ihrem Schrein. Ich kämpfte mich zurück zu unserer Gruppe. Unter den kleineren Einheimischen konnte man meinen Vater, der groß und breit war, nicht verfehlen.

»Nun«, sagte er gerade, »und jetzt einen Drink, meine ich.«

»Da bist du ja«, sagte meine Mutter.

»*Sta ammazzad!*« Mit der flachen Hand schnitt ich durch die Luft.

»Mehrere Drinks.« Meine Mutter schüttelte sich.

Die Kapelle hatte wieder angefangen zu spielen. Mein Vater bestellte eine Runde Cognac. Um uns schwoll das Gelächter und Geplauder an. Schon bald besetzten Leo und die anderen ihren üblichen Tisch und machten der Kapelle mit der Gitarre Konkurrenz; doch die bezahlten Musiker waren ohnehin fertig und verschwanden bald. Aias gab uns noch mehr Drinks aus. Eine eigentümliche Unbeschwertheit (oder war es eher Schwindel?) ergriff Besitz von mir. Meine Mutter und ihre Liebschaft lächelten einander an. Die Signora nickte zufrieden. Mein Vater und Renata setzten ihr unterkühltes Dameduell fort.

»*Signora, signora!*« Am Tisch stand ein Mann, den Händen und der Kleidung nach wohl ein Fischer. »*Mia moglie!*«

Sofort erhob sich die Signora. Renata und sie tauschten sich schnell aus. Dann lächelte sie, wünschte uns eine gute Nacht und folgte dem Mann über die Piazza zur Villa, um ihre Tasche zu holen.

»Vielleicht sollten wir auch gehen«, sagte meine Mutter. »Du musst doch müde sein, Darling.« Langsam erklommen wir den Hügel. Ich sagte gute Nacht und ging nach oben. Am Fenster auf dem Absatz blieb ich stehen. Kurz darauf erschienen meine Mutter und Aias als vage leuchtende Gestalten unter mir. Ich hörte das Auto anspringen. Dann schlich ich mich in die Küche. Aus dem anderen Zimmer ertönten die Stimmen meines Vaters und Renatas. Ich schloss das Küchenfenster, ohne den Riegel vorzuschieben, und begab mich durch die Haustür in den Schutz der Dunkelheit. Mit Gennaros Leiter über der Schulter eilte ich meinen üblichen Weg entlang, schaltete nur gelegentlich die Taschenlampe an. Eine sanfte Brise strich durch die Blätter. Plötzlich ragte eine Gestalt vor mir empor, doch es war nur ein großer Kaktus, an den ich mich nicht mehr erinnert hatte. Als ich weiter hinaufwanderte, spürte ich schon bald das vertraute Zuschnüren in meiner Brust, und musste an den Heckenkirschen innehalten, um nach der süßen Luft zu schnappen. Sicherlich war Gerry immer noch unten in der Bar. Schien dort ein Licht hinter Aias' Fensterläden? Ich zählte die Balkone.

Ich vermied das Licht der Eingangshalle und begab mich an die Seite, zu den schmalen Säulen. Bei meinem ersten Versuch mit dem Wurfanker fiel er, ohne den Balkon zu berühren, gerade herunter wie ein Tennisball beim Aufschlag. Ich konnte ihn noch fangen, bevor er klirrend auf dem Boden landete, wartete eine Minute, in der eine federkitzelnde, feuchte Brise über meinen Körper wehte, und warf dann noch einmal. Ich beneidete Gennaro um seine Expertise. Der Anker blieb mit einem, in meinen Ohren, gewaltigen Scheppern hängen, doch obwohl ich wartete und leise zwei Minuten abzählte, erschien niemand. Ich hatte allergrößtes Glück gehabt. Nur der Cognac hatte mir die Stärke und den Mut gegeben, um den Anker auf den Balkon zu werfen, da war ich mir sehr sicher. Zur Kontrolle zog ich fest daran, doch bestimmt würde Gennaro dafür gesorgt haben, dass der Anker mehr als sein Gewicht trug, und ich war noch leichter. Ich schaffte es, mich auf die unterste Sprosse zu hieven, dann war ich oben und über der Brüstung, zog die Leiter hinter mir hinauf. Den Riegel der Balkontür öffnete ich mit meinem Taschenmesser. Schließlich hatte ich es geschafft.

Ich sah keinen Grund, das Licht nicht einzuschalten. Beim Klettern hatte ich ein schwaches Leuchten hinter Aias' Fensterläden bemerkt, wie eine ferne, noch unerforschte Galaxie. Im Licht nahm ich einige tiefe Atemzüge zur Beruhigung, und sobald meine Hände nicht mehr zitterten, nahm mein Periskop und ging ins Bad.

Aias konnte ich zunächst nicht sehen, doch in meinem Blickfeld lag meine Mutter völlig nackt auf dem Bett. Ich hatte sie schon oft nackt gesehen, da mein Vater, wie die meisten Menschen in Skandinavien, an Entblößung innerhalb der Familie glaubt, an die Natürlichkeit der Nacktheit. Doch er liegt völlig falsch. Ein nackter Mensch ist ganz und gar nicht natürlich. Vor Jahrtausenden legten wir uns Bekleidung zu, auf ganz zivilisierte und künstliche Weise, und verloren daraufhin unsere Haare. Ein Tier ist niemals nackt. Selbst ein Schwein oder Elefant besitzt Leder, Tarnung, Borsten. Kleidung ist für den Menschen so natürlich wie die Sprache, legt er sie ab, handelt es sich um einen höchst künstlichen wie künstlerischen Akt, der anderen mit seiner anmutigen Verletzlichkeit den Atem rauben kann; Maler haben das schon immer wahrgenommen. Das Fleisch stammt nicht von Gott, sondern dem Menschen selbst, und verwandelt sich mit schönen Gesten und Haltungen zur Kunst der Liebe. Jetzt kann ich das sagen; ich habe es selbst gesehen. Meine Mutter lag im Dunkeln auf der Damastdecke wie ein wertvoller Edelstein, umrankt von Alchemie, ein zart grün-gelbes Feuer im teerschwarzen Herz eines Kohleklumpens. Ich hatte sie umherspazieren sehen, die heimeligen, fließenden Bewegungen ihrer Gliedmaßen bewundert, die glänzende Durchlässigkeit ihrer Haut, ohne es zu verstehen. Aber das hier war etwas ganz anderes. Und jetzt, als hätte ich ein Kaleidoskop geschüttelt, betrat Aias das Bild, machte es zu Adam und Eva vor dem Fall, zu Amor und Psyche. Meine Mutter hob die Arme, und ihre Liebschaft begab sich in die Umarmung, um umrankt zu werden. Ich sah das Anspannen der gemeißelten Marmormuskulatur, als ein Knie ihre Beine auseinanderschob.

Dann wurde meine Aufmerksamkeit mit einem Mal zurückgeholt. Die Zimmertür hatte sich geöffnet. Es musste Gerry sein. Für einen Augenblick ließ mich Salz erblinden, auch wenn ich nicht wusste, ob es von Schweiß oder Tränen stammte. Ich nahm das Periskop und brachte das Gitter wieder an. Ich musste weg sein, bevor sie mich beim Namen rief. Mit aufgesetztem Lächeln öffnete ich die Tür.

»Ich dachte mir schon, dass du da drin bist«, sagte Gerry. »Ich wusste, dass ich nicht vergessen habe, das Licht auszuschalten. Was ist das denn für ein Ding?« Dann, als hinter mir ein leises, heftiges Stöhnen durch die dünnen Wände drang: »Meine Güte, da hat aber jemand Spaß.«

»Daran arbeite ich gerade«, antwortete ich und schloss die Tür.

»Du bist ein komisches Kind. Da drin?«

»Auf dem Klo kann ich gut nachdenken.«

»Und das da?« Sie zeigte auf die Strickleiter.

»Ich hatte Angst, dass sie mich nicht reinlassen würden, also bin ich über den Balkon geklettert.«

»Unten schläft nur ein Kind. Alle anderen sind zur Fiesta gegangen.«

»Ich sollte lieber gehen.« Ich nahm die Leiter.

»Nimm das mit.« Gerry gab mir einen Teil der *New York Times*. »Die hat Jon aus Neapel mitgebracht. Wenn du mit einer Leiter gesehen wirst, verhaften sie dich noch wegen Einbruch.«

»Danke.« Zum zweiten Mal an diesem Tag rannte ich die Treppe hinunter. In der Eingangshalle war nur ein Kind, das im Sitzen schlief. Als ich in der Dunkelheit bergab eilte, schmerzten meine Beine und drohten, mich auf den Feldweg stürzen zu lassen. Ich zwang mich weiter, legte die Leiter zurück zur Truhe und lehnte mich an das Gartentor, beinahe ging mir die Kraft aus. Der Riegelzweig brach. Mit der Taschenlampe fand ich einen neuen. Das Küchenfenster war glücklicherweise einfach zu öffnen. Ich schlich nach oben. Zwischen mir und meinem Bett tat sich eine wüstengroße schiefe Ebene auf. Unter Schmerzen durchquerte ich sie, brauchte verschwommene Lichtjahre, bis ich mich hinlegen konnte. Ich war wohl sofort eingeschlafen, denn als ich etwas später erwachte (war das Auto in der Zwischenzeit da gewesen?), hielt ich noch immer das Periskop in der Hand. Ich zog mich aus und schlief wieder ein, stolperte und weinte durch meine Träume, als flüchtete ich aus einem unmöglichen und unentschlüsselbaren Spiel.

Ich schlief lange. Als ich in die Küche ging, war dort nur die Signora. »Wo sind die anderen?«, fragte ich und nahm einen Schluck des warmen, milchigen Kaffees.

»Dein Vater ist unterwegs, um irgendetwas zu kaufen – Stifte, glaube ich. Die anderen sind im Garten.«

»Danke.« Ich stellte die leere Tasse ab und ging durch die Hintertür. Noch immer schmerzten meine Beine. Die Hitze und das Licht umschlossen mich mit einem Schlag, beinahe wäre ich gestürzt. Dann bewegte sich etwas hinter dem Feigenbaum der Signora. Mit meinen Gummisandalen ging ich leise, aber nicht so leise, dass man mir hätte vorwerfen können, ich schleiche mich an. Vor dem flachblättrigen Busch blieb ich stehen.

»Die Nachtfeier der Venus.« Das war Aias' Stimme.

»›*Cras amet qui nunquam amavit*‹«, sang meine Mutter.

»›*Quique amavit cras amet*‹«, antwortete ihre Liebschaft.

Aber der Tag war zu heiß, und der Himmel wollte nicht stillhalten. Stattdessen sank wie ein riesiges, schmelzendes Tuch auf mich herab, der Deckel eines gigantischen Silberrechauds. Dann lag ich auf der brennenden Platte des Bodens wie Hammelnierchen im eigenen Saft; meine Mutter und Aias beobachteten mich besorgt, als der riesige Deckel auf mich fiel.

Teil 2

»Wer nicht für Liebe sterben kann,
Der lebte nie in Glück.«

John Dowland

Signora Gambardellas Assistent, der Doktor, diagnostizierte Sonnenstich, Hitzschlag und Erschöpfung. In Italien hängt man noch immer sehr an der Beschaffenheit des Nervenkostüms. Zweifelsohne bestimmte auch sie sein Urteil. Sobald meine Erholung ausreichend vorangeschritten war, reiste meine Mutter mit mir zu Grand'mère. Es herrschte Einvernehmen darüber, dass die Ruhe und der kühle, helle Sommer des Nordens zu meiner Genesung beitragen würden. Meinen Zorn zu verbergen, war eines meiner Spezialgebiete, doch mein Vater war von einer seiner Entscheidungen erfasst worden, an denen, wie ich wusste, nicht zu rütteln war. Meine Eltern waren ratlos; meine Mutter zutiefst beunruhigt von der Plötzlichkeit meines Zusammenbruchs. Aber es stimmte, ich war tatsächlich sehr erschöpft. Ich schrieb Gerry und schickte ihr, mit etwas Geld, meine Bitte, sie möge nicht vor meiner Rückkehr gehen. Beinahe begann ich den Brief mit »Ich muss nach England, wisst ihrs?«, doch ich befürchtete, sie würde mich beim Wort nehmen. Dann probierte ich es mit »... der nun toll geworden und nach England geschickt ist«, aber das hätte sie nur verwirrt, also beließ ich es bei einfacher Kommunikation. Ich bat die Signora, den Brief abzuschicken. Ich sollte drei Wochen dortbleiben. Zuerst war es ein Monat gewesen, aber ich hatte gefleht, bis mir die Tränen kamen, so dass sich meine Mutter, wie erwartet, sorgte, ich könne erneut krank werden, und für mich einschritt.

Das Leben mit Grand'mère verlief im Schlittentempo mit etwas Glockengeklimper und fröhlichem Rentiergestapfe. Das Nimmernimmerland der ewigen Kindheit, das den langen Sommertagen gleicht, die düstere Nächte und dunkle Ängste vertreiben. Ich hatte Zeit zum Lesen. In der immerwährenden Dämmerung las ich meinen Band der *Mythen und Legenden aus aller Welt.* Vielleicht war es ein Fehler gewesen, mich so auf Venus zu konzentrieren und Jupiter zu vernachlässigen. Aber nein. Er liebte zu wenig und nicht gut genug. Allesamt hatte ich sie kommen und gehen sehen. Daran war nichts bemerkenswert, außer der Tatsache, dass keinerlei Wissen über diese Geschehnisse mir ausreichen würde. Mit einem gelegentlichen Seitenblick sollte ich mich auf dem Laufenden halten können. Ich schien inmitten eines Netzwerks aus Agenten meiner Wahrnehmung und meiner Sinne zu stehen. Was verpasste ich, während ich fort war? Zwar schrieb meine Mutter immer wieder, doch ich konnte nicht von ihr erwarten, mir zu berichten, was ich wissen wollte, oder es auch nur zu erraten. Ich studierte jedes Wort, selbst ihre Handschrift, sollte es einen Unterschied zu ihrem früheren Stil geben, irgendetwas Verborgenes zwischen den Zeilen, das unbeobachtet hineingerutscht war. Es gab nichts: nur denselben monotonen, humorvollen Ton voller Liebe für mich, dessen sie sich immer bediente.

In Iticino wurde es heißer. Nach meiner Rückkehr würde ich vorsichtiger sein müssen. Ich durfte nicht noch einmal zusammenbrechen. Ich wollte verstehen, was vor sich ging, doch dazu durfte ich nicht einschlafen, wie an den vielen Abenden in Massachusetts, an denen ich den Gesprächen unter mir gelauscht hatte und mich doch dahintreiben spürte, bis ich schließlich auffuhr und feststellte, dass ich etwas verpasst hatte; dann gab ich es auf. Jetzt war ich älter und musste gewisse Dinge einfach wissen. »Das hat nichts mit Liebe zu tun, Kit«, sagte Jude, und meine Mutter antwortete: »Wir haben uns verliebt.« Trotzdem war ich mir nicht im Klaren darüber, was ich eigentlich herauszufinden versuchte. Vielleicht würde es sich, wie bei jeder guten Diskussion, im Laufe der Zeit herausstellen: Das Mittel wurde gleichzeitig zum Zweck. Ich wusste nur, dass tief in mir eine unterirdische Debatte tobte, von der ich, wie bei den Gesprächen, denen ich schlaftrunken gelauscht hatte, nur einen Teil mitbekommen hatte und deren Ausmaß ich nicht im Ansatz einschätzen konnte.

Das geplante Dinner bei Ellie hatte stattgefunden. Es tat mir leid, dass ich den Abend verpasst hatte. Auch die Diskussionen gingen ohne meine Beteiligung weiter; meine Mutter schickte mir Zusammenfassungen samt den entscheidenden Argumenten. Ich schrieb Gerry. Mir war vor allem wichtig, dass sie nicht abreiste. Ich musste mich schnell erholen. Ich durfte Grand'mère keinen Anlass zur Sorge bieten, wahrscheinlich stand sie in ständigem Austausch mit meinen Eltern. Zurückhaltend, aber fröhlich, ohne das geringste Anzeichen eines Wutanfalls: So sollte sich ein Kind verhalten. Nicht zu viel Bewegung, hatte der Arzt empfohlen, aber genauso wenig durfte ich nur zuhause hocken und Trübsal blasen. Das Atmen bei Grand'mère fiel mir tatsächlich leichter; in Iticino schien mein Kopf immerzu in ein Leichentuch eingewickelt zu sein, und der Atem blieb mir im Halse stecken wie ein Tennisball. Doch es bestand die Gefahr, dass die kühlere Nordluft zu einem verräterischen Überfluss an Hochgefühlen beitrug. Ich musste genau aufpassen. Ich fühlte mich wie ein Mitglied eines Jagdfliegerteams, das sich vom Frontdienst erholen, aber gleichermaßen wieder ins Cockpit springen sollte, immer in dem Wissen, dass ich der strengsten aller medizinischen Untersuchungen standhalten musste: den Adleraugen meiner besorgten Mutter.

Zufrieden beobachtete Grand'mère, wie ich las und den nächsten Spaziergängen entgegenblickte wie ein aufgeregter Welpe. In meinem Lesematerial schien sie keine Gefahr zu wittern, wie es auch die strengsten puritanischen Eltern im neunzehnten Jahrhundert nicht getan hätten. Gefahr ist nicht inhärent. Wie die Schönheit liegt sie im Auge des Betrachters. John Milton hat mich dem Exzentrismus nähergebracht als John Lennon. Seit Hunderten von Jahren hält man diese lasziven Geschichten für nichts anderes als Mythen, die dementsprechend harmlos sein sollen. Für mich sind sie aufrührerisch, anarchisch, ganz und gar verlockend. Endlich stand die Befreiung aus meinem hölzernen Wiegensarg an, den die Pinienwälder hinter der Kleinstadt mir boten, um ausgesandt zu werden wie alle messianischen Kinder, die nicht den Frieden bringen sollen, sondern das Schwert. Nicht das Flugzeug brachte mich in den Süden, sondern ich mich selbst, mit meiner Kraft trug ich das Flugzeug. Hätten die anderen Mitreisenden darum gewusst, wären all ihre Sorgen verflogen. Meine Entschlossenheit ließ sie nicht im Stich.

Meine Mutter und Aias holten mich mit dem Auto und einer angemessenen Freudendarbietung am Flughafen ab. Die Veränderung, die ich ihren Briefen nicht hatte entnehmen können, erkannte ich sofort, als ich ihnen gegenüberstand, sie war so stark und scharf wie ihr Parfüm. Sie waren zusammengewachsen wie Pech und Schwefel, eine unverkennbare, miteinander verflochtene Intimität, die sich zweifelsohne daraus ergab, dass sie ein Bett teilten. In manchen Augenblicken war es, als verschmölze ihr Fleisch miteinander oder diffundiere durch eine Wolke aus Ektoplasma, so dass sich ihre Hände zu berühren schienen, auch wenn sie es nicht taten, oder als könnte der Esstisch den elektrischen Strom zwischen ihnen beiden leiten, der sie miteinander verband wie eine unsichtbare Nabelschnur. Ich wusste, dass sie in meiner Abwesenheit miteinander geschlafen hatten; es war kein schnelles Rein und Raus gewesen, stattdessen hatten sie die ganze Nacht lang beieinander gelegen, im Gleichtakt geatmet, ihre Gliedmaßen und Herzschläge miteinander verschmolzen, bis sie eins wurden.

Meine erste Aufgabe war es, Gerry zu besuchen, doch mein Kommen und Gehen würde ab jetzt eindeutig schwerer werden.

»Geh es erstmal ruhig an«, sagte mein Vater. »Deine Mutter hat sich große Sorgen um dich gemacht. Das haben wir alle.«

»Mir geht es gut. Ehrlich. Hat euch Grand'mère das nicht gesagt?«

»Na dann mach nicht all eure guten Taten zunichte«, antwortete mein Vater doppeldeutig, auch wenn nur ich zur Doppeldeutigkeit beitrug, nicht er. Ich beschloss, mich an seinen Rat zu halten. Doch zuerst musste ich Gerry sehen.

»Vielleicht gehen wir heute Abend ausnahmsweise nicht in die Bar?«, sagte meine Mutter nach dem Abendessen.

»Ich würde sehr gerne an die frische Luft«, sagte ich. »Nach der Zeit im Norden ist es hier etwas stickig, vor allem drinnen. Mit etwas Erfrischung würde ich sicher besser schlafen.«

Sie wirkte besorgt, aber gab nach. »In Ordnung, aber nur eine halbe Stunde.« Ich verbarg meinen Triumph nicht nur hinter diesem kleinen Erfolg, sondern hinter meiner Siegesgewissheit, meiner Raffinesse.

Schon aus einiger Entfernung sah ich Leo auf dem Bürgersteig der Piazza sitzen und hörte die gezupften wie geschrammelten Töne, die scheinbar zusammenhanglos, aber nie disharmonisch waren, als lösten sie eine Gedankenspirale im Labyrinth der Stühle und Tische. Als wir uns niedergelassen hatten, ging ich zu ihm, meiner Gruppe den Rücken zugewandt, damit niemand erkennen konnte, was ich tat.

»Hey, Kiddo! Lang ist's her!« Leo sah auf, spielte aber weiter.

»Hey. Ich war eine Weile weg, bin krank geworden.«

»Hab ich gehört. Du nimmst alles viel zu ernst; lass sie doch machen. Ist aber trotzdem schwer, wenn man noch so jung ist. Du solltest nichts wie weg in die Freiheit. So bleibt man gesund.«

»Vielleicht, wenn ich älter bin.«

»Du bist ein anständiges Kind. Es ist die Zivilisation, die beschissen ist.«

»Ich muss mit Gerry reden.«

»Sie hat sich schon gefragt, ob du jemals wiederkommst.«

»Ich hab ihr doch geschrieben. Aber egal, jetzt bin ich ja da. Kannst du ihr das bringen?« Ich zog einen Zettel aus meinem Oberteil.

»Ich bin nicht dein kleiner Bote, Kiddo.«

»Ich weiß, aber ich kann nicht zu ihr hoch. Die passen genau auf mich auf.« Noch einmal wühlte ich in meinem Oberteil. »Ich hab zwar kein Pot, aber nimm einfach das.« Ich schob ihm einen Zehn-Dollar-Schein hin.

»Gehört der deinem alten Mann?«

»Früher mal. Hat er mir gegeben. Kann ich haben, wenn ich will.«

Leo faltete den Schein zusammen. »Okay. Ich nehm das als Zeichen deiner Verzweiflung, und außerdem bedeutet Geld sowieso nichts.«

»Ich muss zurück. Machst du das für mich?«

»Ja, ja, Kiddo. Entspann dich. Sie kriegt das heute Abend.«

Ich hatte Gerry gebeten, mich am nächsten Tag vor der Bar zu treffen. Jetzt ging ich zu den anderen und nahm meine Pose ein, kippte meinen Stuhl auf die Hinterbeine und umspielte mein Glas mit langen, blassen Fingern wie ein guter Dunkler Engel der 90er. Schon bald gab meine Mutter das Zeichen für unseren Abgang. An der Haustür wünschte Aias uns eine gute Nacht und brauste den Hügel hinauf. Als ich mich ins Bett gelegt hatte, klopfte es an meiner Tür. Es würde meine Mutter sein, das wusste ich. Diese Nacht würde mir gehören. Sah sie noch schöner aus als sonst, weil ich sie so lange nicht gesehen hatte? Oder lag es an etwas anderem, einer ungewohnten Leichtigkeit? Ich lehnte mich an die Kissen, zugedeckt, und sah ihr beim Reden zu, wie sie nach Grand'mère fragte, wie sie mir von den Orten erzählte, die sie während meiner Abwesenheit besucht hatten, wie sie ihre Briefe ergänzte. Plötzlich war ich sehr müde. Ich lächelte, doch sie schien weit entfernt.

»Du wirst müde. Gute Nacht, Darling. Es ist schön, dich wieder hier zu haben.« Als sie wegging und das Zimmer dunkel wurde, horchte ich auf eingebildete Geräusche im Garten, aber es war sehr still, die Blätter nur gelegentlich vom Gemurmel im Haus gezwickt, grüne, fleischige Kaktuslauscher, Farnwedel-Antennen, ledrige Elefantenohren am Feigenbaum.

Die Hitze weckte mich früh, doch ich blieb im Bett und hörte zu, wie der Tag in der Villa und der Kleinstadt begann, unverständliche Rufe in der Ferne, das Klappern und Rumpeln von Karren, die Sägemühle der Insektenwelt. Mich überraschte es immer wieder, dass es hier keine Heuschrecken gab, die immerzu schrien wie in Massachusetts, aber vielleicht waren die Bäume einfach nicht hoch genug oder die Oliven zu hart und bitter. Zu einer schicklichen Uhrzeit zog ich mich an und ging hinunter, trank langsam meinen Kaffee und ließ mich sogar von der Signora zu einem Brötchen überreden. Ich benahm mich mustergültig.

»Gehst du, Darling?«, fragte meine Mutter.

»Nur runter zur Piazza. Ich muss eine Freundin treffen.« Ich wollte ihnen die Vorstellung von Gerry allmählich näherbringen. »Wir nehmen heute aber nichts auf, oder?«

»Wie heißt unsere Band denn?«, lachte mein Vater.

»Die kleinen Fischlein«, schlug ich vor.

»Wer weiß, vielleicht schaffen wir es bis ganz nach oben.«

»Und wie sollen wir das Album nennen?«

»*Das Ende der Welt*?«, sagte ich und hätte mir beim besorgten Blick meiner Mutter am liebsten auf die Zunge gebissen. »Oder *Nein, wir haben keine Zukunft*«, fuhr ich waghalsig fort, schließlich war der erste Stein bereits gefallen.

»Wer ist denn deine Freundin?«, fragte Aias, um von dem Thema abzulenken, wofür wir alle dankbar waren, ich ganz besonders.

»Gerry. Sie kommt aus den Staaten. Sie ist ins Albergo gezogen, hatte genug vom Herumlungern.« Ich warf einen Blick auf meine Armbanduhr. »Ich sollte lieber los, sonst verpasse ich sie.« Wieder lächelte ich eifrig. Ich spürte ihre Anspannung abfallen, winkte und rannte hinaus in das geschmolzene Sonnenlicht, das zäh durch die engen Straßen floss wie Lava. Ich war zu früh, doch diese Chance wollte ich mir nicht entgehen lassen.

Trotzdem blieb mir kaum Zeit, um den jungen Rimbaud zu geben, bevor Gerry auftauchte. Rimbaud lässt sich besonders gut spielen, wenn man allein unterwegs ist. Er erlaubt das perfekte Maß an Obsession, ohne die Eigenarten eines Wilde oder Firbank zu fordern, die man sich am besten für den Einbruch der Dunkelheit aufspart. Beinahe rannte Gerry über das Kopfsteinpflaster; ihre indischen Sandalen funkelten tapfer, und ihre Brüste hüpften gebührend, so dass einige herumstehende Männer anerkennende Ausrufe austauschten, als wäre Gerry taub oder ein besonders beeindruckender Tintenfisch am Marktstand. Ich war froh, dass sie kaum Italienisch sprach. Selbst bei diesem breiten Dialekt hätte sie sonst verstehen können, was sie sagten, und noch wollte ich nicht, dass sie abreiste.

Sie war ganz außer Atem, und auf ihrer Stirn bildeten sich kleine Maulwurfshügel aus Schweiß. »Meine Güte, ich dachte, du kommst nie wieder.«

»Ich habe dir doch geschrieben.«

»Ich weiß, aber du bist doch bloß ein Kind. Du hättest es dir anders überlegen können oder vielleicht gar nicht anders gekonnt.«

»Ich habe es so satt, dass ich für alle immer nur ein Kind bin. Es ist doch nicht meine Schuld, dass meine Geburt noch nicht so lange her ist.«

»Tut mir leid. Sei mir nicht böse.«

Ich winkte der Kellnerin zu. »Was möchtest du trinken – oder nimmst du keine Getränke von einem Kind an?«

»Ich nehme eine Zitronenlimo.«

Ich hatte sie auf ihre Abhängigkeit reduziert.

»Jon ist weg und Okie auch«, sagte sie und ließ den Blick etwas verloren über den Platz schweifen. »Ich sollte mich zusammenreißen und gehen. Ich bin völlig am Ende.«

»Du siehst besser aus«, versuchte ich es.

»Ach, von außen ist alles makellos, aber innerlich …«

»Was ist mit Jon passiert?«

»Er ist nach Paris gegangen. Da oben gibt es jemanden, einen alten Musiker, der ihm Geld gibt. Vielleicht kommt er wieder.«

»Und Okie?«

»Er hat so einen Typen wie ihn getroffen; er wollte nach Schweden, weil sie da wohl eine große Sache für Abtrünnige vom US-Militär am Laufen haben.« Wie immer traf mich Gerrys dürftige Ausdrucksweise, so dass ich einen Teil des Inhalts verpasste. »Wusstest du, dass Leo Kriegsveteran ist?« Ich schüttelte den Kopf. »Koreakrieg. Wurde sogar verwundet. Er kriegt irgendeine Rente. Ich glaube, er ist fast vierzig, aber bei dem hageren Gesicht und den strähnigen Haaren lässt es sich schwer sagen. Ich bewundere Leo. Wirklich.«

»Er ist völlig durcheinander.«

»Ja, aber manchmal ist er fast ein Heiliger. Das ist eben eine ganz bestimmte Lebensweise.«

»Das war es schon immer, seit den Wüstenvätern.«

»Oh, und den jüdischen Sekten.«

»Und Diogenes«, sagte ich. »Wie weit sollen wir noch zurückgehen?«

»Ich bewundere ihn so sehr. In Indien gibt es das auch«, sagte sie und senkte den Blick auf ihre Sandalen. »Aber ich kann das nicht. Ich weiß nicht, was aus mir werden soll. Ich muss irgendeinen Kompromiss finden, sonst kann ich mich selbst nicht ertragen. Ich kann nicht einfach zurückgehen und so tun, als gäbe es keine andere Wahl. Du hast so ein Glück.«

»Inwiefern?«

»Du bist international. Du musst nicht mit deiner Kultur klarkommen.«

»Na ja, aber du musst noch nicht nach Hause fliegen. Wir haben doch noch Zeit.«

»Du bist auch ziemlich durch den Wind. Wenn du schon in dem Alter süchtig bist … Ich weiß, wie du dich fühlst. Ich habe das Bedürfnis, endlich meinen Frieden zu finden, alles hinter mir zu lassen; für nichts. Nirwana – ist das nicht ein wunderschönes Wort?«

»Es bedeutet Erlöschen«, sagte ich.

»Wie eine Kerze. Auch das ist wunderschön. Woher weißt du das?«

»Von meiner Mutter. Sanskrit ist eins ihrer Steckenpferde.«

Wieder seufzte Gerry. »Siehst du, ich werde einfach nie genug wissen. Wie soll ich jemals Kinder großziehen, wo ich doch so wenig weiß?«

Ich schob ihr einen Umschlag zu. »Das sollte fürs Hotel reichen. Zumindest bis jetzt. Ich gebe dir mehr, wann und wie du es brauchst.«

Sie streckte ihre Hand aus. »Mann, ich hasse es, Geld von dir anzunehmen.«

»Wie Leo sagt: Geld ist nichts.«

»Unsere gesamte Gesellschaft basiert darauf«, sagte sie missmutig. »Und trotzdem ist es nicht das, was die meisten von uns wollen, und glücklich macht es uns auch nicht.«

»Glücklich?«

»Glaubst du nicht, dass es möglich ist, glücklich zu sein?«

»Ich weiß nicht, ob ich überhaupt weiß, was Glücklichsein bedeutet oder was du darunter verstehst.«

»Vielleicht wollen wir alle bloß Liebe.«

»Und was soll das sein?«

»Dafür bist du bist wahrscheinlich zu jung. Und ich vielleicht auch. Aber wenigstens glaub ich daran.«

»Liebst du Jon?«

»Ich weiß es nicht. Ja, ein bisschen. Zumindest ist er mir sehr wichtig.«

»Und mehr gibt es nicht; nur das und Sex.«

»Nein, es gibt noch mehr. Da bin ich mir sicher.«

»Dann könntest du auch an Gott glauben.«

»Ich verstehe schon, dass es so wirkt, aber es ist irgendwie anders.« Über unseren Tisch legte sich ein Schatten. Wir hatten beide auf unsere Gläser geschaut, um unseren Blicken auszuweichen.

»*Ciao*, Kit! *Come stai*?« Es war Gennaro.

»*Ciao*! Gerry, Gennaro.« Sie gaben sich die Hand. Er war nur aus diesem Grund herüberkommen, das wusste ich. »Ich muss los«, sagte ich zu Gerry. »*Devo andare*«, ergänzte ich für Gennaro. »Bis dann.« Ich stand auf und ging, fragte mich, wie sie wohl ohne eine gemeinsame Sprache auskommen würden. Als er Platz nahm, kratzte mein Stuhl hinter mir über den Boden. Am anderen Ende der Piazza drehte ich mich um und winkte. Sie winkten zurück, dann trafen sich ihre Blicke, und sie begannen den Tanz der Libellen. Denn mehr als das gibt es nicht: zwei vergängliche Gestalten an einem heißen Nachmittag; bedeutungslos und nicht einmal besonders schön – der Alltag der Natur.

Auf dem Rückweg fühlte ich mich gut. Ich hatte mich schnell

wieder an Iticino akklimatisiert, an den höheren Luftdruck und die sengende Hitze. Nach dem Mittagessen fuhren wir alle gemeinsam nach Neapel, mein Vater am Steuer und neben ihm Aias, während ich auf der Rückbank saß und den warmen Parfümduft meiner Mutter einatmete. Wir kämpften uns die Via Roma hinauf und hinab, auf der Suche nach den Luxusgütern der zivilisierten Welt, die Iticino nicht bieten konnte. Auf der Hinreise hatte Aias nicht viel von Neapel gesehen, also gab mein Vater den *cicerone*.

»Der alte Bahnhof der Bourbonen war sehr ansehnlich, aber er wurde abgerissen, weil sie einen modernen haben wollten wie in Rom und Mailand«, sagte meine Mutter. Es war einer der seltenen Augenblicke, in denen sie mit Aias sprach, dabei aber lediglich harmlose Kommentare wie aus dem Schulbuch abgab. Wusste sie um meine Beobachtungen, oder war einfach nicht mehr im Spiel? Vielleicht war ihr Tanz in der Zwischenzeit vorüber, und ich hatte sein Ende wegen meines Schwächeanfalls verpasst. Wie immer drehten sich die Leute auf den Straßen nach uns um, starrten uns an und schnatterten uns hinterher. Ein Mann war so erstaunt, dass er beinahe vor eine Tram lief, doch das wütende Klingeln ließ ihn noch rechtzeitig aufschrecken.

»Italien ist so bürgerlich geworden«, sagte mein Vater. »Das passiert, wenn man die materiellen Standards des Bauernstands anhebt. Das Land der Renaissance und des Barocks lässt sich kaum noch erkennen. Alle wollen geachtet werden. Das ist eine sehr reale Gefahr.«

»Darum gibt es noch Menschen wie Leo«, sagte ich. Wir hatten ein gutes Restaurant gefunden und aßen vor der Heimfahrt zu Abend.

»Wer ist Leo, Darling?«

»Der Hippie mit der Gitarre.«

»Jugendliche Rebellion.« Mein Vater knabberte mit seinen starken, weißen Zähnen an einem Grissini.

»Oh, jung ist er nicht. Er war im Koreakrieg. Also muss er fast fünfunddreißig sein, vielleicht sogar älter.«

»Ein echtes Original der Beatgeneration«, sagte Aias.

Wir fuhren im Dunkeln zurück, die Scheinwerfer schnitten die Felswände aus, bis sie in einen verlockenden Abgrund aus Samt versanken, als Aias das Auto über die letzten Abschnitte der Küstenstraße lenkte. Weit draußen auf See, so schätzte ich es ein, glänzten kleine Lichter, vielleicht warf Gennaro ein Netz aus. Meine Mutter saß neben Aias.

»Stört es dich, im Dunkeln zu fahren?«, fragte ich von hinten.

»Nein, nicht wirklich.«

»Es ist sehr schön«, sagte meine Mutter.

»Gält es, jetzt zu sterben,
Jetzt wär mir's höchste Wonne, denn ich fürchte,
So volles Maß der Freude füllt mein Herz,
Dass nie ein andres Glück mir, diesem gleich,
Im Schoß der Zukunft harrt ...«

Die Worte erklangen leise, aber bestimmt, während die Liebschaft meiner Mutter auf den Doppelkegel der Scheinwerfer blickte; so leise, dass ich mich fragte, ob ich die Worte selbst erfunden hatte, oder vielmehr ihre Aussprache.

Am nächsten Morgen war Aias bereits da, als ich hinunterkam. Ich nahm mir meinen Kaffee in der Küche und hörte zwei leise Stimmen, meine Mutter und ihre Liebschaft, als ich die Wohnzimmertür öffnete. Sie standen sehr nah beieinander, und ich registrierte das verschwommene Ende einer Bewegung, die vielleicht bedeutete, dass sie sich an den Händen gehalten hatten.

»Hallo, Darling.« Meine Mutter drehte sich zu mir. »Was hast du heute Morgen vor?«

»Ich dachte, ich könnte eine Runde schwimmen gehen.«

»Würde es dir etwas ausmachen, wenn ich mitkomme?«, fragte Aias. Hatte ich einen Blickwechsel zwischen ihnen nur knapp verpasst?

»Nein, das ist in Ordnung.«

»Dann fahre ich hoch und ziehe mich um. Bis du deinen Kaffee getrunken hast, sollte ich fertig sein.«

»Wo ist Pa?«, fragte ich, nachdem Aias gegangen war.

»Er gibt Renata Englischunterricht auf der *terrazza*«, antwortete meine Mutter lächelnd. »Wenn du deine Tasse zurückbringst, wirst du sie sehen.«

Ich grinste. Niemand kann meine Gedanken lesen wie sie. Oft weiß sie schon, auf welcher Seite der Grenze zwischen Erwachsensein und Kindheit ich es versuchen werde. Dann wähle ich natürlich die kindliche Seite, um sie zu entwaffnen, aber ich bin mir nicht sicher, ob es immer funktioniert. Dieses Mal nahm ich die Tasse mit. Selbst ohne hinzusehen, hörte ich jetzt Stimmen auf der Terrasse. Warum waren sie mir zuvor nicht aufgefallen? Ich war zu sehr in Gedanken gewesen, daran lag es, und das war gefährlich. So konnte man viel verpassen. Ich hörte, wie das Auto samt Aias zurückkehrte.

Wir ließen unsere Kleidung in zwei Haufen am Strand zurück und wateten ins Wasser. Es war warm und schwül wie in einer Therme, und die Sonne warf ihre Strahlen auf die glasige Meeresoberfläche, die so zu einem riesigen, blankpolierten Reflektor wurde und das Licht wie Hitze in einer kontinuierlichen Kernspaltung schillern ließ.

»Ich werde um die Klippe herumschwimmen. Und du?« Aias schaufelte sich Wasser auf die nackten Schultern, um der lodernden Sonne etwas entgegenzusetzen. Während wir uns durch das seichte, gerade einmal schenkelhohe Wasser schoben, glitt es sanft an meinem schmalen Körper entlang, während es von Aias' gedrungenem Trotz beiseitegestoßen wurde. »Ich nehme mir Zeit. Im Gegensatz zu dir bin ich außer Übung.«

Da tauchte ich ab. Aias sollte auf mich aufpassen. Aber ich würde diese Aufgabe so schwer wie möglich machen. Sollte ich von der gefährlichen Strömung am Ende der Klippe erzählen? Ich entschied mich dagegen und entfernte mich von der behäbigen Gestalt, die gemächlich brustschwamm. Als ich den Sog an der Spitze spürte, kämpfte ich unauffällig dagegen an. Einmal blickte ich zurück. Aias war nur ein kleines Stück hinter mir und schien nicht in Eile zu sein. Dann verschwand ich aus dem Blickfeld. Ich gab alles, um noch schneller zu schwimmen. Als ich mich umsah, wippte Aias' Kopf auf und ab wie eine Robbe, schwarz vor Alabasterhimmel und Aquamarinwasser. Vielleicht hatte ich der Szene mit meinen Mühen die Farbe entzogen. Ein letztes Mal setzte ich an, als wäre ich auf der Flucht, taumelte an Land und schmiss mich vornüber in den Sand; die brennenden Körner prickelten auf meiner Haut, und ich kam rastlos auf meinem Bett aus ersehntem Schmerz zu liegen, um zu schauen, was aus dem Meer steigen möge. Ich hatte den Blick auf den Sand gerichtet, so dass ich nicht sehen konnte, wie Aias in meiner Imagination aus dem Wasser schritt und auf mich fiel. Vor Erschöpfung hätte ich mich nicht mehr wehren können.

»Ganz schön starke Strömung zum Schluss.« Ein schwerer Wassertropfen fiel auf meine getrocknete, heiße Haut. Ich bewegte meinen Kopf leicht und öffnete ein Auge. Aias stand neben mir. Für eine Berührung hätte ich nur den Arm ausstrecken müssen. Weitere warme Spritzer landeten auf mir, als Aias sich die Haare ausschüttelte. Ich konnte erkennen, wie sich die Rippen unter den schweren Atemzügen hoben. Aber Aias war stark und stand dort in der Sonne, über und über mit Tröpfchen bedeckt, die funkelten wie Fischschuppen. Jegliche Stärke verließ mich, eine Welle durchflutete meinen hohlen Körper und ließ mich leer und gestrandet zurück. Aias setzte sich in den Sand. Wenige Sekunden später drehte ich mich um, hielt mir die Hand schützend vor die Augen.

Bisher war ich zu beschäftigt gewesen, um mich nach Leo umzusehen.

»Wer wohnt denn dort?«, fragte Aias.

»Das ist das Honeymoon Hotel«, sagte ich, »für alle, die sich die Kleider vom Leib reißen wollen. Da ist das Feuer.«

Aias stand auf und begutachtete die geschwärzte Stelle. »Nicht viel wärmer als der restliche Strand. Müssen wir zurückschwimmen?«

»Nein, wir können rüberklettern.« Ich nickte in Richtung der Felsbänke.

»Ich gehe lieber bald. Sonst werde ich hier noch gebraten.«

»Es ist sowieso niemand da. Sonst hätte ich dich vorgestellt. Leo ist schon in Ordnung, aber ein bisschen ungehobelt.«

»Vielleicht ist er im Hotel.«

»Falls er da ist, schläft er gerade einen Rausch aus, und dann bringt es nichts, ihn aufzuwecken. Vielleicht ist er nach Neapel getrampt, um seine Vorräte aufzustocken.«

Aias nickte. »Also, wenn du dich erholt hast, würde ich gerne zurück zu meinem Oberteil. Ich habe kein Interesse daran, dass mir heute Nacht bei lebendigem Leibe die Haut abgezogen wird. Du musst mir den Weg zeigen, aber bitte denk an mein Alter. Im Bergsteigen bin ich außer Übung.«

»Warum tun manche Leute das wohl?«, fragte ich, während wir auf die Felsen zuliefen.

»Aussteigen?«

»Ja.«

»In meinen Augen ist es eine Konstante der Menschheitsgeschichte, was für psychologische statt sozialer oder historischer Gründe spricht. In jeder organisierten Gesellschaft gibt es zu jeder Zeit genug Gründe, ihr entkommen zu wollen. Manche tun es, manche nicht. Ich vermute, es könnte eine Form von Masochismus sein, aber es bräuchte etwas Zeit, um diese These im Detail auszuarbeiten.«

Während wir über die Felsen kraxelten, zuckte die Liebschaft meiner Mutter zusammen, sobald hornhautfreie Hände und Füße auf harten Untergrund trafen. Ich ging voran und lächelte in mich hinein, weil ich abgehärtet war. Als wir auf der anderen Seite hinabkletterten, hatten sich bereits zwei große und zwei kleine Gestalten zu unserer Kleidung gesellt. Selbst aus der Ferne und trotz des blendenden Wassers erkannte ich Ellie und die Kinder mit Caspar Melchitz, einem ihrer geduldigsten Dirigenten; seine dunklen arabischen Züge ließen ihre Blondheit in voller Wirkung erstrahlen, als hätte man Valentino und Monroe die Hauptrollen gegeben. Man munkelte, sie trete genau aus diesem Grund so oft mit ihm in Erscheinung. Wir liefen ins Wasser und planschten in ihre Richtung.

»Hi! Du siehst ja aus, als würdest du dich viel draußen rumtreiben«, begrüßte Ellie Aias.

»Nur mit Kit«, sagte die Liebschaft meiner Mutter.

»Wir haben uns schon gefragt, wem die Klamotten gehören.«

Erleichtert zog sich Aias die Baumwolle über.

»Ist da etwa jemand schüchtern? Kalt kann dir doch nicht sein.«

Ich grinste innerlich. Ellies Vorführungen hatte ich schon oft gesehen.

»Ganz im Gegenteil.«

»Aias hat Angst, sich zu verbrennen«, sagte ich. »Wie geht's dir, Caspar?«

»Wie geht es dir denn? Als ich beim Abendessen nach dir gefragt habe, sagte deine Mutter, du seist krank.«

»Mir geht's gut. Nur ein bisschen zu viel Sonne, das war's. Ich bete sie geradezu an«, sagte ich.

»Wir müssen los«, sagte Ellie. »Auf geht's, Kinder.«

»Ich hab Hunger«, sagte Karen.

»Ich auch«, machte es ihr der Junge nach.

»Bis dann!«

»*Ciao!*«

»Du warst ziemlich kurz angebunden mit ihr«, sagte ich, als sie gegangen und wir angezogen waren.

»War ich das?«

»Was hältst du von Caspar?«

»Wir haben uns beim Abendessen kennengelernt. Ich mag ihn. Aber ich habe ihn noch nie dirigieren hören. Ist er gut?«

»Nicht schlecht. Mit Ellie kann er gut umgehen, er ist sehr streng mit ihr. Deshalb bleibt sie bei ihm. Er lässt sie nicht ausflippen. Zwingt sie zum Proben. Dann bekommt sie gute Kritiken, sie werden beim Tanzen fotografiert, und in einer italienischen Zeitschrift heißt es, was für ein hübsches Paar sie seien, also viel gute Presse. Das ist mittlerweile so oft passiert, dass man meinen könnte, die Zeitungen würden es durchschauen.«

»Also ist er nicht ihr Freund. Ich dachte …«

Ich redete lachend dazwischen. »Caspar kennt sie zu gut. Sie haben beide was davon. Aber er will mehr Hirn. Er hatte schon immer etwas für Mutter übrig. Ist dir wahrscheinlich schon aufgefallen.« Ohne aufzusehen, warf ich mein Handtuch auf Aias' Schatten im Sand. Die Liebschaft meiner Mutter antwortete nicht.

»Wir haben Ellie gesehen«, sagte ich später beim Mittagessen. »Und Caspar, der wie immer teuflisch gut aussah.«

Sowohl mein Vater als auch meine Mutter lachten. »Das hast du sehr gut gesagt«, sagte sie. Wieder sah ich nicht zu Aias.

Doch erst jetzt fällt mir auf, dass ich nicht hinübergesehen habe, wieder rückblickend. Und tatsächlich weiß ich nicht einmal mit Sicherheit, ob mir schon damals klar war, was hinter meinen Handlungen steckte. Zwischen dem Bewussten und Unbewussten gibt es einen Raum, einen Raum des Werdens, in dem man tun und lassen kann, was man will, wie man früher sagte und manchmal noch heute, wo man völlig gedankenlos oder eher achtlos sein kann, und würde man vor Gericht gefragt: »Wussten Sie, was Sie taten?«, entspräche ein Ja oder Nein gleichermaßen der Wahrheit.

An diesem Abend begleitete Renata uns in die Bar. Ihre Mutter hatte nach dem Abendessen einen Anruf erhalten und war losgezogen wie eine erleuchtete Christin. Aias ging voraus, dazu klapperten Renatas Absätze wie die Hufe der kleinen einheimischen Esel; wir folgten in unheiliger Dreifaltigkeit. Im Dunkeln konnte ich das Gesicht meiner Mutter nicht erkennen. Leo war mit seiner neuesten Ladung umherziehender junger Männer und Frauen vor Ort; auch Gerry, die die Rolle der Hausmutter spielte. Ich winkte grinsend, ging aber nicht zu ihnen. Von der anderen Seite der Tische wirkte sie selbstbewusst und herzlich. Leo trug seinen beeindruckendsten Swami.

»Wir haben jetzt *vacation*«, sagte Renata, als wir Platz nahmen. Mein Vater schien nicht sonderlich zur Verbesserung ihres Englisch beigetragen zu haben. »Bitte«, sagte sie und drehte sich zu ihm, »was ist der Unterschied zwischen *vacation* und *holiday*?«

»*Vacation* ist amerikanisch; *holiday* englisch.«

»Und was bedeutet *holi*?«

»Heilig, *santi; giorni festivi.*«

»Welches von beiden sagt man also eher?«

»Das kommt darauf an, in welchem Land du dich befindest.«

»*Sì, ma ...*«

»Ja, aber ...«, korrigierte mein Vater auf Englisch.

»Ja, aber«, sagte sie pflichtbewusst. »Das Englische ist vornehmer, das Amerikanische moderner, oder?«

»So einfach ist es nicht.«

»Auf uns wirkt es so.«

»Du solltest mehr mit Aias sprechen«, sagte mein Vater. »Aias' Englisch ist nicht kontaminiert.«

»Kontaminiert?«

»*Contaminato*, außerdem spricht Aias kein Italienisch.« Aias lachte. Ich blickte schnell zu meiner Mutter, doch sie schien in irgendetwas auf der anderen Seite der Piazza vertieft zu sein, sie rauchte, und ihr Blick war in die Ferne gerichtet. Kurz darauf drehte sie sich zu uns.

»Welche davon ist deine Freundin, Darling?«

»Das ist Gerry; die Saubere, die, die sitzt. Die anderen sind neu, abgesehen von Vater Leo.«

»Vater?«, fragte Renata.

»Ein Witz«, sagte mein Vater.

»Verstehe«, lächelte sie. Einen Augenblick herrschte Stille; Renata nippte an ihrem Scotch on the rocks. Dann ließ sie die Eiswürfel im Glas umherwirbeln. Mein Vater rief den Kellner für die nächste Runde.

»Ich bin dran«, sagte Aias.

»Warum leben sie so?«, fragte Renata, als die neuen Getränke gekommen waren, und sah angeekelt zu Leos Gruppe, die nun hingerissen lauschte, während er »Put Your Best Foot Forward, Man« sang, ein von ihm geschriebener Blues-Song, den er oft sang, wenn er allein war. »In Italien gibt es so etwas nicht.«

»Das sollte uns Kit erklären«, sagte mein Vater.

»Sie mögen ihre Gesellschaftsform nicht und wollen Freiheit.« Mich in einfachen Worten erklären zu müssen, erschien mir hinderlich.

Renata verzog das Gesicht. »Niemand ist frei.«

»In Amerika wächst man mit dem Konzept von Freiheit auf. Es ist Teil ihrer Geschichte und ihrer Verfassung. Auch wenn das alles eine Illusion sein mag.«

»Es ist ein Beiprodukt des wirtschaftlichen Gerangels und des puritanischen Gewissens«, ergänzte meine Mutter.

»Fliehen zu wollen, ist doch kindisch.«

»Und was ist stattdessen wichtig?«, fragte ich.

»*I soldi.*«

»Geld«, erklärte ich Aias.

»Danaë«, sagte meine Mutter.

»Im Campodimonte gibt es ein Gemälde von Tizian, das Danaë und den Goldregen zeigt«, sagte mein Vater vorsichtig.

»Das habe ich in der Schule gesehen. Es ist sehr schön.« Ich fragte mich, wie die Signora darauf reagiert hätte, ob sie die allgemein anerkannte Meinung der Schönheit einer nackten Prostituierten akzeptiert hätte.

»Ich kenne verschiedene Reproduktionen«, sagte Aias. »Ist es wirklich schön?«

»In meinen Augen nicht. Aber sehr interessant.«

»Amor dreht sich zur Seite«, sagte mein Vater.

»Prostitution vertreibt Liebe«, sagte meine Mutter.

»Liebe gibt es nur im Film«, sagte Renata.

»War es da nicht eine alte Frau?«, fragte Aias.

»Eine Art Krankenschwester-cum-Bordellbetreiberin? Das ist in der anderen Version, die am häufigsten reproduziert wird. Sie fängt den Regen im Fall auf.« Meine Mutter schüttelte es.

»Was ist deiner Meinung nach das Wichtigste im Leben?« Renata sah meinen Vater an.

»Macht.«

»Macht?«

»Macht ist das, was alle wollen, auf individueller Ebene und kollektiv als Nation. Macht über uns, um Macht über andere zu besitzen. Macht und Besitz.«

»Ist es also das, was du willst, Allding?« Manchmal nannte ich ihn so, um ihn zu nerven und zu loben.

»Macht habe ich schon.« Er nahm sein Glas, die traditionelle Geste unerschütterlicher Selbstsicherheit.

»Und du?«, fragte meine Mutter Aias.

»Ich habe, was ich will, nur will ich mehr, wie alle gierigen Kinder.«

Mit halbem Auge (welcher Hälfte?) sah ich, wie Gennaro Gerry vom Rand der Piazza zunickte und sie den Kopf zur Bestätigung beinahe scheu beugte. Heute Nacht würde das Handtuch vom Balkon hängen. Ich würde meine Mutter und ihre Liebschaft unbeobachtet lassen, wenn sie wollten, aber morgen musste ich herausfinden, ob meine Strategie noch funktionierte. Wie alle guten Kriegsoberhäupter musste ich inspizieren. Doch es schien, als wollten sie von meinem Angebot nichts wissen. Wieder rauschte Aias allein und früh davon. Vielleicht hatte ich richtiggelegen, und der Tanz war vorüber.

Am nächsten Morgen ließ ich sie alleine diskutieren und ging hinunter zur alten Küste, an der Gennaro und ich uns als Kinder kennengelernt hatten. Ich setzte mich auf einen Felsen und fragte mich, ob Ellies Kinder kommen würden, ob überhaupt irgendwelche Kinder kommen würden oder ob sich die Beschaffenheit der Kindheit verändern würde. In Gedanken schrieb ich eine Science-Fiction-Erzählung für den Rezeptionisten des Albergo del Golfo mit dem Titel *Das letzte Kind* und gestaltete ein Cover mit mir auf meinem Felsen. Wahrscheinlich hatte auch Joseph das getan, als er davon träumte, dass alle sich vor ihm verbeugten, und auch der Selbstversorger Robinson Crusoe auf seiner Insel. Alle waren so alt, und die Welt war so alt, und doch erschienen sie mir bloß wie Kinder, als hätten sie gerade erst begonnen; ihre Sorgen wie Phantasien und Vorstellungen aus Spielzeugsteinchen, ihre Streitigkeiten wie das Gezänk von Tweedledee und Tweedledum, ihre Wünsche wie ein Märchen im abendlich feuchten Schein eines Lagerfeuers. Ich wollte etwas ganz Neues, mit dem noch niemand die eigenen Phantasien beschmutzt hatte, und für eine Weile hämmerte meine Brust, schnürte sich meine Kehle zusammen, als stünde ich kurz vor einer Einsicht. Die Felsen stachen hervor wie vor einem Sturm, schieferblau umrandet, als umströme sie Elektrizität, Kiesel im Hintergrund, jeder einzelne so präzise wie das Muster eines Teppichs oder eine Beschreibung in einem Nouvelle-Vague-Roman. Jeden Augenblick! Doch sie kam nicht. Diese alte Sinnestäuschung kannte ich. Ich musste aufpassen, um mir am glänzenden Strand keinen Sonnenstich zu holen.

Was stattdessen kam, als ich gerade gehen wollte, war nur Gennaro. Ich hoffte, ihn mit meinen mesmerischen Kräften herbeigezogen zu haben. Er trug das Hemd bis zum Nabel aufgeknöpft, dazu eine luftige Hose; Gummisandalen an den nackten Füßen. Er strahlte Selbstbewusstsein aus und eine gewisse Selbstgefälligkeit.

»Und?«

»Eine Frau aus dem Ausland zu haben, ist gut. Sie ist sehr gut.«

»Vergiss nicht, dass ich euch vorgestellt habe.«

»Mit dir werde ich immer befreundet sein. Die andere war eine Hexe.«

»Ich will mit dir angeln.« Er wirkte skeptisch. »Nur wir zwei. Eines Nachts.«

»Es ist schwierig.«

»Denk an das Pfft-Pfft.« Ich sprühte ihm mit imaginärem Spray ein. »Und die Amerikanerin.«

»Seit sie in dem Albergo wohnt, ist es besser.«

»In Italien sind alle Snobs.«

»Ein Mann muss seinen Ruf wahren.«

»*Guaglione*«, spottete ich. »Nimm mich mit zum Angeln, oder ich erzähle ihr, wie viele Touristinnen du schon hattest.«

»Okay, okay.«

»Gut.« Ich stand auf. »Ich bestimme, wann.«

»Vielleicht ist das dann keine gute Zeit für die Fische.«

»Das macht keinen Unterschied. Irgendetwas werden wir finden.«

»Du bist verrückt.«

»Ja, das bin ich. Bis dann.«

Am Nachmittag gab ich mich müde und ließ sie alle am Tisch sitzen. Schon bald hörte ich das Auto und schlich die Treppe hinab, durch den Flur und hinaus auf den Feldweg. An jeder Kreuzung waren meine Markierungen noch sichtbar, in das trockene Gras gebrannt wie von einem Steinmetz, auch wenn ich sie nicht mehr brauchte. Ich verstand nicht, warum alle anderen sie nicht sahen und ihnen folgten. Die Heckenkirsche blühte noch immer; ihr Duft wurde von Hitze und Staub gedämpft. Kein Handtuch war zu sehen. Vor dem Hotel stand unser Auto.

Dieses Mal war der Rezeptionist nicht da. Auf dem Tresen lag *In Transito per Venere*, auf dem Cover eine schöne Frau im Stil der frühen Vamps. Nicht ohne Risiko schlich ich mich vorbei, nahm den Schlüssel vom Brett und eilte zur Treppe. Nach dem Mittagessen war eine gute, schläfrige Zeit. Der Rezeptionist würde sich unterhalten oder schlafen. Mein Herz begann wie üblich zu klopfen. Hinter mir ertönte kein Schrei. Und falls Gerry zurückkam? Ich musste es riskieren, also schloss ich die Tür auf.

Wenn ich das Handtuch raushing, wüsste Gerry Bescheid. Doch vielleicht würde man mich auf dem Balkon sehen können, sollten Aias' Fensterläden offenstehen. Schwitzend überdachte ich das Problem und zündete meine qualmende Deckung an, dieses Mal eine Art Räucherstäbchen, damit ich keinen Zug nehmen musste. Ich pustete, um das Glimmen aufrechtzuerhalten, bis eine entsprechende Note in der Luft lag, dann ließ ich es im Aschenbecher verglühen. Nur wenige Sekunden später hatte ich mich schon im Badezimmer eingeschlossen, die Schuhe ausgezogen und die Toilette erklommen; auf einem Sockel posierend wie Amor, doch statt Pfeil und Bogen boshaft ein Taschenmesser haltend.

Sobald ich das Periskop in Position gebracht hatte, war klar, dass ich den aufregenden Teil verpasst hatte. Meine Mutter und Aias lagen beinahe reglos beisammen, nur gelegentlich wurde eine Hand bewegt oder ein Wort geflüstert. Manchmal küsste Aias sanft die Brüste oder Schläfen meiner Mutter, und sie reagierte mit einer Bewegung oder einem Lächeln. Ihre Zärtlichkeit und Versunkenheit waren beinahe erschreckend. Ich war wütend auf mich selbst, weil ich mich nicht mehr beeilt hatte. Ich wollte das Kaleidoskop drehen, damit sich ein neues Bild ergab. Ich wollte Action, nicht diese träumerische Ruhe. Meine Mutter war so schön wie eh und je. Aias lag da, jung und verletzlich, wie ein unschuldiges Kind. Ich brachte die Gitter wieder an und ging nach unten. Etwas anderes gab es nicht zu tun. Also konnte ich mich genauso gut auf den Heimweg machen, bevor sie sich regten oder Gerry zurückkehrte.

Tatsächlich kam sie gerade zur Tür herein, als ich am Fuß der

Treppe angekommen war. Schnell rief ich »Hi« und winkte sie zu mir. Ich positionierte sie mit dem Rücken zur Rezeption und gab ihr den Schlüssel. Dann verabschiedeten wir uns laut, und ich eilte auf den sicheren Feldweg. Kurz reizte es mich, unserem Auto einen Platten zu verpassen oder den Vorwärtsgang einzulegen.

An der Heckenkirsche sah ich auf. Gerry schien ihre Badesachen zu trocknen. Die Fensterläden des Nachbarzimmers waren noch immer geschlossen. Was taten sie wohl gerade? Vielleicht schliefen sie, und ihre Schweißperlen vermischten sich. Unterwegs war es sehr heiß und still. Selbst die Zikaden in den knisternden Halmen blieben still und träge. Vielleicht fürchteten sie, ihre Papierflügel und Hülsenkörper würden bei der kleinsten Bewegung Feuer fangen. Bei der Vorstellung, wie ein Grashüpfer Funken schlug, indem er seine Zweigbeinchen zusammenrieb und die ganze Küste in Brand setzte, lachte ich. Dann musste ich ein weiteres Risiko eingehen – niemand durfte im Garten sein. Trotzdem war diese Variante sicherer als die Vordertür. Ich warf mich gegen das Tor der Gartenmauer. Ein leises Knacken ertönte. Schon war ich drinnen und schloss es hinter mir, ohne einen weiteren Gedanken daran zu verschwenden. Mit dem Rücken ans Tor gepresst, begutachtete ich das Gelände. Das heiße Holz brannte durch mein Oberteil wie der Feuerrost des Laurentius von Rom. Ich nahm mir einen der Zweige zu meinen Füßen, versetzte ihm einen Knacks und schob ihn hinter meinem Rücken durch die Schlaufen, um meinen Blick nicht vom offenbar leeren Garten und den fensterförmigen Augen des Hauses abwenden zu müssen. Falls jemand zusah, würde diese Person meiner Handlung kaum folgen oder sie verstehen können. Dann ging ich ruhig in die Küche. Eine Zikade plumpste vor meine Füße. Ansonsten bewegte sich nichts.

Den ganzen restlichen Tag war ich sehr fröhlich, damit ich früh zu Bett gehen konnte, ohne den Verdacht zu erregen, ich würde schmollen. Ich wusste, das Klopfen an meiner Tür würde nicht lange auf sich warten lassen.

»Hallo, Darling, ich wollte nur nachsehen, ob bei dir alles in Ordnung ist.«

»Mir geht es gut, danke.«

Sie nahm auf dem Bett Platz. »Was liest du?«

»Ich dachte, ich sollte an meinem Latein arbeiten. Es rostet ziemlich ein, und man weiß ja nie, wann man es brauchen könnte.« Ich schob ihr das Buch zu. »Ich wollte mich an einer Gedichtübersetzung probieren, aber ich weiß nicht, wie.«

»Ovid? So ein prosaischer alter Kerl.«

»Aber er steckt voller Geschichten.«

»O ja, das Buch ist eine wunderbare Quelle. Wie weit bist du gekommen?«

»Buch zehn. Venus und Adonis.« Für einen Augenblick meinte ich zu erkennen, wie sich ein Schatten auf ihren Blick legte. »Ist das nicht dieselbe Geschichte wie die von Diana und Aktaion?«

»Wie meinst du das, Darling?«

»Nun ja, wenn Aias recht hat und all diese Frauen derselben Göttin entsprechen, nur in unterschiedlichen Varianten, verlieben sie sich immer in dieselbe Person. Hier steht sogar, Venus sei immer auf Jagd gegangen, wie Diana, und außerdem sterben sie einen sehr ähnlichen Tod. Nur eine Sache gibt es.«

»Und die wäre?« Sie strich mir eine Haarsträhne aus den Augen. »Du solltest sie mal schneiden lassen. Bald siehst du nichts mehr.«

Ich schüttelte den Kopf. »Die Hunde, die Aktaion töten und Adonis weglocken.«

»›Weglocken‹?«

»Schau, hier steht, es waren die Hunde, die ihn zum Wildschwein führten.« Ich schob den Finger auf die entsprechenden Verse.

»Ja.«

»Was genau sind sie?«

»Ihre eigene Begierde.«

»Ist es also die Göttin, die den Tod ihrer Liebschaften verursacht?«

»Ich hoffe nicht.«

»Woran liegt es dann?«

Sie überlegte kurz. »Aktaions Begehren stieß nicht auf Erwiderung, also machte es ihn zum Gejagten, bis es ihn schlussendlich zerstörte.«

»Und Adonis?«

»Das ist schon schwieriger. Scheinbar trotzte er der Liebe und wünschte sich den Tod. Beide sündigten gegen ihre Göttin, oder vielleicht begehrten sie eigentlich Persephone, ihre tödlichere Gestalt.« Meine Mutter sprach nicht mehr zu mir, sondern mit sich selbst. »In diesem Fall lag die Schuld bei ihnen, nicht bei ihr. In einer Version sendet Diana das Wildschwein, so würde Adonis' Geschichte also parallel zu Aktaions verlaufen. Vielleicht wollte er mehr, als ihm zustand.«

»In den *Metamorphosen* war sie gerade auf dem Weg nach Zypern, also wollte er mit der Jagd bloß Zeit totschlagen.«

Meine Mutter zuckte zusammen. »Das ist ein schreckliches Bild, Darling.«

»Vielleicht lautet die Moral, dass Göttinnen sich nicht verlieben sollten, oder wir uns nicht in sie.«

»Vielleicht. Wie wäre es mit etwas Schlaf?«

»Okay.« Ich lächelte mein ausgefeiltes schläfriges Kinderlächeln und kuschelte mich in die Decke, wodurch man möglichst hilflos wirkt, weil es Erinnerungen an die Wiege oder ein Krankenhausbett weckt.

»Soll ich das Licht ausmachen?«

»Noch nicht. Ich will noch etwas nachdenken.«

»Aber nicht mehr allzu lange, ja? Morgen Abend wird es spät, Ellie und Caspar kommen zum Abendessen. Sie bleiben doch immer stundenlang. Dein Witz heute war wirklich sehr gut.«

»Über Caspars teuflisch gutes Aussehen?«

»Ja.«

»Sehr arabisch.«

»Ganz genau, Valentino.« Sie lachte. »Gute Nacht, Darling.«

»Nacht.«

Nachdem sie gegangen war, las ich wieder Ovid: »*caelo praefertur Adonis.*« Sie zieht Adonis dem Himmel vor. Ich hatte falsch gelegen. Der Tanz war noch nicht vorüber. Sie machten sich ihre Liebe vor. Doch sie, dieser Zustand, existierte nicht. Es war nichts als Mythos und Märchen, um den Menschen Stoff zum Träumen zu geben und den Psychiatriepraxen Erklärungen.

Sie waren pünktlich, ausnahmsweise, zumindest was Ellie anging, die immer zu spät und außer Atem eintraf. Ich fragte mich, wie sie es rechtzeitig geschafft hatte, aber vielleicht übernahm Caspar die Verantwortung für all ihre Auftritte. Er ging direkt zu meiner Mutter, küsste sie und nahm ihre Hand. »Es ist so schön, dich zu sehen. Du siehst so bezaubernd aus wie immer. Andere Frauen fahren in den Süden, um sich zu bräunen; aber du bleibst so weiß, als wärst du immer unter einem Sonnenschirm.«

»Ich bin eben ein nachtaktives Geschöpf«, lachte meine Mutter. »Das Mondlicht kann ich gerade so tolerieren.«

»Dann muss ich dich zum Mond begleiten.«

»Und dann würde ich mich über die Kälte beschweren. Was möchtet ihr trinken?« Sie ging zu dem Tisch, an dem Aias die Aperitifs einschenkte. Mein Vater verweigert sich dem amerikanischen Cocktailbrauch, er findet ihn sowohl gefährlich als auch prollig, obwohl er diesen Begriff nur in Extremfällen verwendet und dann immer, als hätte er ihn gerade erst erlernt oder selbst erfunden. Wir servieren Drinks immer ohne alles; selbst Eiswürfel gibt es nur auf Nachfrage.

»Jede Menge Mineralwasser, am besten einen ganzen Ozean«, rief Ellie. »Alkohol ist so schlecht für meine Stimme, oder nicht, Caspar? Ach, ist das nett. Genau richtig. Meine Güte, hast du schöne Hände. Hat Aias nicht wunderschöne Hände?« Ellie nahm die Hand der Liebschaft meiner Mutter. »Wenn ich nur eine Wahrsagerin wäre, wüsste ich alles über dich.« Mit einem Finger begann sie, über die Linien auf der Handfläche zu streichen, damit sie ihr nicht entkommen konnten. Aias lächelte zwar, aber etwas steif. »Meinst du nicht, ich könnte etwas *gypsy* in mir haben? Meine Großmutter mütterlicherseits war Ungarin. Spürst du nicht mein wildes Magyarinnenblut?« Ihre Rolle als Südstaatenschönheit hatte volle Fahrt aufgenommen, irgendwo zwischen Tosca und Scarlett O'Hara. Aias zog die Hand so sanft zurück, dass sie es kaum bemerkte.

»Ich kann nicht behaupten, dass du wie eine *gypsy* aussiehst«, sagte mein Vater.

»Ach, nimm doch nicht immer alles so genau. Ich kann alles sein, was ich will. Oder, das kann ich doch?«, fragte sie ihn, dieses Mal als Shirley Temple in *The Blue Bird*. Sie werden sich wundern, woher ich all diese Stücke kenne. Wenn Fantah und ich allein auf der Farm sind, schauen wir die neuesten Filme, während sich die Insekten an den Drahtmaschen am Rande der Veranda in den Tod stürzen. Fantah findet die Mythologie alter Filme exotischer als den jungen Krishna oder Cowgirls. Oft dachte ich, die örtlichen Farmer hielten sie für eine *Red Indian*, wenn sie im Drive-In-Supermarkt einkaufen ging. Außerdem berühren Howard Johnsons winzige Disney-Eisdielen sie zutiefst, wenn wir übers Land fahren, und sie bricht beim Anblick der orangenen Dächer in Jubel aus, als wären es die wunderschönsten Jain-Tempel. Sie sagt, all das gehöre zur einheimischen Kultur und müsse studiert werden, um die Gesellschaft zu verstehen. Vielleicht ist Ellie doch älter, als sie durchblicken lässt, älter als die wenigen Jahre, die sie, wie ihr engster Freundeskreis weiß, für die Presse abzieht, sonst würde sie all diese Rollen nicht kennen, oder vielleicht gibt es eine Ellie, die nachts alleine auf ihrer Seiden-Chaiselongue liegt, sich ein narzisstisches Häppchen zu Gemüte führt und das Herumtollen der unscharfen alten Prototypen beobachtet. Warum hasse ich Ellie bloß? Weil sie mich, solange sie nichts von mir will, wie ein Kind behandelt? Vielleicht werde ich ihre Kinder, wenn sie älter sind, mit nur einer kleinen Schraubendrehung ins Verderben stürzen.

Früher half der Signora ein kleines Kind beim Servieren, ein Mädchen so alt wie Renata, als wir sie kennenlernten. Ich fragte mich, wie Renata ihren Abend verbrachte. Ellie saß zur Rechten meines Vaters, Casper zu der meiner Mutter. Aias saß Ellie gegenüber, ich zur Linken meiner Mutter: eine Sitzordnung, die ich in Anbetracht aller Mitspielenden nicht besser hätte planen können. Was würden wir wohl spielen, eine Runde psychologisches Strip-Poker? Caspar fing mit der Suppe an.

»Und was hast du angestellt, als du allein warst, Kit?«

»Mein Latein aufgefrischt.«

»Kit liest seit Kurzem die *Metamorphosen.*«

»Welchen Teil?«

»Venus und Adonis.«

»Das ist mal eine Geschichte, aus der man eine Oper machen sollte.«

»Und ich singe die Venus«, ergänzte Ellie. »Otto könnte den Amor spielen, er müsste nur irgendeinen Fetzen tragen.«

»Solange er keinen Gesangspart hat«, sagte Caspar. »Es ist erstaunlich, dass beide deiner Kinder keinerlei musikalisches Gehör besitzen.«

»Ich weiß nicht, was aus ihnen werden soll, wenn sie älter sind. Mutter zu sein, ist schrecklich.«

»Es bleibt noch viel Zeit«, sagte Aias, »bevor du dir Sorgen machen musst.«

»Ich weiß nicht. Mittlerweile sind wir so auf unsere Karrieren konzentriert, dass man schon aus der Reihe zu fallen scheint, wenn man in der Grundschule noch nicht weiß, was man werden will.« Gelegentlich gibt Ellie gerne die Vorstadtmutter, als besäße sie weder internationalen Ruhm noch den entsprechenden Kontostand. »Und was möchtest du irgendwann einmal machen, Kit?«

»Eleganterweise gar nichts.« Ellie wirkte schockiert. »Warum muss man immer etwas machen?«

»Um zu leben«, sagte Caspar.

»Ist es nicht wichtiger zu sein?«

»Wenn du so hübsch bist wie ein Schmetterling«, sagte er. Mir scheint es schon lange so, als habe Caspar nicht viel für mich übrig. Er hatte seine erste Frage nicht gestellt, weil es ihm wichtig gewesen war, sondern um Interesse zu heucheln.

Meine Mutter kam mir zu Hilfe. »Kit hat recht. Ist es nicht das Vermächtnis des Puritanismus, dass die Arbeit mit solchen Schuldgefühlen aufgeladen ist?«

»Wir werden mit der Zeit lernen müssen, sehr viel weniger zu arbeiten«, sagte mein Vater. Ich konnte hören, wie sich die entsprechenden Statistiken in seinen Gedanken einstanzten wie Lochkarten. Jeden Augenblick würde er sie ausspucken und auf dem Tisch verteilen.

»Vielleicht werde ich eine internationale Review-Studie oder weltweite Proteste organisieren.«

Caspar schüttelte den Kopf. »So einfach ist es nicht.«

»Im Laufe der Zeit haben wir uns immer stärker abgeschottet. Jedes Land ist seine eigene Insel«, sagte mein Vater. »Russland und Amerika mit ihren Satelliten sind Archipele, alle anderen Inseln. All die kleinen Bestandteile von Afrika und Asien, alle sind sie Inselchen und Atolle, brechen auseinander und finden sich in ihrem Teil des Meeres zusammen, umgeben von ihren ethnischen und kulturellen Differenzen.«

»Ist es nicht schon immer so gewesen?«, fragte Caspar und zerbröselte eine Brotscheibe.

»Ich meine nicht, nein, wirklich nicht.« Mein Vater wurde immer aufgeregter und sprach seine Konsonanten noch härter aus als sonst. »Das Mittelalter war von einer stärkeren Homogenität geprägt, auch die Renaissance und der Beginn dieses Jahrhunderts. Obwohl wir durch Raumfahrt und Wissenschaft plötzlich zu einer Spezies zusammengewachsen sind, haben wir uns in allen anderen Bereichen wieder in Einzelstämme aufgesplittert. Haben wir Angst, unser bemitleidenswertes Maß an Individualität zu verlieren, oder werden wir von der Politik ausgespielt? Sieh dir nur Frankreich an. Das Land ist jetzt nicht mehr als ein tiefes Loch des Nichts. Es bringt mich fast zum Weinen.«

»Und Italien?«, sagte Caspar.

»Dazu sollte ich lieber nichts sagen«, erklärte mein Vater, als die Signora mit einer dampfenden Platte voller Hähnchen im Speckmantel eintrat. »Dieser Tage sind wir alle zu provinziell.«

»Selbst Amerika?«

»Gerade Amerika. Die Staaten sind ein monströses Kind des neunzehnten Jahrhunderts, in dessen Mitte die Menschheit zum ersten Mal von Technologie und Imperialismus getroffen wurde.« Mein Vater war sehr empathisch.

»›Blinz stand stets auf der Höllenfahrtliste‹«, zitierte ich Fantah. Caspar runzelte die Stirn.

»Ist die Ablösung vom Französischen durch das Englische als Weltsprache nur ein Symptom dieser Entwicklung oder etwas Radikaleres?«, fragte Aias.

»Es ist ein Effekt, der wiederum zur Wirkung wird, richtig?«, sagte meine Mutter.

»Meine Güte, ist das alles kompliziert«, seufzte Ellie.

»Nur keine Sorge. Musik ist und bleibt international«, tröstete sie Caspar. »Wir werden unsere Arbeit höchstwahrscheinlich nicht verlieren.«

»Schon wieder geht es um die Arbeit«, sagte ich. »Ihr seid alle so traditionell.«

»Haben deine Freunde am Strand eine bessere Antwort?«, fragte mein Vater.

»Ach, die. Die sind genauso traditionell wie ihr, nur Anti-Materie.«

»Was dann?«

»Das werdet ihr schon sehen.«

Meine Mutter lachte. »Ja, das werden wir wohl.«

»Und Venus und Adonis?«, fragte die Liebschaft meiner Mutter.

»Adonis wird immer zerstört.«

»Aber er steht wieder auf, oder nicht?« Caspar war an diesem Abend fest entschlossen, mich in meine Schranken zu weisen. »Er ist doch ein Gott der Fruchtbarkeit?«

»Adoni, mein Herr.« Meine Mutter blickte tief ins Glas. Wir tranken einen schweren Rotwein aus der Gegend, den die Signora ihren Patientinnen nach einer Geburt verschrieb. »*Fa sangue*«, sagte sie immer beschwörend. »Ursprünglich war es ein östlicher Kult.«

»Oh, aber auch ein nördlicher, Tacitus hat ihn beschrieben«, ergänzte mein Vater schnell, wie immer in Sorge, der Norden könne übersehen werden, wo er doch zu jeder wichtigen Strömung beigetragen hatte.

»Ach ja?« Caspar wirkte etwas ungläubig.

»O ja. Die Göttin bereiste das ganze Land mit einem Priester, den man wohl für ihren Liebhaber hielt. Sie brachte Fruchtbarkeit. Hier handelt es sich ganz offensichtlich um das Gleiche. Als Opfergaben wurden Menschen erhängt. Ich habe schon oft überlegt, ob der Norden diese Hinrichtungsart deshalb so lange beibehalten hat.«

»Das ist aber sehr primitiv«, sagte Ellie.

»Weil es ein ganz ursprüngliches Ritual ist, völlig schmucklos und frei von jeglichen Mythen oder Kunstformen.«

»Immer musst du von solchen Themen sprechen.« Ellie war etwas trotzig. »Was soll das?«

»So vertiefe ich mein Verständnis der Menschheit«, sagte mein Vater schwermütig. »Es ist Teil meiner Arbeit und trägt entscheidend dazu bei, dass wir nicht wie die Lemminge in ein Meer der Zerstörung rennen.«

»Du bist immer so düster, genau wie Hamlet. Der düstere Däne«, witzelte Ellie und wandte sich an die Liebschaft meiner Mutter. »Und was denkst du?« Aias hatte das Gespräch mit einem interessierten Lächeln verfolgt.

»Aus meiner Sicht entstammt alles, was die Menschheit jemals gesagt, gedacht oder getan hat, einem gewaltigen und gemeinschaftlichen Unterbewusstsein, das wir an die Oberfläche bringen und analysieren müssen, um uns besser zu verstehen. Wie du siehst, bin ich also genauso schlimm.« Zur Besänftigung grinste Aias.

»Manchmal«, in den Augen meiner Mutter blitzte es niederträchtig, »trug Venus einen Bart. Mit einem falschen Bart lässt es sich sicherlich nur schwer singen.«

»Na, Ellie, was hältst du davon?« Caspar war entzückt.

»Ach, ihr seid alle ganz fürchterlich. Im einen Augenblick noch ernst und im nächsten … Da kann ich nicht mithalten.«

»Eine bärtige Frau und ein bartloser Junge«, fuhr meine Mutter fort.

»Schluss jetzt. Ihr verderbt mir noch die ganze Lust daran.«

»Noch habe ich nicht miterlebt, wie du einen bartlosen Jungen verschmähst«, sagte Caspar. »Erinnerst du dich an Graz – oder war es Tel Aviv?«

»Tel Aviv«, sinnierte Ellie. »Und in meinem Gesicht sprießt nicht ein Härchen. Fühl mal.« Sie reckte Aias das Kinn entgegen.

»Das glaube ich dir auch so.«

»Wenn wir schon von Gesichtern sprechen«, ich grinste Caspar an, »Mutter sagte, du sahst aus wie Valentino.«

»Sahst?«

»Siehst«, korrigierte ich. Meine Mutter würde meinen Kommentar nicht wiederholen.

»Zeugt das wohl von einem Wunsch, in mein Zelt mitten in der Wüste gebracht zu werden?«

»Wenn du dabei einen der vier apokalyptischen Reiter spielst?«, fragte sie. Caspar senkte den Kopf, um seine Niederlage anzuerkennen. Einige Tropfen von Aias' Wein waren auf der Tischdecke gelandet und durchdrangen den weißen Stoff wie fransig-rote Anemonenblüten.

»Warum so androgyne Figuren?«, fragte Ellie.

»Damit sie allen Menschen alles bedeuten können«, sagte mein Vater.

»Damit wir unter die Oberfläche blicken und sagen können: ›Du, genau du, dich will ich‹«, antwortete meine Mutter, »ohne vom Äußeren eingeschränkt zu werden.«

»In deiner Version, Allding, erhält Adonis mit seiner Wiederauferstehung einen neuen Körper, der zur rechten Zeit geopfert wird.«

»Viele Liebschaften, aber nur eine Göttin.« Er reichte die Weinkaraffe weiter. Wo auch immer sie abgesetzt wurde, hinterließ sie eine kreisrunde rote Wunde.

»Also musste die Madonna allen Menschen alles sein.« Aias schüttete sich mehr Blut ins halbleere Glas. »Die Königin des Himmels, Bauernmädchen, Mutter und Jungfrau. Und jetzt?«

»Jetzt müssen wir uns alle eine eigene Mythologie erschaffen«, sagte meine Mutter.

Und natürlich tue ich genau das. Nun, da sich die Heiligen und Engel in den »Himmel, der nie war« zurückgezogen haben, die Hänge des Olympus von Europa-Rundreisen bedeckt werden und Diana von einer Mondlandefähre vergewaltigt wurde, müssen wir unser eigenes Pantheon erschaffen, wo immer wir können. Wer Diebstahl und Freiheitskampf betreibt, wird für uns zur Heldenfigur, zum Teil der Gottlosen, die bis an ihren ruhmreichen Tod göttergleiche Freiheiten und Immunität genießen – Robin Hood Kelly und Che Hercules. Aber das sind allzu bekannte Märchen. Ich werde meinen eigenen Schrein errichten, an dem ich gleichermaßen predige wie bete, und das hier ist meine Bibel, der schillernde Mythos meiner eigenen Schöpfung.

Seit unserem ersten Aufenthalt in Iticino hatte ich fischen wollen. Ich wusste, man würde es mir nicht erlauben, also hatte ich es nie angesprochen. Jetzt beschloss ich, dass ich alt genug war, um das Ganze selbst in die Hand zu nehmen; vielleicht zu alt, als dass es mir noch immer so wichtig sein sollte. So würde ich meine Kindheit eben ertränken und ein Monster fangen, einen Quastenflosser, halb Mensch, halb Fisch, der Caliban meiner selbst. »Heute Nacht«, sagte ich Gennaro.

»Du bist verrückt. Es wird keine Fische geben.«

»Egal. Ich bezahle den Sprit.«

»Heute Abend habe ich schon was vor.«

»Psschhh, psschh«, spritzte ich ihn an. Er sprang auf wie ein Pawlow'scher Hund.

»Okay, okay.«

»Nur einmal, das reicht«, beruhigte ich ihn.

»Na, das will ich hoffen.«

»Bring ein paar Netze mit.«

»Hah!«

Ich gab vor, Gerry treffen zu wollen, und ließ das Abendessen aus. »*Ciao!*«, rief ich, den Kopf in die Tür gesteckt. Später würde ich ihnen vielleicht erzählen, wo ich tatsächlich gewesen war. Falls sie ausgingen, könnten sie schließlich Gerry treffen, und dann müsste ich es erzählen. Aber dann wäre es mir egal, nur könnten sie meine Maske herabrutschen sehen, wie eine Piste aus reinem Schnee, heimtückisch glatt; noch keine Lawine, nur ein Rutschen, das die Konturen der Landschaft kaum wahrnehmbar verzerrt, und doch genug, um sie nachdenklich werden zu lassen. Als ich ging, spürte ich, wie mir die Sorgen meiner Mutter hinterherflatterten wie eine übergroße Motte, doch ich schüttelte sie ab.

»Wenn mein Vater Bescheid wüsste, würde er mich umbringen.« Gennaro wartete am langen Kai.

»Nein, du bist sein ältester Sohn. Komm schon, lass uns fahren.« Niemand war da.

»Falls mich irgendjemand sieht …«

»Beruhig dich. Was hast du Gerry erzählt?«

»Fiehsch.«

»Dein Englisch wird immer besser. Hast du Netze mitgebracht?«

»Ein kleines. Aber niemand darf uns sehen.« Vor Scham war er paranoid geworden. Gelegentlich glitt ein Lichtkegel über die Mauer. »Runter.« Er zeigte auf ein paar Stufen und ging voran ans Wasser. Am Ende der Treppe schwappte das Boot sanft gegen die Betonmauer. Es war etwas größer als ein Ruderboot, achtern hing ein Außenbordmotor und zu beiden Seiten des Bugs befanden sich große Lampen, wie Augen. Im Laufe der Jahre hatte sich das Holz verfärbt, und ich trat in das Unkraut des grobmaschigen Netzes. Gennaro ließ den Motor mit einem Ruck aufleben und legte ab. Ich drehte mich in Richtung Kai, während wir hinaus in die Dunkelheit fuhren. Dort draußen waren Luft und Wasser so warm und schwarz wie Melasse. Das Kai lag zu unserer Linken, ein langer, schwebender Lichtspeer voller Lampentupfer. Über uns ließen einige gefallene Sterne in Weiß erkennen, wo das Dorf den Hügel erklomm. Als wir den Hafen hinter uns ließen, schrumpften sowohl wir als auch das Dorf, nur der Meereshimmel riss den Mund auf wie der heiße, schwarze Walmagen, der Jona oder Pinocchio erwartet.

»Woran orientierst du dich?«

Gennaro zeigte zum verschmierten Fleck des Albergos, er machte sich nicht einmal die Mühe, den stotternden Motor übertönen zu wollen. In dem ungeheuren Ausmaß der Nacht spürte ich das herrliche Ziehen der Angst. Wir schwanden so schnell dahin, dass es nur noch wenige Augenblicke dauern konnte, bis wir völlig erloschen, zwischen einem rußigen Zeigefinger und Daumen feststecken würden. Sollte der kleine Motor ausfallen, gab es Ruder, doch es schien mir, als müssten wir dann für immer rudern, ohne voranzukommen, zurückgehalten von einer unsichtbaren Kette, an deren Ende eine grinsende Seehexe uns verankerte.

Ich hatte befürchtet, dass diese Erfahrung, nun, da es endlich so weit war, meinen Erwartungen nicht gerecht werden würde. Anstelle des Verbots, das mich zuvor hatte erschauern lassen, trat nun eine bebende Angst, die scharf genug war, um echt zu sein, jedoch nicht überwältigend. Enttäuscht war ich nicht. Ich konnte sie stimulieren und kontrollieren, auf köstlichste Weise eskalieren, ein Coitus Interruptus der Furcht, ein reizvolles Spiel mit dem Feuer. Wir schoben uns tiefer in den schwarzen Pelz der Sargassosee, bis das Leuchtfeuer des Albergos aus meinem Blickfeld verschwand. Gennaro schaltete den Motor aus. Die heiße, schwere Stille war beinahe erstickend.

»Kannst du das Licht immer noch sehen?«

»Ja. Ich habe Katzenaugen.«

»Und was machen wir jetzt?«

»Wir warten, bis sich der Lärm legt. Dann machen wir die Lichter an. Aber es gibt keine Fische.«

»Warum?«

»Es ist zu früh, zu heiß, falsche Strömung.«

»Das macht nichts. Schalt die Lichter an.« Die Nacht schien alle Geräusche im Umkreis von Meilen aufzusaugen wie ein tintenbeflecktes Löschpapier. Ich fragte mich, warum keine Sterne zu sehen waren. Sicherlich bedeckte sie der Hitzeschleier wie ein Sargtuch.

»Man schaltet nichts an«, sagte Gennaro verächtlich, denn es waren Kerosinlampen. Das Ruderboot hatte sich in eine Gondel verwandelt oder in einen Fisch mit leuchtenden Augen, in dessen Sichtweite Insekten zu flattern und flittern begannen. Gennaro zog das Netz hervor. Wir saßen und sahen.

»Woher weißt du, wann Fische kommen?«

»Sie springen aus dem Wasser.«

Ich stellte mir vor, wie sie sich in ekstatischer Ergebenheit aufs Deck warfen, doch nichts bewegte sich.

»Kommen sie wegen der Insekten oder des Lichts?«

Gennaro bedeutete mir, leise zu sein. Vielleicht kamen sie wegen beider Dinge gleichermaßen, Nahrung für Körper und Seele, wie es in den alten Predigten heißt. Immer noch bewegte sich nichts. Gennaro zuckte mit den Schultern. Ich begann, mein Oberteil aufzuknöpfen.

»Was machst du da?«

»Wenn es keine Fische gibt, gehe ich schwimmen.« Ich stand auf und zog die kurze Hose aus.

»Du bist wahnsinnig. Das ist gefährlich. Es gibt riesige Tintenfische und Rochen, Haie, giftige Quallen.«

»Hier nicht.« Ich deutete auf den Insektentanz. »Ich werde der einzige Fisch sein.« Dann setzte ich mich aufs Schandeck.

»Verrückt! Tu das nicht. Ich fahre nach Hause und lass dich zurück.«

»*Ciao!*« Ich glitt über die Kante wie die kleine Meerjungfrau in den Schaum, nur gab es keinen, stattdessen ein warmes Salzbad und Phosphorwellen, die grün schimmernd von meinem Körper schwappten, als ich mich mit einigen entspannten Schwimmzügen vom Boot entfernte. Beinahe erstickte ich vor Schrecken, ich trat im Wasser und drehte mich dann auf den Rücken, dahintreibend, so dass ich das Boot beobachten konnte. Das Erstickungsgefühl ließ nach. Ich war Osiris, trieb in meiner schwarzen Truhe, die zugleich mein Sarg war, über den Nil, während die wunderschöne Isis mich am Ufer betrauerte. Wenn ich den Kopf in die andere Richtung drehte, umschloss mich der Mutterleib; im Polster der Dunkelheit geriet ich in Panik. Hektisch sah ich mich nach Gennaro um. Ich musste zurückkehren. Aber ich wollte nicht. Hier draußen, solange ich die Lichter sehen konnte, war ich vollkommen und mächtig. Wandte ich mich nach unten, konnte ich einen Orgasmus der Zerstörung auslösen. Ich wollte es immer und immer weitertreiben, erst einer, dann der nächste; und außerdem erwartete mich das demütigende Erklimmen des Schandecks.

Als ich zögerte, spürte ich eine Bewegung im Wasser, die nicht von mir stammte. Gennaros Worte über Rochen und Quallen zeigten Wirkung. Die saugnapfbesetzten Tentakel der riesigen Tintenfische im letzten Band der *Piraten im karibischen Meer* umwickelten mich mit ihren wulstigen Bändern. Galle und Lake erfüllten meinen Schlund, doch ich hielt ganz still. Hunderte kleiner, silberner Körper schoben sich an mir vorbei, stießen an mein Fleisch und schwammen weiter. Als sie den ertrunkenen Shelley herbeibrachten, war er schon angeknabbert. Vorsichtig drehte ich mich um und trieb mit ihnen zum Boot, schwang einen Arm über die Seite und streckte Gennaro die Hand entgegen.

»Fische«, flüsterte ich, »Tausende.« In diesem Moment stieg der Schwarm auf wie ein Wellenkamm und zerbrach in silberne Plättchen.

»Das ist alles ganz falsch.« Er schüttelte den Kopf. Die Überlebenden sausten weiter. »Hilf mir.« Langsam und vorsichtig, aus Angst, es könnte zerbrechen, zogen wir das Netz an Bord, bis der Boden des Bootes erfüllt war von kleinen zappelnden, springenden Körpern, die verzweifelt nach Wasser suchten. »So fängt man keine Fische.«

»Du solltest immer menschliche Köder verwenden.« Wie ein Wunder hatte ich für einen Fang gesorgt; ich war sehr zufrieden mit mir. Wir zogen die letzten blitzenden Leben aus dem Netz. Dann zerrte Gennaro am Anlasser.

»Was sind das für Fische?«

»Sardellen. Zieh dich an.« Er wusste nicht, ob er sauer oder stolz sein sollte. Das Boot kämpfte sich seinen Weg durch den feuchtschwarzen Samt, schwerer jetzt, beide Lampen aus. Aus dem hellen Fleck wurde langsam das Albergo; der Lichtspeer des Kais trat unter der sternbestochenen Klippe hervor. Dann stießen wir auf Beton.

»Was machst du jetzt?«

»Ich muss meinen Vater holen und eine Truhe, um sie zu transportieren. Wenn wir sie verkauft haben, gebe ich dir die Hälfte des Geldes.«

»Das will ich gar nicht. Nur ein paar Fische.«

Wir nahmen einen verwinkelten Weg vorbei an kleinen Hütten und dann nach links, in diesem Teil des Dorfes war ich noch nie gewesen, über der Kirche, wo die hässliche Göttin regierte.

»Du musst nicht ...«, begann Gennaro, aber ich fasste ihn am Arm. Wir passierten den Schlund einer Straße, die über die Klippe ins Nichts zu führen schien; die schwarze Silhouette einer Wand in der helleren Dunkelheit wirkte wie ein Bollwerk, das den Himmel davon abhielt, auf den Strand zu stürzen.

Aus dem tiefen Schatten an der Wand erklang ein leises, aber eindringliches, monotones Geräusch. »Was ist das?«

»Nichts.«

Vorsichtig betrat ich den Schlund. Jetzt leuchteten die Sterne matt. An der Wand hockte eine Gestalt, ein Mann, der alleine auf einer Truhe oder einem Schemel saß. Ich hörte aufmerksam zu, doch obwohl die Stimme beinahe in normaler Zimmerlautstärke sprach, konnte ich sie nicht verstehen. Gennaro zog mich zurück. »Was hast du?« Die Stimme ertönte wieder, lauter, als hätte es bei ihrer stummen Befragung einen Einwurf oder Widerspruch gegeben. »Was macht er?«

»Komm mit. Er flucht. Irgendwelche Probleme.«

»Welche?«

»Mit der Familie.«

Vor der Kirche sah man manchmal, wie sich ein Mann auf die Stufen kniete oder sich mit Katzenbuckel verbeugte. Kniete er, hatte er in der Regel eine Glatze, die Füße ordentlich nebeneinander aufgestellt, und starrte ausdruckslos auf die Fassade vor sich.

Er trug immer den besten Sonntagsanzug eines Fischers: ein junger Mann oder ein Mann im besten Alter, der seine selbstauferlegte Buße auf den heißen Steinen vollführte. Vielleicht waren diejenigen, die mit dem Gesicht auf dem Boden lagen, einfach in einem späteren Stadium, waren nach vorne gefallen wie gemähter Mais.

»Wir sind hier leidenschaftlich. Weil wir sarazenisches Blut haben. Du bist noch ein Kind. Du verstehst das nicht. Und jetzt musst du nach Hause.«

»Kann ich mit dir kommen?« Ich wollte Gennaros Zuhause sehen.

Er seufzte. »Du bist wirklich noch ein Kind. Du verstehst es nicht.«

»Und was ist mit meinen Fischen?«

»Ich packe sie dir in eine Kühltruhe.«

»In Ordnung. Dann triff mich morgen auf dem Weg vor dem Garten.«

»Aber …«

»Oder ich komme jetzt mit. Später bin ich in der Bar«, ergänzte ich, »wahrscheinlich mit dem amerikanischen Mädchen.«

»Du bist schrecklich. So alt und so jung gleichzeitig. Ich verstecke die Fische am Tor. Dann gebe ich dir Bescheid und nehme das amerikanische Mädchen mit.«

»Ich will nicht viele. Der Rest ist für dich. Bis dann.« Ich drehte mich um und ging den Weg zurück, den wir gekommen waren, nun etwas verängstigt, weil ich allein war. Aus der dunklen Gasse erklang noch immer die monotone Litanei der Verwünschung, und ich hielt kurz inne, um zuzuhören. Vielleicht gab es eine feststehende Formel für ein solches Ritual, das Gegenteil der stillen Buße auf den Kirchenstufen, ein durch die türkische Eroberung weitergereichtes Abrakadabra, vielleicht konnte ich es deshalb nicht verstehen. Plötzlich meinte ich, das italienische Standardwort für »töten« zu hören, und als ich meinen Blick von den Lichtern wandte, überkam mich eine Flut derselben Angst, die ich auch im Wasser gespürt hatte, also schlich ich davon.

In der Bar auf der Piazza traf ich die kleine Gruppe, die es sich so gemütlich gemacht hatte wie in der Drogerie auf der Hauptstraße, auch wenn Gerry etwas betrübt wirkte und erwartungsvoll aufsah, als sie aus dem Augenwinkel einen neuen Menschen bemerkte, nur um dann bei meinem Anblick gezwungen zu grüßen. Hing sie schon an Gennaro wie eine junge Seeanemone an ihrem Schalentier-Wirt?

»Gennaro kommt bald.«

»Oh!« Schnell vertuschte sie ihre Überraschung darüber, dass ich ihre Gedanken erraten hatte. Ihre Ringellöckchen wiegten sich in Vorfreude.

»Wir waren fischen.«

»Oh!« Ich freute mich, ihre Redseligkeit auf Einsilber reduziert zu haben.

»Du kannst mir einen Drink spendieren. Ich hab kein Geld dabei. Ich geb's dir wieder.« Ich winkte dem Kellner. Vom Schwimmen und der ganzen Aufregung war mein Mund trocken und salzig. Als ich mir übers Gesicht strich, spürte ich, dass meine Hand rau war vom getrockneten Meerwasser. Ich beschnupperte die Innenseite und befand, der Geruch ähnele meinem eigenen, nachdem ich mich gestreichelt hatte, nur intensiver. Vielleicht besteht die See aus dem gesammelten Schweiß des Landes, gemischt mit Tränen. Ich war müde.

»Jon kommt zurück. Ich habe einen Brief bekommen.«

»Und was hast du jetzt vor?«

»Puh, ich weiß nicht. Ich hab ja freie Hand. Jon hat sicher nicht erwartet, dass ich einfach herumsitze. Vielleicht wäre er gar nicht zurückgekommen. Ich will bloß nicht, dass er denkt, es wäre nur, weil … Ich weiß auch nicht.«

»Weil er schwarz ist.«

Sie wirkte schockiert. »Gott, du bist so … so direkt. Oder eher genau. Wie auch immer, ich werde wohl bei Gennaro bleiben müssen. Ich meine, er ist zwar nicht so klug oder gebildet wie Jon, aber furchtbar süß. Und es würde ihn so verletzen.«

Offensichtlich genoss sie die Vorstellung des Duells, das sich um ihren Besitz entfachen könnte.

»Wahrscheinlich brauche ich einfach nur ständig irgendjemanden. Ist es nicht furchtbar, so abhängig zu sein?«

»Du bist doch jung und gesund.«

»Manchmal finde ich dich entsetzlich. Du denkst, es geht immer nur um Sex. Mich würdest du zur Nymphomanin erklären, falls du überhaupt weißt, was das bedeutet. Du bist so kaltblütig, man sieht dir die einzelnen Schritte der Evolution richtig an. Du bist immer noch in der Fischphase, bevor ihnen Lungen und Herzen gewachsen sind und sie warmes Blut bekommen haben.«

»Du bist nur wütend auf dich selbst«, sagte ich. Sie teilte durchaus heftig aus, und ich spürte, vielleicht, weil ich müde war, eine gewisse Verletzlichkeit in mir, Platz für Schrammen. »Du fürchtest, du könntest eine Nymphomanin sein, also lässt du es an mir aus. Ich bin es leid, zu hören, ich würde Dinge nicht verstehen, nur weil ich nicht schludrig und klebrig bin. Ist doch egal, mit wem du ins Bett gehst. Wer ist denn überhaupt am besten im Bett?«

»Gennaro«, sagte sie schnell, und gleich darauf: »Das hätte ich nicht sagen sollen. Warum rede ich mit dir, als wärst du erwachsen?«

»Weil ich schlauer bin als du.«

»Dein ganzes Gerede von Psychologie ist doch nichts als Pseudowissenschaft aus *Reader's Digest*. Wenigstens behandle ich Jon wie einen echten Menschen.«

»Also nicht wie den mythischen *sexy Negro*. Und was ist mit dem Mythos des südländischen Liebhabers?«

»Was sind wir heute Abend scharfsinnig.«

Ich lehnte mich zurück und gähnte. »Ich bin müde.« Ich verplapperte mich. Mein Bildnis des Dorian Gray, das ich in meinem Kopf verschlossen hielt, musste schon gefährlich jung sein, während ich meine Falten weltlicher Weisheit in aller Öffentlichkeit präsentierte. Die meisten Menschen tragen ein wimmerndes Baby in sich, während sie sich nach außen wie Erwachsene präsentieren. Ich mache es gern genau andersherum. Erschöpft setzte ich mein unschuldiges Lächeln auf. »Ich hoffe, er kommt bald.«

»Da ist er schon.« Aufgeregt stand sie auf. Gennaro nickte mir zu und winkte Gerry. Sie rannte zu ihm und nahm seine Hand. Eine Welle aus Interesse und Anerkennung schwappte durch die Fischerbar. Arturo, Gennaros Vater, kämpfte sich nach vorne und rief ihm Grußworte zu, die ich nicht verstand, mit denen er seinem Sohn aber sicherlich zum doppelten Erfolg gratulieren wollte. Ich hatte ausgetrunken, rief Leo zu, dass ich ihm am Morgen ein paar Fische vorbeibringen würde, und lief nach Hause, wo ich die Truhe vom Gartentor hereintrug.

Sie waren noch alle im Esszimmer versammelt, die Stühle zurückgeschoben, entspannt. Ich riss die Tür auf und stellte die Truhe mitten auf den Tisch. Dort lagen sie in ihrer dichten, silbernen Haut des frischen Todes, zusammengedrängt, als wäre jede einzelne perfekt aus Alufolie ausgeschnitten. Sie verströmten einen frischen Meeresgeruch, wie ein Deodorant mit Pinienduft. Als ich sie abstellte, spürte ich die allgemeine Schockierung, sah jedoch niemandem ins Gesicht. »Ich war unterwegs, um das Frühstück zu fangen.«

»Was genau hast du gefangen?«, fragte Aias.

»Sardellen.«

»Sie sehen aus wie Sprotten.«

»Sprotten?«, fragte mein Vater.

»Sprotten, mit denen man Makrelen fängt«, erklärte die Liebschaft meiner Mutter. »Kleine silberne Fischchen wie Sardinen oder eben diese hier.«

»Sie sind sehr hübsch«, sagte meine Mutter. »Die armen Dinger. Hast du sie wirklich gefangen, Darling?«

»Ich bin ins Meer hinausgeschwommen und habe sie zum Netz gepfiffen. Sie mögen menschliche Köder.« Ich wusste, niemand würde mir glauben, aber trotzdem verspürte ich die Erleichterung und Aufregung einer gefährlichen Halbwahrheit. »Gennaro war dabei.«

»Der Junge, mit dem du früher gespielt hast?«

»Wir haben das kleine Boot seines Vaters genommen.«

»Ich dachte, du triffst deine amerikanische Freundin.«

»Habe ich auch. Die Signora kann uns zum Frühstück ein paar Sardellen zubereiten. Leo will ich auch welche geben.«

»Wie kocht man sie?«, fragte meine Mutter, um sich mit einer technischen Frage vor den kleinen Leichnamen und meinem potentiellen Tod durch Ertrinken zu schützen.

»Man kann sie in Mehl panieren und frittieren«, schlug Aias vor.

»Ich könnte sie dir zu einer Kette schnüren. Ein ganz ausgeklügeltes Design mit mehreren Reihen wie ein ägyptischer Halskragen.«

»Gehören die nicht in den Kühlschrank?«, fragte Aias. »Damit sie richtig frisch bleiben. Ich bringe sie rüber, wenn du möchtest.« Die Liebschaft meiner Mutter wollte den Anblick und Geruch des Todes aus ihrem Blickfeld entfernen.

»Ich glaube, ich gehe baden und dann schlafen«, sagte ich. Aias folgte mir mit der Truhe hinaus.

Als ich das Licht ausschaltete, schwebte ich im Bett, die Beine und Arme so groß wie bei Leviathan, der geschwächte Rumpf führte weit, weit weg vom alles erlebenden Kopf, wartete auf die Berührungen der kleinen Münder, bis ich Angst bekam und wieder in meinem Körper anzukommen versuchte, indem ich es mir besorgte. Aber es gab nichts zu holen. So sehr ich mich auch bemühte, ich blieb völlig tot. Dann musste ich sehr plötzlich eingeschlafen sein.

Am nächsten Morgen frittierte die Signora einige Fische für meinen Vater und mich. Mit dem Rest machte ich mich auf den Weg zu Leo. »Ich dachte, so könntest du einen auf Hemingway machen: die freie Natur; Fische direkt aus dem Meer, in glühenden Holzscheiten gebraten.«

»Auf keinen Fall, die sind zu klein.« Er holte eine ramponierte Bratpfanne und eine Flasche Öl aus dem Honeymoon Hotel. Bald wehte der Duft frittierter Fische hinaus auf See. Leo aß aus der Pfanne, verbrannte sich die Finger und pustete auf die Fische, die er mit Kopf und allem Drum und Dran zermalmte.

»Voller Vitamine. Willst du was?«

»Ich hatte schon.«

»Und ich dachte, du hast sie nur mitgebracht, damit ich für dich koche.« Eine oder zwei der anderen kamen herbei und erhielten ihren Anteil. Ich fühlte mich, als speiste ich die Fünftausend. Zum Schluss saugte Leo die letzten Ölreste in der Pfanne mit einer Scheibe Brot auf. »Das ist der beste Teil.« Zufrieden lehnte er sich zurück. »Du bist kein schlechtes Kind. Ich ziehe bald weiter.«

»Warst du wirklich im Koreakrieg?« Er nickte. »Wurdest du verwundet?«

»Sie haben mir die Eier weggeschossen. Bin quasi verwundet im Geiste. Das ist die schlimmste Stelle, an der sie dich treffen können. Ich kam als Junge an und ging als alter Mann.«

Ich lächelte in meinen alten Kopf hinein. »Aber es macht dir nichts aus, das Geld anzunehmen?«

»Um es auszuschlagen, müsste ich ja überhaupt erst einmal mitziehen. Aber jetzt muss ich eine Runde schlafen. Nur noch eine große Nummer, und dann ziehe ich weiter.« Leo legte sich in den Sand, den Kopf im Schatten. Ich ließ ihm die Truhe als Feuerholz da.

»Das passt sehr gut«, sagte das Allding gerade, als ich hereinkam. »Mir steht es heute Nachmittag nach einem Szenenwechsel.«

»Wohin fahrt ihr?«, fragte ich.

»Amalfi?«, schlug meine Mutter vor.

»Ja, das wäre gut. Nicht allzu weit weg, aber dort es gibt einige schöne Dinge, die wir uns ansehen können.«

»Ich bleibe zuhause.«

»Warum, Darling? Geht es dir nicht gut?«

»Doch. Alles in Ordnung. Nur habe ich es schon gesehen, und nach der ganzen Fischerei könnte ich eine Siesta vertragen«, scherzte ich.

»Wäre es dir lieber, wenn ich bei dir bleibe?«

»Natürlich nicht. Ihr könnt Renata mitnehmen. Ich wette, sie hat die Kathedrale noch nie gesehen.«

Ich winkte ihnen zum Abschied: mein Vater am Lenkrad mit Renata auf dem Beifahrersitz; meine Mutter und Aias hinten. Dann rief ich Gerry an. »Ich komme vorbei.«

»Mach dir keine Sorgen um mich. Ich wollte sowieso einkaufen gehen.«

»Gut«, sagte ich fröhlich. »Sei nur da, um mich reinzulassen, damit ich die kleinen grünen Männchen ausnahmsweise mal nicht herausfordern muss.«

»Die was?«

»Egal.«

»Weißt du«, sagte sie, als sie die Tür geschlossen hatte, »du bist die Sorte Mensch, über die in Zeitungen geschrieben wird. Wegen dir haben Kinder einen schlechten Ruf; du bist ein echter Junkie.«

»Jepp, klingt nach mir.«

»Sollte ich jemals Kinder kriegen, werde ich schreckliche Angst haben, weil ich dich kenne.«

»Okay. Botschaft angekommen. Jetzt lass mich mein Ding machen.«

»Ich frage mich, ob ich jemandem Bescheid geben sollte.«

»Schon zu spät. Zumindest aus deiner Sicht. Und wie würdest du überhaupt rüberkommen, wo du mir doch die ganze Zeit geholfen hast? Angenommen, sie würden mich in eine Klinik stecken oder so, wem würde das helfen? Vielleicht werde ich meine Angewohnheit irgendwann, wenn ich alt genug bin, um Sex so heiß zu finden wie du, ganz von selbst los.«

Mit einem Knall war sie weg und hinterließ mir den Schlüssel. Ausnahmsweise gab es keinen Grund zur Eile. Ich genoss die Leichtigkeit. Niemand würde mich unterbrechen. Mir blieb der ganze Nachmittag. Im Bad goss ich mir ein Glas kaltes Wasser ein und trank es langsam, kostete den Konflikt meiner kontrollierten Bewegungen aus, das kühle, bedächtige Tropfen in der Kehle und die steigende Spannung in meinem Körper, während ich mich auf ein angespanntes Drahtseil begab. Peinlich genau spülte ich das Glas und stellte es zurück auf den Waschtisch, trocknete mir die Hände und ging wieder ins Schlafzimmer.

Die Fensterläden ließen sich problemlos öffnen und einen Hitzeschwall in den Raum eindringen. Gerry hatte die Glastür nicht geschlossen. Ich ging auf den Balkon. Jeden Tag wurde es etwas heißer, auch wenn es kaum noch auffiel, wie das allmähliche Altern eines täglich betrachteten Gesichts. Aber auf dem Balkon gab es weder kühles Meer noch Schatten. Das aggressiv weiße Licht donnerte unaufhaltsam auf die Haut nieder wie ein Dampfhammer – durch die verschrumpelten Augäpfel bis ins Gehirn. Ich erinnerte mich an eine weitere Spätvorstellung mit Fantah, ein Soldat verlief sich in der Wüste, sein Blick ausgebrannt vom blendenden Sand, kreisende Geier in Wartestellung, bis die verkohlten Überreste zu einem Aashaufen zusammenfielen. Ich meine mich zu erinnern, dass der Film *Vier Federn* hieß. Die Sonne war glühendes Gas, Hiroshima verbrannte, Pompeji schmolz unter Lavaschichten. Mein Kopf drehte sich. Als ich auf die Balkonbrüstung kletterte, verbrannte ich mir die Hände. Ich musste mich am Abflussrohr stützen. Für einen Augenblick schien es mir, als müsste ich loslassen, doch stattdessen verstärkte ich den Griff und betäubte den Schmerz durch Druck. Nicht runterschauen. Ich streckte einen Fuß zu Aias' Balkon hinüber, in vollem Bewusstsein der Leere unter mir, etwa sechs Meter tief, zog das andere Bein nach und ließ mich zitternd und schweißtriefend auf die Fliesen sinken. Für wenige taumelnde Sekunden schien mich mein Körper mit schrecklicher Höhenangst zu hintergehen. Doch die fehlende Spiegelung hinter den Fensterläden beruhigte mich. Die Fenster waren offen. Ich nahm die längste Klinge meines Taschenmessers und schob sie zwischen die hölzernen Querbalken, die scharfe Seite nach oben, und drückte sie gegen den Metallriegel, bis er mit einem Ruck aus der Fassung sprang. Schnell steckte ich das Messer weg und öffnete die Läden, um Aias' Zimmer zu betreten, dann schloss ich sie hinter mir.

Nun, da ich hier stand, fragte ich mich, warum ich gekommen war. Nach der grellen Hitze draußen war es sehr dunkel und kühl.

Mein Oberteil war durchnässt und klebte kalt an mir. Ich zog es aus, öffnete die Fensterläden noch einmal und breitete es auf dem Balkon aus. Es würde im Handumdrehen trocknen. Währenddessen begutachtete ich den Raum vom Türrahmen aus. Er war so aufgeräumt wie eh und je, gab mir keine weiteren Hinweise auf den Grund meiner Anwesenheit. Ich drehte mich zu meinem schweißdunklen Hemd. Die Feuchtigkeit war so schnell ausgebleicht, dass man hätte erwarten können, der Stoff würde dampfen. Ich brachte es hinein, mittlerweile schon knochentrocken, und hängte es, nachdem ich Fenster und Läden verschlossen hatte, über eine hölzerne Stuhllehne. Dann zog ich meine Hose und Unterwäsche aus und stand, völlig nackt bis auf die Sandalen, im Zimmer der Liebschaft meiner Mutter. Meine Fußsohlen hätten Faktotumspuren hinterlassen, die möglicherweise langsamer trocken würden. Auch wenn es egal war, ob Aias erfuhr, dass jemand in diesem Zimmer gewesen war; nur wer es gewesen war, durfte nie ans Licht kommen.

Auf dem Frisiertisch stand eine Taschentuchbox. Mit einem Tuch wischte ich über die Griffe der Fenster und Läden. Dann legte ich es über meine Finger wie einen Handschuh, öffnete die Tür zum Badezimmer und nahm einen Zahnputzbecher, ehe ich zum Abzug sah, der aussah, als wäre dort nie eine Abdeckung gewesen. Als nächstes nahm ich die Flasche Scotch aus der Kommode, wie ich es Aias hatte tun sehen, und schenkte mir, mit einem weiteren Taschentuch für die linke Hand, ein Glas ein. Der feurige, honigfarbene Alkohol brannte in meinem Mund. Den zweiten Schluck ließ ich um Zähne und Zunge fließen, ehe ich schlucken konnte. Die plötzliche Flamme in meinem Magen ließ mich erneut in Schweiß ausbrechen. Ich fühlte mich fabelhaft. Ich fragte mich, ob ich das Zimmer im Stillen auseinandernehmen sollte, aber das erschien mir zu plump. Ich würde subtiler sein. Systematisch öffnete ich alle Schubladen und Türen. Mich umgab dasselbe schwache Parfüm, das mir schon zuvor aufgefallen war. Jetzt war ich mir sicher, es gehörte meiner Mutter. Beinahe schien es mir, als wäre sie präsent und beobachtete mich. Beinahe. Ich nahm noch einen Schluck Whiskey.

Die Briefe lagen in dem billigen Koffer im zweiten Kleiderschrank. Ansonsten gab es nichts außer den Kleidungsstücken, die mir an Aias mittlerweile vertraut waren, doch es waren nur wenige, und sie waren allesamt fein säuberlich in entsprechenden Stapeln sortiert worden. Die Briefe zeigten alle die unverwechselbar schöne Schrift meiner Mutter, drei an der Zahl, alle seit meiner Rückkehr geschrieben, der letzte erst vor zwei Tagen. Sie waren nichts als Liebesergüsse. Ich las sie alle. »Ich bin so glücklich mit dir. Glaube mir, ich liebe dich«, stand im letzten. Ich verstaute ihn in meiner Brusttasche. Ich wusste nicht, ob ich lachen oder weinen sollte. Den restlichen Scotch trank ich in einem Schluck. Wenn man sich an den Geschmack gewöhnt hatte, war es ganz einfach.

Schläfrig, mit schweren Gliedern legte ich mich auf das Bett, das ich bisher nur durch mein Periskop gesehen hatte. Jetzt gab es keinen Zweifel mehr, was das Parfüm anging. Es war, als wäre ich tief in einer Blume versunken, einer weißen Pfingstrose. Lust hatte die Laken auf dem Bett der Liebschaft meiner Mutter mit ihrem Balsam imprägniert. Nachts konnte Aias wieder in ihrem Fleisch versinken. Und ich lag dort, so nackt wie die beiden, spielte sie nacheinander, genauso, wie ich sie gesehen hatte. Wenn sich die Liebschaft meiner Mutter nun hinlegen würde, dann in eine Mischung aus unserem Schweiß. Ich kam so hart und ungestüm, dass mir beinahe schlecht wurde, doch das konnte auch am ungewohnten Scotch in meinem Magen liegen.

Ich fühlte mich stark, aber leer, und stand sofort auf, um mich im Bad zu waschen, auch das Scotch-Glas spülte ich aus. Es war Zeit zu gehen. Doch zuerst musste ich das Bett machen und mich anziehen. Als ich meine Stoffbandagen wieder angelegt hatte, öffnete ich die Balkontür. Nur noch ein Blick, um sicherzugehen, dass alles so war, wie ich es vorgefunden hatte, dann betrat ich vorsichtig den Flur, schloss die Tür und stopfte die Taschentücher zu dem Brief, ehe ich, Gerrys Schlüssel schwingend, hinunterging und ihn an der Rezeption zurückließ, ausnahmsweise froh darüber, dass meine Mutter darauf bestand, alle müssten ihr eigenes Bett machen. Meine Beine schmerzten, und ich sehnte mich nach Schlaf, doch stattdessen ging ich durch den Flur der Villa ins Schlafzimmer meiner Eltern.

Ich wusste, auf dem Schreibtisch in der Ecke würde ich das unverkennbare fliederfarbene Briefpapier meiner Mutter finden, dazu entsprechende Umschläge. Ich nahm ein Exemplar von beidem, merkte mir, welche Tinte sie gekauft hatte, und lag drei Minuten später auf meinem eigenen Bett. Ich hatte die Zeit gestoppt.

An Fälschungen hatte ich mich noch nie probiert. Auf der Piazza kaufte ich Tinte und eine Auswahl an Federspitzen, die ich in mein Zimmer schmuggelte. Es amüsierte mich, Aias um etwas Durchschlagpapier zu bitten, auf dem ich üben wollte. Außerdem hatte ich Löschpapier gekauft, vor allem zum schnellen Verdecken meiner Bemühungen, sollte jemand hereinkommen. Mein Protoheld Felix Krull hatte das Ganze für recht einfach befunden. Beim Thema Unterschriften hatte er genug Expertise, um Banken hereinzulegen und schließlich eine ganze Handschrift zu kopieren, auf die seine Eltern hereinfielen. Ich war enttäuscht, weil ich mich so schwertat, auch wenn ich keinen dieser Exzellenzstandards anstrebte. Ich musste nur den Blick einer Liebschaft täuschen. Sicher war das einfacher. Wird uns nicht immer gesagt, Liebende fänden überall Hinweise der Geliebten? Allein die Farbe des Umschlags sollte Aias Andeutung genug sein.

Zuerst zeichnete ich nur ganze Wörter nach, um mich mit den Formen vertraut zu machen. Doch ich begann mich zu wundern, ob der Vorgang eine rein mechanische Tätigkeit sein sollte, wie das Entziffern einer antiken Schrift, oder ob ich lieber etwas Stanislawski in diese Rolle einbringen sollte. Felix hatte etwas von beidem nutzen können: Er hatte sich schließlich nur als Konsequenz seiner vollumfänglichen Imitation damit beschäftigt und verfügte außerdem über eine große technische oder eher manuelle Expertise. Er konnte selbst Gemälde im Stil anderer erschaffen. Hatte sich Van Meegeren in Vermeer hineingedacht? Dachte er, die Pinselstriche auf der Leinwand stammten von Vermeer, vielleicht sogar die Hände, deren Bewegungen er lediglich beobachtete? Wie weit ging die Imitation? Und Chatterton? Hatte er mitten im Überarbeitungsprozess gehört, wie seine Zeit draußen vor dem Dachfenster ablief, um von den Kämpfen des Rittertums abgelöst zu werden? War nicht auch er zur falschen Zeit geboren worden? Das Fälschen ähnelte stark dem Restaurieren und Übersetzen, nur befand es sich auf der falschen Seite der Linie, die Akzeptables vom Nichtakzeptablen trennte. In der Architektur konnte man damit durchkommen, solange man dem Stil einer Person treublieb, ohne sich als diese auszugeben. Doch wollte man erfolgreich sein, musste man das zumindest in geringem Ausmaß tun, dessen war ich mir jetzt sicher. Vielleicht wurden Fälscher bestraft, weil sie ihr Subjekt vereinnahmten, die Grenze zwischen zwei Personen verwischten. Es war immer eine dritte Partei, die Einspruch erhob: der Staat, der Käufer, die Kritikerin. Der junge Chatterton war eindeutig ein Genie. Schließlich *war* er Thomas Rowley, Mönch.

Aber wen ahmte ich nach? Kein Wunder, dass ich mich so schwertat. Es mag zwar stimmen, dass auch ich eine Art Monstergenie war, aber meine Mutter ist die reine Perfektion, abgesehen von ihrer Achillesferse: dem Glauben, sich verliebt zu haben. Doch man musste ihr etwas menschliche Schwäche zugestehen. Ich ahmte sie an ihrem schwächsten Punkt nach, in einem Brief an ihre Liebschaft. In Gedanken ging ich verschiedene Formulierungen durch. Was würde die Liebende zu Aias sagen? Ich versuchte mich an einem, zwei Sätzen auf dem leeren weißen Blatt. Es sah ziemlich gut aus, und als Kunstwerk war ich zufrieden damit, doch täuschen würde es niemanden. Liebe war überraschend schwer zu simulieren. Die Höhenflüge des Fälschens ähneln denen des Erschaffens: Auch deshalb werden sie verabscheut. Selbst wenn Zensurbehörden behaupten, Kunst sei a- oder unmoralisch, verlassen sie sich doch immerzu auf die echte Moralität der Kunst, ihre Selbstintegrität. Fälschungen haben keine, denn sie haben kein Selbst. Sie wagen es, wahrlich und zügellos unmoralisch zu sein. Ich war sehr aufgeregt. Ich schien berauschend Bläschen des Anarchismus auszupusten wie Lachgas. In einem Akt der verbalen Liebe konnte ich mich in meine Mutter verwandeln, und mit nur einer Bewegung des Stifts, einem Wort hier und da, konnte ich sie aufheben, verhöhnen, in ihrer eigenen Schrift in Obszönitäten auflösen.

Trotzdem musste ich mich beruhigen und Vorsicht wahren. Das Hochgefühl der Kunstschaffenden musste der kühlen Beurteilung der Geschäftsleute weichen. Stellvertretend Liebe mit Aias zu machen, war keine Antwort. Etwas derart Unsubtiles würde sofort auf mich als Quelle verweisen. Und es bot keinerlei Unterhaltungswert, gefasst zu werden. Das Spiel diente nur dem Spielen selbst; nicht dem Gewinnen oder Verlieren. Ich begutachtete die Glücksgrube in Gestalt des Briefs, der mir zuteilgeworden war, und versuchte, ihn für den größtmöglichen Gewinn in Form zu bringen. Es war beinahe Mittagszeit. Meine Materialien versteckte ich sicher, wusch mich und ging auf Gummisohlen hinab. An der Esszimmertür hielt ich inne. Sie war nicht ganz geschlossen. Stimmen erklangen. Ich glaube nicht daran, eine Möglichkeit zu verpassen.

»Der letzte Brief, den du mir geschickt hast …«

»Ja?«

»Er ist weg. Ich dachte, ich hätte ihn zu den anderen in den Koffer gelegt. Gestern Abend wollte ich ihn im Bett lesen.«

»Darling.«

»Er war nicht da. Die anderen beiden schon, aber dieser nicht.«

»Bist du dir sicher, dass du ihn dort hingetan hast, Darling?«

»Ich dachte schon.«

»Vielleicht ist er irgendwo anders. In einer Tasche?«

»Zuerst hatte ich ihn immer mit dabei. Dann dachte ich, es wäre sicherer …«

»Vielleicht hattest du es dir nur vorgenommen und dachtest dann, du hättest es bereits getan. Mach dir keine Sorgen. Wahrscheinlich ist er immer noch in einer Tasche.«

»Ja, wahrscheinlich. Es ist komisch: Bei dir klingt es, als wäre alles in Ordnung, aber gestern Abend war ich überzeugt, jemand wäre in meinem Zimmer gewesen und hätte den Brief mitgenommen.«

»Wie kommst du darauf?«

»Das ist es ja. Ich kann es nicht genau sagen. Aber gestern Abend, als ich deinen Brief nicht finden konnte, war ich mir so sicher. Ich dachte, die Fenster seien anders, die Tagesdecke auf dem Bett.«

»Die Putzfrau vielleicht?«

»Könnte sein. Du weißt ja, wie es nachts ist. Alles wirkt größer. Mir war, als hätte ich auch dich verloren, und dann mich selbst.«

»Ach, mein Schatz! Das hast du nicht, ganz sicher. Selbst wenn der Brief weg ist, hat es nichts zu bedeuten.«

»Mir macht es weniger aus, dass er gefunden werden könnte; es ist der Verlust. Er war mir viel wert.«

»Präteritum?«

Aias lachte. »Entschuldige.«

Lautlos zog ich mich zurück. Manchmal ist es nicht ratsam, sofort auf das eigene Stichwort zu reagieren. Denn die Kombination zweier Bilder könnte durch einen ganz natürlichen Gedankengang ein drittes auslösen, auch wenn man eins und eins noch nicht zusammenzählen kann. Ich ging erst wieder hinab, als ich vom Treppenabsatz aus hören konnte, dass mein Vater zu ihnen gestoßen war. Durch denselben fruchtbaren Gedankenprozess hatte ihr Gespräch neue Ideen in meinem Kopf aufblühen lassen. Jetzt wusste ich, was ich zu schreiben hatte, und es war so herrlich einfach, dass es mich mit Stolz erfüllte.

Durch einen offenbar außergewöhnlichen Glücksfall, so erzählte es mir zumindest meine Mutter, als sie mir eine gute Nacht wünschte, sollte ich gleich die Gelegenheit erhalten, meine neue Expertise im Fälschen auszuprobieren. Meine Eltern würden am nächsten Tag mit einem NATO-Bekannten meines Vaters in Neapel speisen. Aias und ich würden alleine sein. Vor Vorfreude konnte ich kaum schlafen. Ich las ihren Brief einige Male. Natürlich kannte ich ihn auswendig, aber der Gegenstand selbst war so sehr Teil von ihr, dass es nicht ausreichte, die Worte lediglich in Gedanken zu wiederholen. Danach schlief ich mit dem Brief in meinem Kissenbezug, wo ich sein sanftes Rascheln hören konnte. Die verschiedenen Faltmarken zeigten, dass auch Aias ihn viele Male gelesen hatte. Er trug Spuren der Bewunderung, der leicht kitschige und abgeriebene Anblick eines Kultobjekts.

Am nächsten Morgen stand ich wieder im Schatten auf dem

Treppenabsatz. Mein Vater saß schon im Auto. Aias war früh gekommen. Ich tat, als schliefe ich noch.

»Du weißt, dass ich dich nicht gerne verlasse, nicht einmal für einen halben Tag. Lass Kit nicht zu viel in der Sonne herumrennen. Ich komme so schnell wieder, wie ich kann, Darling.« Es gab eine Pause. Ich presste mich an die Wand, sollte sie auf dem Weg zum Auto aufsehen und mich hinter den Fenstern im Obergeschoss erkennen. Der Motor dröhnte. Die Tür fiel zu. Auf Zehenspitzen ging ich zurück in mein Zimmer, um mein Meisterwerk vorzubereiten.

Als ich herunterkam, hörte ich das Rumpeln des Aufnahmegeräts und das Geklapper der Schreibmaschine. Ich nahm mir etwas Kaffee und ein Brötchen und ging ins Esszimmer. Aias sah auf und grinste. Ich hielt mir einen Finger an die Lippen und bedeutete Aias, mit der Arbeit fortzufahren. Dann setzte ich mich hin und hörte zu. Das Band war zur Hälfte abgespielt. Die Liebschaft meiner Mutter schien ein Transkript anzufertigen, vielleicht eine redigierte Version.

»Können wir auf Grundlage gesammelter wissenschaftlicher und psychologischer Daten behaupten, der Determinismus sei eine neue Doktrin?«, sagte mein Vater.

»Eine generalüberholte Doktrin.« Die Stimme meiner Mutter. »Entspricht das Konzept des Glaubens nicht demselben, nur in Form von Mythen?«

»Sowohl Gottheiten als auch Menschen waren dem Schicksal unterworfen, nicht wahr? Nur Zeus als Vaterfigur war manchmal davon ausgenommen, was aus psychologischer Sicht durchaus Sinn ergibt.« Aias.

»Inwiefern?«

»Nun, den eigenen Vater hält man im Allgemeinen für allmächtig, er scheint das Schicksal seiner Kinder zu bestimmen.«

»Ja, das klingt richtig. Aber warum sind die Schicksalsgöttinnen dann immer Frauen?«

»Weil es die Mutter ist, die über die Geburt und dementsprechend auch den Tod bestimmt.« Meine Mutter.

»Gut, sehr gut. Ursprünglich gab es nur eine einzige Norne, Urd, die für die Vergangenheit stand. Drei wurden erst daraus, um eine Analogie zu den Parzen zu bilden.« Mein Vater.

»Dachte man denn, die Vergangenheit bestimme über das Leben der Menschen? Das scheint mir eine Form des Determinismus zu sein.«

»Und außerdem gibt es noch den Fatalismus der griechischen Tragödien. Darin wird alles getan, um zu verhindern, dass Ödipus den Vater tötet und die Mutter heiratet, trotzdem kann er seinem Schicksal nicht entkommen.« Meine Mutter.

»Und das legt was genau nahe?«

»Ein unveränderliches, inhärentes psychologisches Gesetz.« Aias.

»Freier Wille ist ein recht neues Konzept, das vom Christentum eingeführt wurde: dass wir unser Schicksal durch freie, moralische Entscheidungen beeinflussen können. Der Existenzialismus ist ein Neo-Christentum.«

»Das protestantische Beharren auf Vorbestimmung wirkt dann wie eine Rückkehr zum Fatalismus.« Mein Vater.

»Wir schwanken konstant zwischen beiden Ansichten. Liegt es daran, dass wir uns, trotz unseres rationalen Wissens über Kausalität und Determinismus, verhalten, als gäbe es einen freien Willen, der ein Produkt unserer biologischen Instinkte zum Selbstschutz und zur Reproduktion ist? Ohne eigenes Handeln kann das Leben nicht fortbestehen, und doch steht das Muster des Fortbestands schon fest. So müssen zwei scheinbar widersprüchliche Konzepte synthetisiert werden.« Aias.

»Wie kann man das Muster aufhalten?«

»Indem man beschließt, nicht weiterzumachen.«

»Also ist der freie Wille nur eine Illusion. Doch selbst diese wird von einer Reihe feststehender Ereignisse bestimmt, und von unserer genetischen und umweltbedingten Konditionierung.« Meine Mutter.

»Ich glaube, ich muss an diese Freiheit glauben, damit ich keinen klaustrophobischen Anfall bekomme.«

»Hatte Ödipus Klaustrophobie?« Meine Mutter.

»Hat er sich nicht aus diesem Grund die Augen ausgestochen – sich also aus Protest die eigene Macht genommen, womit er sich gleichzeitig der Kausalität und der geschlossenen Welt ergibt?«

»Eine leere Geste?« Mein Vater.

»Manchmal bleiben uns nur Gesten. Sie können sehr schön sein.«

»Und dem Schmerz ein Ende bereiten. Für ein gefangenes Tier kann es besser sein, sich selbst zu erschlagen.« Aias.

»Besser, als mit einer subkutanen Injektion in die Akzeptanz gezwungen zu werden.«

»Eine vertretbare Lebensauffassung wäre also wie ein Naturreservat, in dem man unter vorbestimmten Bedingungen lebt und die Illusion von Freiheit aufrechterhalten wird: weder also der Dschungel des freien Willens noch der Zoo des unverminderten Determinismus. Wie die Kunst ist das Leben, wie wir es kennen, eine von uns erschaffene Illusion.« Mein Vater.

»Und das Rätsel der Sphinx?« Aias.

»Das ist nur ein kindgerechtes Frage-und-Antwort-Spiel über die Natur des Menschen, das unsere Ängste zerstreuen und uns tun lassen soll, was wir wollen. Und das entspricht wiederum dem, worauf wir programmiert sind.«

Die Stimme meiner Mutter verklang, und Aias schaltete das Aufnahmegerät aus.

»Na, das war ja mal eine Diskussion. Was hattet ihr denn genommen? Und wo sind überhaupt alle?«

»Unterwegs zum Mittagessen.«

Ich pfiff. »Ach ja, jetzt erinnere ich mich. Nun ja …«

»Wolltest du irgendetwas Bestimmtes?«

»Ich habe nur diesen Brief meiner Mutter in einem Buch gefunden. Sie hat ihn wohl darin vergessen.« Ich hielt den fliederfarbenen Umschlag hoch, damit Aias Name und Adresse lesen konnte. »Eine Briefmarke klebt schon drauf, also werfe ich ihn unterwegs in den Briefkasten.« Ich ließ ihn in meine Tasche gleiten.

»Du gehst raus?«

»Nur runter zur Einkaufsstraße. Ich brauche ein paar Kleinigkeiten. Zum Mittagessen bin ich wieder da.« Fröhlich pfeifend begab ich mich hinaus.

Auf dem Platz traf ich Gerry, die indischen Sandalen hielten sich zwar wacker, waren aber abgewetzt, auf ihrem Gesicht ein Schmollen. »Ich muss mit jemandem reden, und außer dir bleibt mir niemand.«

»Vielen Dank auch.«

»Ich gebe dir einen Drink aus.«

»Und wer von uns hat es jetzt nötiger?«

Tränen stiegen ihr in die Augen. »Ich komme mir selbst nicht einen einzigen Schritt näher. Warum macht dir das keine Sorgen? Du bist ja ein noch größeres Fiasko als ich. Oder vielleicht bist du's gar nicht, auch das könnte sein.«

»Erzähl's Junior«, sagte ich aus Angst, sie könnte mir ihr ganzes Herz ausschütten.

»Jon ist wieder da.«

»Wie geht's ihm?«

»Ihm geht's gut, blendend.«

»Und?«

»Ich habe dir doch von diesem reichen alten Musiker in Paris erzählt, der ihm Geld gibt?« Ich nickte. »Tja, sobald er gehört hatte, dass Jon hier war, hat er ihn irgendeiner reichen Sängerin vorgestellt, die hier wohnt, und sobald Jon bei ihr aufgetaucht ist, hat sie ihn schneller ins Haus gezerrt, als man Hallo sagen kann. Und ihr Freund wohnt auch dort, aber das scheint ihm überhaupt nichts auszumachen.«

»Er ist nicht ihr Freund.«

»Woher weißt du das?«

»Er ist nur einer ihrer Dirigenten. Sie sind mit meinen Eltern befreundet. Ich kann mir gut vorstellen, dass Ellie Jon mögen würde.«

»Sie hat ihn dazu gebracht, nur mit einem Schlafsack bei ihr einzuziehen, und ihn komplett neu eingekleidet. Die Kinder lieben ihn wohl. Und ich bin der schrecklichste Mensch auf der ganzen verdammten Welt.«

»Und wie läuft es mit Gennaro?«

»Er ist so süß, und ich bin so mies. Er ist zu gut für mich.«

»Ich dachte, Jon wäre das schon.«

»Wahrscheinlich denke ich einfach, alle sind zu gut für mich.«

»Oder nicht gut genug.«

»Natürlich ist darauf Verlass, dass du eine Antwort aus dem Lehrbuch parat hast. Alles klar, dann bin ich also größenwahnsinnig.«

»Hör auf, dir Sorgen zu machen. Genieß es einfach.«

»Genau das sagt Leo auch. Wahrscheinlich ist er der einzige weise Mann, der mir je begegnen wird.«

»Und ich muss los. Soll ich Jon alles Liebe von dir ausrichten?«

Sie sah mich scharf an. »Warum sagst du das?«

»Weil ich mich bestimmt bei Ellie erkundigen werde.«

»Ach, und ich dachte, du wärst so beschäftigt. Aber mir ist egal, was du sagst. Manchmal wirkst du auf mich nicht wie ein Kind, sondern wie ein gehässiger, alter Amor, der von einem Zwerg gespielt wird.«

»›Jener schlaue Poltergeist‹.« Ich stand auf. »Danke für den Drink.«

»Du kannst Jon gerne alles Liebe ausrichten.«

»Was auch immer das bedeuten soll. Wird gemacht. Bis dann.«

Ellies Villa liegt auf der rechten Seite, etwas abgeschieden zwischen einem wilden Durcheinander von Bäumen und Büschen, insbesondere Oleander und Bougainvillea, die aus irgendeinem Grund wirken, als wären sie hier direkt aus dem Bühnenbild einer Oper um eine Südstaatenschönheit mit einem Chor aus schmachtenden Schwarzen importiert worden, Delius' ungeschriebener amerikanischer *Eugen Onegin.* Jetzt warten wir auf die Musicalversion von *Hölle, wo ist dein Sieg?* Als Ellie tatsächlich einmal die Olga sang, verlieh sie ihr mehr als einen Hauch von Scarlett O'Hara. Seit sie höher singen kann, fragt sie sich, warum ihr noch nie die Tatjana angeboten wurde. Die Villa scheint gleich neben dem alten Bayou zu liegen, und zuhause präferiert Ellie weiß geblümten Musselin. Jons Anwesenheit muss sie vor Entzücken geradezu erschauern lassen. Ich erwartete, sie mit einem vagen Südstaatenakzent sprechen zu hören. Architektonisch hat jedoch das Einheimische triumphiert. Ihre ist die größte der Villen, aber modern, mit einem Schuss Spanien in den Außenmauern, die von einem Rundbogen durchbrochen werden. Ellie beklagt oft, es sei nicht »kolonial« genug, was sie allerdings vom englischen *Colonel* ableitet, dem Oberst. Wie in einem maurischen Kloster gibt es im Innenhof einen Brunnen und zuckerbunte Säulen.

Dort waren sie zu dritt versammelt: Caspar dunkel auf der aufblasbaren Matratze, Ellie schaukelte in einer Hängematte unter einem Sonnensegel und fächelte sich Luft zu, Jon in blitzblankem neuem Hemd und Hose, von purzelnden Kindern umgeben. Ich dachte an Mardian und hoffte, dass er noch genug Kampfgeist hatte.

»Ach, Kit, wie schön«, schnurrte Ellie aus der Hängematte.

»Hey, Mann!«, sagte ich zu Jon. Ich war froh, dass sie ihm noch keine kurzen Hosen aufgezwungen hatte.

»Hi!«

»Ich soll dir alles Liebe von Gerry ausrichten.«

Er lächelte. Ellie richtete sich auf und stellte die Füße auf den Boden. Caspar öffnete ein Auge. Ich setzte mich und stützte mich auf den Armen ab.

»Die ganze Familie schickt gemeinschaftliche Grüße. Ihr seid uns einen Besuch schuldig.«

»Ich weiß, aber es ist so heiß, und ich bin so faul.«

»Wie geht es deiner Mutter?«, fragte Caspar.

»Gut. Sie langweilt sich etwas, aber wer tut das hier nicht. Du solltest eine Party geben, Ellie.«

»Dabei bin ich doch so faul.«

»Leo zieht bald weiter«, sagte ich zu Jon. »Er hat was von einer letzten großen Nummer erzählt, bevor er geht.«

»Wer ist Leo?«, fragte Ellie müde.

»Ein Freund von mir«, sagte Jon. Er beschäftigte sich nicht mehr mit den Kindern, sie hatten den Stimmungswechsel bemerkt und suchten sich einen anderen Ort zum Spielen.

»Du scheinst hier viele Leute zu kennen.«

»Wie wäre es mit einer Party, bevor Leo geht?«

Jon sah zu Ellie. »Vielleicht würde er gar nicht hier hochkommen wollen.«

»Er geht überall hin, solange die Getränke umsonst sind.«

»Warum nicht«, sagte Caspar.

»Ach, in Ordnung. Solange ich nichts dafür tun muss. Es ist zu heiß.« Ellie fächelte sich Luft zu.

»Du musst nur wunderschön aussehen«, sagte Caspar.

»Vielleicht könntest du singen«, schlug Jon etwas wehmütig vor.

»Solange ich keine Einladungen schreiben oder kochen muss.«

»Wann hast du denn jemals etwas gekocht?« Caspar lachte. »Darum kümmern wir uns.«

»Wenn ihr meiner Mutter jetzt eine Einladung schreibt, kann ich sie gleich mitnehmen.«

»*Hélas.*« Caspar schlitterte auf die Füße und ging hinein, um kurz darauf mit Stift und Karte wieder aufzutauchen. »Welches Datum ist uns recht?«

»Übermorgen?« Alle nickten. »Ich überlasse es dir, ob du Gerry einladen möchtest. Aber dann solltest du auch ihren Freund fragen.« Ich nahm die Karte von Caspar. »Bis *dopodomani.*« Auf dem Heimweg besorgte ich mir Caspars Tinte und Federspitze. Mittlerweile hatte ich mir ein ganz schönes Repertoire zugelegt.

Beim Mittagessen erzählte ich Aias alles über St. Gelbert's und Fantah. Ich musste auf die Vergangenheit zurückgreifen, auf unvertraute Themenfelder, weil die Gegenwart und das Bekannte so aufgeladen waren, dass sie mir unantastbar erschienen, wie eine Splitterbombe mit Wackelkontakt. Im Gegenzug erhielt ich einen Teil von Aias' Kindheit.

»Komm in mein Zimmer, dann zeige ich dir etwas, das ich selbst gebaut habe.« Die Liebschaft meiner Mutter folgte mir die Treppe hinauf. »Setz dich aufs Bett.« Ich wollte Aias in meinem

Zimmer haben; ich wollte genau diesen vollkommen ironischen Drahtseilakt vollführen.

»Schau mal.«

»Das ist ein Periskop, richtig?«

»Genau.«

»Wofür hast du es?«

»Ich wollte einfach nur schauen, ob ich es selbst hinkriege, ob es funktionieren würde.« Ich sehnte mich nach Aias' Lob.

»Kann ich es ausprobieren?«

»Na klar. Schau aus dem Fenster.«

»Ich kann nicht ... oh doch. Ich kann beinahe sehen, was um die Ecke passiert. Man erkennt es gut. Wie auf einem kleinen Foto.« Aias nahm wieder auf dem Bett Platz; mit ausgestrecktem Arm hätte die Liebschaft meiner Mutter den Brief berühren können. »Ich muss wieder an die Arbeit. Was hast du noch vor?«

»Lateinlernen, schätze ich.«

»Wie weit bist du in der Zwischenzeit?«

»Apollo und Daphne. Was für ein albernes Mädchen. Warum hat sie sich nicht einfach zurückgelehnt und es genossen? Welchen Zweck hat es, sich für den Rest des ewigen Lebens mit allen Dichtern und Dichterinnen in die Haare zu kriegen?«

Aias lachte, ließ die Spannung des Augenblicks abflauen.

»Und Apollo war doch schließlich ein ziemlich guter Fang.«

Die Liebschaft meiner Mutter stand auf. Hörte ich den Brief raschelnd protestieren, ja geradezu aufschreien? Plötzlich wurde ich von einer Illusion der nachmittäglichen Sonnenstrahlen durch die geschlossenen Fensterläden an meine erste Begegnung mit Aias erinnert, damals inmitten von violettem Licht.

Ich setzte mich an Caspars Handschrift, die einfacher war als die meiner Mutter, weil sie überladen war von fremdartigen Verzierungen.

»Du bist also *ennuyée*«, hatte er geschrieben, »von dem Vergnügen dieses sinnlichen Paradieses. Erlaube mir eine Ablenkung deinerseits. Wir geben eine Party. Du wirst dich nicht langweilen. Ellie wird singen, und du solltest dich darauf einstellen, verzückt zu werden. Jon verspricht viele seiner alten Freunde zur Vorspeise.

Dein

Caspar«

Es war nicht mehr als ein kleiner, wohlüberlegter Einschub. Das Schicksal war mir gewogen, wie man so sagt, und zwischen Caspars Schnörkeln fand sich Platz an den perfekten Stellen. Nach etwas Analyse und Übung ergänzte ich ein »mit mir« vor »langweilen«, ein »von mir« vor »verzückt«. »Dein« schmückte ich mit einem »Auf ewig« aus. Die fließende Leichtigkeit seiner Schreibe hätte sogar Caspar selbst getäuscht. Und der letzte Satz erhielt so eine ganz neue Bedeutung. Meiner Meinung nach zeigte das Ganze ein geniales Talent fürs De-Komponieren, fürs Ent-Schreiben. Ich schob den Brief in einen Umschlag und beschriftete ihn mit dem Namen meiner Mutter. Es war zweifelhaft, ob Caspar sich selbst an seinen Brief erinnern würde, um sich von den Details dieser Version zu distanzieren.

Ich hörte ihre Rückkehr, blieb jedoch bis zum Abendessen in meinem Zimmer, denn erst dann würden alle versammelt sein.

»Ich war heute oben bei Ellie. Caspar hat mir das hier mitgegeben, für dich.« Meine Mutter nahm den Brief mit einem Lächeln an sich. »Einer meiner Freunde vom Strand ist bei Ellie eingezogen.« Sie las das Schreiben; ihr Lächeln wurde von Ärger überschattet. »Er ist Komponist. Angeblich hat irgendein alter Musiker in Paris sie einander vorgestellt. Ellie hat ihn auf den ersten Blick an sich gerissen.«

»Das muss er betrunken geschrieben haben.« Geistesabwesend riss sie die Karte in vier Teile, die sie in den Umschlag zurücksteckte. »Um was soll es gehen? Eine Feier, sagt er.«

»Genau. Ellie gibt eine Feier für Jon, von dem ich gerade erzählt habe, vielleicht auch für Jons Freunde. Ich bin mir nicht ganz sicher. Du weißt ja, wie sie da oben sind. So oder so sollen wir übermorgen vorbeikommen.«

»Uns bleibt wohl keine andere Wahl.«

»Wir müssen Renata mitnehmen. So kann sie die Leute vom Strand kennenlernen«, sagte ich.

»Was hat Caspar geschrieben?« Mein Vater war neugierig.

»Ich kann es mir nicht wirklich erklären. Er muss betrunken gewesen sein.«

»Dafür war es zu früh.«

»Dann war es Hitzschlag. Sollen wir vor dem Abendessen noch etwas trinken? Das Problem mit einem Mittagessen außerhalb ist, dass man zu früh zu trinken beginnt und den Pegel aufrechthalten muss, um nicht in einer postalkoholischen Depression zu versinken. Könntest du mir bitte einen Punt e Mes einschenken?« Sie lächelte Aias zu und erhielt im Gegenzug eine leichte Verneigung. »Und ich bin auch noch ohne Taschentuch heruntergekommen; ich hole mir schnell eins von oben.« Sie verließ den Raum. Ich konnte mir den Applaus kaum verkneifen; ich musste wohl mehr meiner Gaben geerbt haben, als ich bisher angenommen hatte. Sie war nur wenige Augenblicke fort, doch sie hatte den Umschlag zurückgelassen. Wie würde sie die nächste Partie spielen?

»Ellie wird singen.« Sehr kühl. »Ist der für mich?« Sie nahm den Drink aus den Händen ihrer Liebschaft. Oh, meine Mutter, du Königin in einem Haushalt voller Knappen; ich würde dich nie herausfordern. Auch deine Liebschaft nicht. Die Signora brachte eine dampfende Schüssel Pasta herein, Schmetterlinge im Ketchup-Blut des *sugo al pomodoro.*

»Sollen wir Renata fragen?« Mein Vater schob seinen Stuhl über den Boden.

»Ich bin sicher, es gilt: je mehr, desto besser. Tief im Herzen hängt Ellie immer noch so an Folklore, dass sie nie über Squaredance hinausgekommen ist: Partnerwechsel auf Ansage. ›In Utah ist es gerade der letzte Schrei, Ma'am‹, sagte er, traf mit einem langen Strahl aus ›Fluorid-Ihr-Antischutzschild-gegen-Karies‹ präzise eine Coladose und zog sich die Bermudashorts hoch.«

»Du hast wirklich ein Händchen fürs Phantastische, Darling.«

»Muss die Signora ihre Tochter begleiten?«, fragte Aias.

»Keine Begleitung«, sagte ich. »›Ich sage Ihnen, sie haben mich toll gemacht.‹ Vielleicht können wir sie mit jemandem verkuppeln.«

»Und was ist mit dir?«, fragte mein Vater.

»›Jung bin ich, und weiß noch nicht …‹ Mein Problem ist, dass ich mich nicht zwischen Gennaro und Gerry entscheiden kann. Grundsätzlich gehe ich wohl davon aus, dass ich alle will, dabei trifft das Gegenteil zu.« Ich täuschte Ehrlichkeit vor, die wie eine Ausrede klingen sollte, auch wenn sie der Wahrheit entsprach. Das war ein Trick, den ich mir in der Politik abgeschaut hatte, bei den Fernsehauftritten zum Wahlkampf. Sagte ein Kandidat, dass er an und für sich ehrlich sei, aber besser nicht geboren worden wäre, weil er sich solche Vorwürfe mache, oder dass er nur ein Mensch sei und dieselben Fehler mache wie alle anderen, dann mutmaßte das Publikum, er wolle damit eine positive Eigenschaft verdecken. Geben Sie Ihre Laster mit offenkundiger Aufrichtigkeit zu, und man wird sie Ihnen nicht glauben. »Wahrscheinlich wird Leo auch singen.«

»Es wird nichts geben außer Moskitos und ausgewählten *bestuoli*«, sagte meine Mutter. »Pfui, wie ich die freie Natur hasse. Vielleicht regnet es ja.«

»Eine leidenschaftliche Sturm-Arie wird uns alle hineinscheuchen.« Ich wedelte die Gabel wie einen Dirigentenstab. Aias wirkte ungewöhnlich still; mein Vater war bei guter Laune. Ich schätzte, mit dem Buch lief es gut. Die Ausübung von Macht in Form der Beratung ganzer Nationen bestätigt ihn in seiner Kraft sowie in der, die er seinen jungen Begleitungen aussaugt. Wirklich glücklich ist er, wenn er irgendeine Form von theoretischer Doppelaxt schwingt und die Massen vor ihm niedergehen.

Der von mir so ersehnte Augenblick, den ich beinahe schon aufgegeben hatte, kam nach dem Abendessen. Mein Vater ging zur Toilette, meine Mutter holte sich eine neue Schachtel Zigaretten. Die Signora räumte den Tisch ab.

»Ich persönlich«, sagte ich zu Aias, »glaube ja, Caspar hat die ganze Sache inszeniert. Er steht ganz schrecklich auf Mutter.« Ich sagte es mit perfekter kindlicher Unschuld, ohne jegliches Wissen darüber, dass ich mit der Liebschaft meiner Mutter sprach, sondern lediglich mit der Assistenz meines Vaters, die mittlerweile beinahe zu einem Familienmitglied geworden war.

»Vielleicht regnet es«, bemühte sich Aias.

»Ach, im Sommer regnet es hier nie.«

Den Rest des Abends blieb Aias stumm, sprach nur aus sozialem Zwang, die Worte aus einer tiefen Grube gezerrt und mit falscher Freundlichkeit versehen, die vielleicht meinen Vater täuschte, aber ansonsten niemanden. Sorglos plauderte ich weiter, auch wenn meine Mutter ebenfalls oft abgelenkt war. Mein Vater erstattete uns Bericht von dem Mittagessen und der Arbeit von UNICEF. Aias erhob sich früh, um zu gehen. Es hatte keinerlei Bewegung in Richtung Bar gegeben. Ich hatte die Liebschaft meiner Mutter ausgesessen. Ich ließ ihnen keine Möglichkeit, unter vier Augen zu sprechen, und begleitete meine Mutter bis zur Haustür, um zum Abschied zu winken.

»Ich glaube, ich gehe auch ins Bett.« Ich gähnte. Ich musste mich zumindest teilweise ausziehen, sollte meine Mutter noch einmal zu mir kommen. Dann hörte ich, wie sie die Treppe hinauf- und an der Tür vorbeikamen. Mein Licht war aus. Wenige Augenblicke später öffnete sich zuerst ihre Tür, dann meine.

»Gute Nacht, Darling.«

Ich gab ein schläfriges Geräusch von mir, halb Grunzen. Der Lichtkegel verschwand; meine Tür wurde sanft geschlossen. Sofort sprang ich aus dem Bett und zog mich im Dunkeln wieder an. Mit Gennaros Wurfanker am Fensterbrett kletterte ich das Seil hinab, rannte lautlos durch den Garten und das Tor, nahm den Schlossriegel-Zweig mit und zog das Tor hinter mir zu. Das Leben der Insekten knisterte in der heißen Nacht. Ich hatte kein klares Bild im Kopf, nur den Drang, es mir selbst anzuschauen. Dieses Mal spürte ich keine Angst auf den schmalen Pfaden. Gerippte Lichtrechtecke aus Gerrys und Aias' Fenstern lagen nebeneinander wie das Röntgenbild des Brustkorbs irgendeines monströsen Roboters. Es gab kein Grau auf abstraktem Schwarz, kein Signalhandtuch über der Balkonbrüstung.

Der Rezeptionist lächelte und rief bei Gerry an. »Sie sagt, du sollst hochkommen.« Das war der schlimmste Teil. Ich rannte die Treppen hoch, den Aufzug ignorierend, und presste mich vor der Ecke an die Wand, um den Flur hinab zu spähen. Was wäre, wenn Aias gerade jetzt das Zimmer verließ, um zur Bar zu gehen? Es war erst halb elf. Doch wenn ich noch einen Augenblick oder zwei wartete, würde Gerry vielleicht ungeduldig werden und sich auf die Suche nach mir machen. Ich hörte, wie sich eine Tür öffnete. Ihr Kopf erschien, blickte nach links und rechts. Auf Zehenspitzen rannte ich zu ihr, einen Finger an den Lippen, so ausdrucksstark und elegant, aber auch geräuschlos, hoffte ich, wie Nijinsky es immer war. Bei meinem Anblick öffnete sich ihr Mund. Doch als ich ihr hektisch bedeutete, ruhig zu bleiben, blieb er vor Verblüffung offenstehen. Dann waren wir im Zimmer, und ich schloss die Tür mit einem sanften Klicken.

»Ich dachte, ich hätte jemanden gesehen, den wir kennen. Ich wollte nicht auf freiem Feld erwischt werden. Eigentlich sollte ich im Bett sein.« Ich flüsterte, als säßen wir im Gottesdienst.

»Wenn du gesehen hättest, wie du mit den Armen gefuchtelt hast, wie irgendein …«

»Schwuler alter Sack.«

»So was solltest du nicht sagen. Das tue ich ja kaum.«

»Ich war schon bei meiner Geburt älter als du, und bei uns zuhause werden diese Themen offen diskutiert.«

»Und schau dir an, wo sie gelandet sind«, zischte sie. Wie erhofft waren meine leiseren Töne ansteckend, doch so wurden wir zu zwei Beteiligten in einem Varieté-Akt, die zwischen den Vorstellungspausen übereinander herzogen. »Was ist das?« Sie zeigte auf das Periskop in meiner Hand. »Kurz dachte ich, ich wäre verrückt geworden und du würdest gleich durchdrehen und mir damit eine runterhauen.«

»Das ist Teil meiner Ausrüstung.«

»Und was soll das …? Nein, ich will es gar nicht wissen. Meine Güte, manchmal machst du mir Angst.«

»Ich kann damit das Erlebnis verstärken. Ich …«

Sie hob eine Hand. »Ich will es definitiv nicht wissen. Stattdessen werde ich jetzt gehen, um nicht stille Beobachterin zu werden, was auch immer du vorhaben magst.«

»›Ihr wisst, ich kann nichts tun.‹« Ich schenkte ihr eine kleine Verbeugung, wie auch Aias sie vollführt hätte.

»Doch fühle ich heftige Trieb' und denke mir,
Was Venus tat mit Mars.«

»Das muss Shakespeare sein. Du bist einfach zu intelligent und belesen. Unkraut vergeht nicht – oder so.« Aus dem Zimmer nebenan ertönten Geräusche. »Und jetzt werden die Nachbarn laut.«

»Geh runter zur Piazza. Vielleicht ist die alte Bande dort. Übrigens will Jon dich sehen. Er hat irgendeine Einladung für dich.«

»Lass den Schlüssel einfach an der Rezeption.«

Im Badezimmer verschloss ich die Tür. Die Pappe des Periskops hatte feuchte Einkerbungen, wo ich sie im Mund hatte halten müssen, um das Seil hinabzuklettern. Vor Aufregung zitterte ich, hoffentlich würde ich nicht tollpatschig werden, wenn ich auf die Toilette stieg und das Lüftungsgitter beiseiteschob. Vorsichtig schob ich das Periskop hinein und zog es dann entschlossen, aber leise zurück, um das Licht auszuschalten, ehe ich wieder meine Position einnahm und mit bloßem Auge durch den kleinen Tunnel starrte. Alle Lichter waren an, und Aias stand genau in der Mitte des kleinen Quadrats. Es war nicht nötig, bis zum hinteren Bett sehen zu können. Ich blickte durch die kleine Tür in den unerreichbaren Garten, wo die Liebschaft meiner Mutter wütete und weinte wie die Verdammten in Dantes Hölle. Ich hatte nicht gewusst, was ich erwarten sollte, aber sicher nicht Prometheus unter dem Adler, an die Klippe gekettet, oder Luzifer auf dem brennenden See. Aias hatte getrunken. Auf dem Boden stand die Scotch-Flasche, beinahe leer. Das Glas in der einen Hand, die andere auf dem tränenüberströmten Gesicht, geballt zu einer Faust der Qual. Aias stöhnte und schlug sich auf die breite Stirn. Das Glas wurde geleert und abgestellt. Ungestüm stand die Liebschaft meiner Mutter auf, kratzte sich übers Gesicht. Für einen Augenblick meinte ich, den durch sich selbst erblindeten Ödipus zu sehen –

ganz kalt beobachtete ich jedes Detail –, doch die Gestalt schwankte aus meinem Blickfeld. Dann, obwohl ich es nicht sehen konnte, wusste ich, dass Aias auf die Wand einschlug. Ich hörte Hiebe und Schreie, gepeinigte Fäuste, die in meinen Kopf hämmerten. Das war es, wovon ich gelesen hatte, und nun hatte ich dafür gesorgt, dass es in einem langen Erguss der Trauer geschah. Jetzt wusste ich mehr über die Liebschaft meiner Mutter als sie, denn ich hatte Aias aus allwissender Perspektive gesehen, auch in den Augenblicken, wenn man ganz allein ist und nicht einmal für sich selbst schauspielert. Noch länger zuzuschauen, war möglicherweise noch unanständiger, als einem Liebesakt zu lauschen.

Wieder in meinem Bett, fand ich es ganz richtig, dass Aias für meine Mutter in die Hölle kam. Es passte. Die Schreie hatten aufgehört, waren zu einem Schluchzen verklungen. Ich hatte das Gitter wieder vorgeschoben, das Periskop versteckt und war gegangen.

Der nächste Tag, verehrte Leserschaft, verging hinlänglich ruhig, Aias verhielt sich zugeknöpft, überschattet von einem Übermaß an Alkohol und Leidenschaft. Ich brachte Ellies Einladung zu Leo, falls sie es noch nicht geschafft hatte. »Kommst du?«

»Sind die Getränke umsonst? Dann ja.«

»Dir macht es nichts aus, von den Reichen zu stehlen.«

»Um den Armen zu geben? Mann, ich hab dir doch schon gesagt, du darfst bei ihnen nicht mal lange genug mitmachen, um ihre Geldmoral zu akzeptieren.«

»Bring deine Gitarre mit.«

»Damit ich für mein Abendessen singen kann? Die lassen sich wirklich alles bezahlen.«

An die dazwischenliegenden Stunden erinnere ich mich nicht, voller gespannter Erwartung war ich wie high, und abseits meines Euphorietrips schlief ich tief und fest, als wäre ich meilenweit gerannt. Mit einem Mal schienen wir uns alle für die Feier zurechtzumachen. Wir aßen in der Pizzeria, der Rest trank sich mit einer falschen Fröhlichkeit in Laune, während ich nur einen Mundvoll brauchte, den ich nach einigem Insistieren aus dem Glas meiner Mutter trank, um mich in Fahrt zu bringen.

Ihr *fêtes ungalantes, bale de champêtre*, ich allein habe euch geschaffen. Ich fälsche und beeindrucke zugleich, kreiere echten Pop aus lebenden, vierdimensionalen Objekten, meinen Marionetten, meinen Figuren, ich leite den Zirkus. Wie der Große Stromboli ziehe ich eure Fäden, und wenn ich fertig bin, zerstöre ich euch, genau wie er. Für mich trottet ihr im Takt und springt durch brennende Reifen, so sehr ihr auch wüten und mich stürzen wollt. Ich habe fleischliche Menschen zu einem Kunstwerk gemacht wie Wachsfiguren in einem Gemälde.

Hat man nichts als das eigene Geschick, muss man im Kreis kreieren, ein Ereignis oder ein Ritual, das den großen Hysterien der Geschichte ähnelt – die Treffen der Erweckungsbewegung, bestehend aus Sünde, Blut und Buße, die Kreuzzüge der Gewalt, die Hexenjagden, Hinrichtungen auf dem Marktplatz, Aufstände und Hungermärsche, der Verlust des düsteren Dionysos an den Saturnalien.

In einem Zeitalter, als Leidenschaften noch knapp unter der Oberfläche schwammen und nur durch den Verstand kultiviert und zurückgehalten wurden, als sie die Kruste eines blubbernden, schmelzenden Kerns bildeten, bot der *bal masqué* einen Brauch, in dem all dies zivilisiert stattfinden konnte, eine Deckung mit Schnabel und Spitze, eine Erlaubnis zum Ausleben. Jetzt tragen wir immerzu eine Maske, doch unter unseren in Stein gemeißelten Zügen befindet sich nichts. Laden Sie uns zum Bacchanal ein, und wir lachen peinlich berührt, wir alle sind Pentheus; Hirschfell und Thyrsosstab erscheinen uns nur noch albern.

Aber ich habe ein öffentliches Spektakel geschaffen, ein Kunstwerk, so vergänglich wie ein einzelner Abend, der sich nie wiederholen wird. Ich habe das herrlichste Gemälde der ganzen Welt gestohlen und für niemandes Vergnügen außer meinem eigenen in Gedanken ausgestellt. Wie Puck hastete und huschte ich zwischen meiner Besetzung hin und her, provozierte Publikumsbeteiligung, ein bewusst anarchischer Akt der Schöpfung aus dem Zeitgeist heraus: Wir sollten sehen, was geschehen würde. Denn wenn man den eigenen Mythos schreibt, kann man das Ende noch nicht kennen. Ich kenne es nicht, das versichere ich Ihnen.

He, da!, He, da! Willkommen auf der Insel Kythira. Ellies Anwesen ist mit Lampen behangen; ein Inselchen Licht treibt inmitten der nächtlichen See.

»Du bist heute Abend ganz bezaubernd, Kit.«

»Würdest du mich verführen, Ellie?«

»›Nimm mich, nimm mich, Teil von dir,
Solang' ich jung bin, noch ganz bei mir.‹«

»Ach, das Kind hört ja gar nicht mehr auf. Der Garten voller fremder Menschen. Wahrscheinlich sind sie alle mit Jon befreundet. Mir war nie klar, dass es an diesem kleinen Ort so viele Leute gibt, die aus den USA ausgewandert sind. Nehmt euch selbst Getränke. Caspar ist irgendwo an der Bar.«

Unter den Bäumen lehnen sich Figuren zurück oder bewegen sich verschwommen im Laternenschein. Ich habe die Göttin hergebracht, damit sie den Feierlichkeiten vorsitzt, jedoch nicht, um vor dem Brunnen von ihrer Liebschaft verehrt zu werden. Auch sie soll teilhaben.

»Hier entlang, hier entlang!«

»Wohin gehen wir?«

»Ich will dir Leo vorstellen.«

»Und die Getränke?«

»Caspar wird sich darum kümmern. Schau, da ist Gerry. Du musst sie kennenlernen. Sieht Mutter heute Abend nicht fabelhaft aus? Kein Wunder, dass ihr alle verfallen. Gerry, das ist Aias. Hast du einen Drink? Ich hole uns welche. Bleibt einfach hier.«

Also schiebe und zerre ich, verliere hier die Bleispitze, da das Silber, lächle engelsgleich. Leite die Rotte. Renata und ihre Mutter schlendern herbei, gemeinsam unter der Haube, durchqueren den Torbogen wie auf dem Kirchgang in Richtung Brautaltar, die Signora in Fuchsienrot mit Pailletten, ihre Tochter jungfräulich unter ihrem schnurrenden Katzengesicht. Ellie wird wütend sein, in ihrem eigenen Garten jungfräulich übertrumpft; mein Vater amüsiert und geschmeichelt, während sie sich gegenseitig zum Narren halten.

»Ich habe Aias und Gerry miteinander bekannt gemacht. Sie verstehen sich hervorragend. Ich bringe ihnen eine Flasche und ein paar Gläser. Gibst du den ganzen Abend lang den Barkeeper?«

»Ich hoffe, Ellie lässt mich lange genug frei, um wenigstens eine Runde mit deiner Mutter über das Anwesen zu drehen.«

»Du siehst heute Abend wirklich wunderschön aus, Maman, oder nicht, Caspar?«

»In diesem Licht lässt sich kaum schwindeln.« Das ist keine falsche Bescheidenheit; sie weiß überhaupt nicht um ihre eigene Göttinnenhaftigkeit. »Ich muss mich unter die Leute mischen. Stelle mir ein paar deiner Freunde vor.« Sie lächelt charmant, aber in Richtung Caspar mit verringerter Stromspannung. Wir treiben davon wie freies Seegras durch tiefes, ruhiges Wasser. Venus ist nicht selbstverliebt. Im Spiegel betrachtet sie sich nur, um zu erkennen, was ihre Liebschaften sehen, und um sich zu deren Vergnügen zu schmücken. Meist schaut sie überhaupt nicht hin.

»Maman, das ist Gerry. Was ist mit Aias passiert?«

»Ist weggegangen, entweder zur Bar oder zu jemand anderem.«

»Ich habe die Drinks mitgebracht.«

»Hast du Jon gesehen?«

»Ellie hält ihn versteckt. Wo ist Gennaro?«

»Er meinte, er würde kommen. Kann ich was haben?«

»Sicher. Maman?«

»Danke, Darling, ich sollte wohl deinen Vater suchen. Wir drei sehen uns später.«

Stattdessen schaut sie sich nach Aias um, während Aias sie unter den Oleanderbäumen sucht. Unter Ellies Laternen hängen Seidenpapierblüten; im Schatten wirken sie wie aus Wachs gegossen. Dann taucht Ellie im Torbogen des Innenhofs auf, lehnt sich an Jons Arm. Sie hat ihn in Weiß und Silberbrokat gekleidet.

»Schau dir diese alte Frau an, Kit, wie sie an ihm hängt.«

»›Wie in dem Ohr des Mohren ein Rubin.‹«

»Hast du denn keine eigenen Worte?«

»Alle Worte sind schon gesagt worden, und ich bin sowieso zu jung.«

»Ihr sieht man die Fünfundvierzig mit jeder Falte an.«

»Ellie ist ein Star und eine Geschäftsfrau. Wie meinen Vater muss der ewige Jungbrunnen sie nähren. Eines Tages wird sie die hohen Noten nicht mehr treffen, also hat sie eine Versicherung: Friedland Frosco.« Ich zitiere die Gespräche zu Tisch.

»Sie ist Friedlands Frosco?« Ich nicke. »Diese glänzenden Metallcontainer und Tiefkühler, die so groß sind wie ein Häuserblock und an jedem Zugdepot und Hafenkai stehen?« Ich nicke noch einmal. »Aber warum?«

»Black Power.« Ich flüstere. »Hier ist Gennaro.« Gerry dreht sich um und sieht die Schwämme in seinen Händen, die Fischschuppen, die wie weihnachtlicher Schnee auf seinem Haar liegen.

»*Ciao, tritonino.*«

»Wie hast du ihn genannt?«

»Meerjunge.«

»*Cosa?*«

»Bei ihr musst du heute stark sein. Der Mond lässt sie etwas durchdrehen.« Ich hüpfe hinter einen Busch.

Er nimmt ihre Hände, wirft ihr mit dem Blick ein Netz über. »*Cara!*« Sie taumelt. Ihre Gliedmaßen werden zu Wasser.

Der Busch riecht nach Honig und Wärme. Ich erinnere mich an meine Aufgabe. Dann eilen die Signora und meine Mutter auf mich zu.

»Der Garten ist sehr schön. Sollen wir in den Innenhof gehen? Hast du die Villa schon gesehen?«

»Ja. Ich war hier schon zweimal. Die Madam war krank. Jemand hatte mich ihr empfohlen. Der Garten war nicht so schön, es war Winter.«

»Und das zweite Mal?«

»Am nächsten Tag. Es war sehr kalt.«

Sie schritten durch den Torbogen. Vom Brunnen, wo Ellies Schneekind mit einer ungeöffneten Knospe spielte, kam ein Klimpern. Das Becken war mit weißen Blütenblättern übersät, die im Plätschern trieben wie Schwanenboote.

»Wer ist dieser große, schöne, dunkle Mann?«

»Das ist Caspar.«

»Caspar Melchitz, der Dirigent.«

»Ist er berühmt?«

»Sehr. Wo ist mein Vater?«

»Der ist bei den Leuten vom Strand. Aber warum?«

»Er will sie ausfragen.«

»Was heißt das?«

»Er will sie für sein Buch verstehen lernen.«

»Oh. Und sind hier viele wichtige Leute?«

»Einige Freunde von Ellie. Hier kommt Caspar. Ich stelle euch vor. Signorina Gambardella, Signor Melchitz.«

»*Piacere.* Ellie wird gleich singen. Sollen wir in den Hof gehen?«

Von allen Seiten, aus den Schatten des Gartens kommen sie auf dem Platz zusammen, die Stimmen wehen durch den Abend wie Rufe ungesehener Vögel. Ein Klavier steht auf den Platten, auf denen wir zuvor noch gesessen haben. Licht strömt aus dem Haus, nur um vom fließenden Vorhang der Dunkelheit aufgesogen zu werden. Jon sitzt am Klavier. Der Brunnen plätschert eine bescheidene Begleitung.

»Was wird sie singen?«

»›Tu, tu piccolo Iddio‹ aus Madama Butterfly.«

»Das habe ich gesehen. Ein sehr schönes Stück. Und dort steht meine Mutter.«

»Und meine.«

»Es ist der letzte Augenblick, bevor sie sich mit dem Baby umbringt, oder?«

Aias steht auf der anderen Seite des Innenhofs, meiner Mutter und der Signora gegenüber. Die Liebschaft meiner Mutter sieht sie und wendet sich zum Torbogen, doch andere Leute drängen hinein, und in diesem Augenblick kommt Ellie aus dem Haus, mit dem weißen Schal der Butterfly. Jon streichelt die Tasten zu einem Crescendo.

»Pssst! Pssst!«

»›*Tu, tu, tu, tu …*‹«

Das Kind lauscht am Brunnen. Ellie ist hervorragend. Sind dort zwei kleine, weiße Flecken am Fenster im Obergeschoss?

»›*Addio! Piccolo amor! Va. Gioca.*‹«

Die menschliche Stimme verstummt. Unter Jons Fingerspitzen verbindet sie dem Kind die Augen, legt eine Amerikaflagge und ein Spielzeug in seine Hände. Zu einem krachenden Akkord fällt der Dolch. Ellies Hand sinkt auf die Brust.

Applaus, Applaus.

Aias ist fort. Meine Mutter und die Signora begeben sich zum Brunnen. Jon schließt den Klavierdeckel und führt Ellie zu uns.

»Du warst hervorragend.«

»Das war mit Sicherheit das Beste, was ich dieses Jahr gehört habe.«

»Aber es ist zu viel. Auf einer öffentlichen Bühne sollte das nicht aufgeführt werden. Es bringt mich immer zum Weinen.«

»Dabei ist es sehr schön.«

Mehr Wein, mehr Wein. Caspar ist Dionysos, der unendliche Mengen an Kelchen füllen wird, um unsere Gemeinschaft zu besiegeln.

»Geht es dir gut, Darling?«

»Ja, meine liebe, taktvolle Maman.«

»Hast du Aias gesehen? Ich dachte …«

»Kurz bevor Ellie angefangen hat.«

»Hier kommt deine Konkurrenz, Ellie.«

Leo trägt seine Gitarre ins Rampenlicht, er hält sie wie ein Baby in der Schlinge.

»Muss das wirklich sein? Ich weiß schon, dass es immer und immer weitergehen wird.«

»Ja, es muss sein.«

Sie schmollt etwas, aber Jon bleibt streng. Sein Gefolge hat sich nach vorne gedrängt. Ich sehe Aias weiter hinten im Publikum, wo meine Mutter gerade noch gewesen war; und Gerry, den Mund leicht geöffnet, hält Gennaros Hand. Leo stellt einen Fuß auf den Brunnenrand, zupft an den dünnen Saiten, beginnt einen klimpernden Niagarafall an Akkorden.

»›Carl Solomon! Ich bin bei dir im Rockland
wo du wahnsinniger bist als ich …‹«

»Was ist das?«

Mein Vater ist zu uns gekommen. »Ein Gedicht von Allen Ginsberg.«

»Pssst, pssst!«

»›wo du den Tee aus den Brüsten der alten Jungfern von Utica
trinkst …
Ich bin bei dir in Rockland
wo wir Amerika unter unseren Bettlaken an uns drücken und
küssen – Amerika, das die ganze Nacht hustet und uns
nicht schlafen lässt …‹«

»Was ist Rockland?«

»Das Irrenhaus.«

»Pssst, pssst!«

Leo näselt sich in Richtung einer wahnsinnigen Apokalypse, bläst das Horn der Hallelujas zu einem Höhepunkt der nackten Unschuld. Setzt ab, schluchzt.

»›In meinen Träumen kommst du triefend von einer Seereise auf dem Highway durch Amerika, in Tränen aufgelöst, zur Tür meiner Hütte im nächtlichen Westen.‹«

Applaus, Applaus.

»Wovon handelt das Gedicht?«

»Liebe.«

»Es zeigt, was Butterflys Sohn passiert ist.«

»Das kannst du nicht ernst meinen?«

»Doch. Du musst mitkommen und sie alle kennenlernen.«

Mein Vater führt sie davon. Europa ging bereitwilliger mit dem Stier.

»Ich will ein kühles, großes Glas mit Limette und Eis, um den Nachgeschmack loszuwerden.«

»Das mache ich dir.« Jon führt sie zum Haus. Ich ziehe mich geräuschlos zurück und verschwinde im Schatten. Sehen Sie jetzt nur zu, sehen Sie. Aias sieht zu, gleich vor dem dunklen Schatten hinter dem Torbogen. Meine Mutter geht davon, sie bewegt sich in Wellen um den Brunnen. O Galateia, für dich ist er plötzlich erfüllt von Meerjungen, Delfinen, spitzen Tritonen. Auch Aias wird es sehen. Caspar nimmt sie am Arm. Ihre Worte fallen in den Brunnen wie Münzen. Sie bewegt sich noch einmal, sein Arm stößt wie ein Dreizack auf sie ein.

»Caspar, Caspar, bist du das? Hör zu. Jon hat eine so wunderbare Idee für eine Oper: *Venus und Adonis*, genau die, die du schon immer machen wolltest. Er schreibt die Musik, und wir werden diesen wunderbaren, schwarzen Tenor kriegen, du weißt schon, welchen ich meine. Du musst es dir jetzt sofort anhören. Jon hat schon einen Teil der Ouvertüre geschrieben, absolut umwerfend. Natürlich brauchen wir noch einen Librettisten.«

»Die Wiederauferstehung, Mann, genau darum geht es.«

Sie zerren ihn zum Haus. Auch das Klavier ist hineingebracht worden. Er dreht sich halb um, wirft meiner Mutter als Entschuldigung ein Lächeln zu, gestikuliert hilflos. Jetzt ist sie allein im Innenhof. Hält inne. Macht einen Schritt. Aias erscheint im Torbogen. Selbst aus der Entfernung spüre ich die Wellen ihrer Lust. Ich muss näher herankommen.

»Darling, ich habe schon den ganzen Abend versucht, dich zu finden. Was ist denn los? Sei nicht wütend auf mich.«

»Du Schlampe.«

»Liegt es an Caspar? Ich kenne ihn schon seit Jahren. Das dient nur der Tarnung. Vertrau mir.«

»Du hast ihm geschrieben. Das war keine Tarnung.«

»Ihm geschrieben?«

»Und er hat dir etwas zurückgeschrieben, das du niemandem zeigen wolltest. Du hast das mit euch beiden arrangiert.«

»Darling …«

»Du hast den Brief doch zerrissen, oder?«

»Ja.«

»Wegen des Inhalts.«

»Ja, aber das hat nichts mit mir zu tun.«

»Seine Hand auf deinem Arm.«

»Ich konnte sie nicht einfach abschütteln.«

»Du hast ihm geschrieben.«

»Das habe ich nicht.«

»Ich habe es doch gesehen.«

»Aber ich habe ihm nicht geschrieben.«

»Welche Lügen hast du noch erzählt?«

»Darling, tu das nicht. Ich liebe dich, wirklich. Glaub mir.«

Die Liebschaft meiner Mutter hebt eine Hand. Das scharfe Brennen eines Schlags, dann dreht sich Aias um und rennt durch den Torbogen davon. Für einen Augenblick steht sie ganz still. Allmählich bewegt sie sich nach vorn, streckt eine Hand aus.

»Aias, Aias!«

Ich komme aus dem Torbogen. »*Ciao*, Maman. Ich glaube, das Allding ist bereit, nach Hause zu gehen. Wir müssen uns noch von Ellie verabschieden. Hast du jemanden gerufen?«

Am Morgen kam Aias nicht. Recht früh meldete sich die Polizei bei meinem Vater. Man hatte das Auto gefunden.

Wir waren zurückgelaufen. Meine Mutter erklärte, Aias sei

bereits gegangen, unpässlich. Unpässlich. Das Auto war weg. Vielleicht rief meine Mutter an, immer wieder. Ich hielt mich fern.

Aias war über die Mole gefahren, an der Gennaro und ich angelegt hatten. Dort war das Wasser tief. Ein einsamer Fischer hatte das Auto früh am Morgen in den klaren Wellen gesehen. Im Blut, das die Tränen der See nicht hatten fortspülen können, war viel Alkohol gewesen. Es wurde angenommen, Aias habe mit dem Auto zum Albergo fahren wollen, sei aber, in einem Anfall von Amnesie, links statt rechts abgebogen, bergab statt bergauf. Auf den Felsen hatte das Auto einmal gebockt; das Lenkrad war zusammengefaltet, der Schalthebel hatte sich in der Leiste vergraben. Nach der Autopsie wurde die Leiche schnell begraben. Meine Mutter war bereits abgereist.

Ich wusste genau, wie der Leichnam liegen würde, als er von den Sargträgern hereingebracht wurde, nicht ausgestreckt, sondern wie die Statue von Shelley in einem der Oxforder Colleges oder wie die zurückgelehnte Mänade, die bei einem von Tizians Bacchanalen in Ohnmacht gefallen war. Der Körper würde mehr oder minder perfekt sein, bis auf diese Wunde.

»›Balder ist tot, Balder der Schöne. Trauert um Balder, aus der Kraft der Hela.‹ ›Lebend oder tot, ich liebte ihn nicht. Lass Hela behalten, was ihr gehört.‹« Das Urteil lautete Tod durch Unfall.

Nach der Beerdigung, an der mein Vater allein teilnahm, blieben wir noch einige Zeit. Es gab viel zu tun: packen, arrangieren. Das Buch war beinahe fertig. Mein Vater schrieb die Zusammenfassung, und Renata tippte sie ab. Leo zog nach Osten, tourte durch die Resorts.

Ich traf Gerry in der Bar und erzählte ihr von unserer Abreise.

»Das bedeutet, ich muss auch gehen. Na ja, es war wohl an der Zeit.«

Ellie und Caspar waren nach Paris gereist, Jon hatten sie mitgenommen, und genauso, nehme ich an, die Kinder. Der Vorfall hatte auch unseren Urlaubssommer überschattet. Bevor wir fuhren, besuchte mich Gerry. Sie gab mir das Periskop.

»Ich habe dir was mitgebracht. Ich wusste nicht, was ich sonst damit tun sollte. Grundgütiger, ich hoffe wirklich, dass es dir gut ergehen wird. Ich mache mir Sorgen.«

Ich brachte Gennaro seinen Wurfanker und das Seil. Jetzt achtete niemand mehr darauf, wohin ich ging. Ich wollte die Sachen behalten, vergraben oder ins Meer werfen, aber schlussendlich gab ich sie einfach zurück.

»Wir machen uns große Sorgen. Wir wissen nicht, ob das Unglück bringt und die Fische vertreibt.« Gennaro bekreuzigte sich.

»Nein, das wird nicht passieren.«

»Man kann es nicht wissen.« Er schüttelte den Kopf. »Es heißt, es war kein Unfall.«

»Die Polizei sagt ...«

»Was kann denn irgendein kleiner Polizist wissen! Sie wollen die Sache einfach ruhig halten und warten auf die nächste Beförderung.«

Ich zuckte mit den Schultern und stand auf. »Bis dann.« Ich streckte die Hand aus.

»Das amerikanische Mädchen reist morgen ab. Bis dann.« Wir gaben uns die Hand. Ich werde ihn nicht mehr wiedersehen. Wir werden wohl nicht nach Iticino zurückkehren.

Wir sind wieder in London. Fantah ist zu uns gestoßen. Renata begleitet uns noch immer, sie hofft, einen Ehemann zu finden. Wir haben gehört, Ellie habe Jon freigelassen. Aus der Oper von Venus und Adonis ist ein Ballett geworden, Caspar wird es dirigieren. Adonis ist ein junger *Negro*, ein politischer Anführer, der sich in eine schöne weiße Frau mittleren Alters verliebt, die Frau eines Senators. Die Hunde sind sein Gefolge, sie fallen über ihn her. Sterbend taumelt er zu einer Bar in der 98th Street, deren Besitzerin und *diseuse noire* sich mit schwarzer Magie auskennt und ihn ins Leben zurückruft. Es soll *Tammuz und Astarte* heißen. Meine Mutter ist wieder da.

Oft betrachte ich die Briefe und das Periskop: Nur diese wenigen Überreste können zu Kultobjekten werden. In einem Umschlag steckt ein leeres Blatt fliederfarbenes Papier. Es sollte irgendwo einen Schrein für diese Objekte geben, wo andere sie anbeten können, stattdessen sind es meine privaten Relikte des einzigen totalen Akts, der mir jemals begegnen wird. Eher brachte die Liebschaft meiner Mutter Aias um, anstatt ohne den Chrysolith zu leben. Ich habe meine Mythologie erschaffen.

In den Augen meiner Mutter sehe ich, dass auch sie sterben möchte, doch sie kann es nicht. Der Frühlingsbeginn mit seiner kurzen Phase der Wiederauferstehung wird sie schmerzen. Es heißt, die Göttin bettete den Leichnam ihrer Liebschaft auf Salat; deshalb wuchsen die Gärten des Adonis in ihren flachen Schalen so grün und hoch und verwelkten zum Fest. »Abbildungen von Adonis aus Wachs und Terrakotta wurden vor den Hauseingang oder auf Terrassen gestellt. Frauen versammelten sich dort oder trugen sie durch die Stadt, wehklagten und schlugen sich auf die Brust, als Zeichen ihrer tiefsten Trauer.« Unter einem grünen Baldachin, im Palast der Arsinoë, liegt Adonis auf einem silbernen Bett. Venus gleich neben ihm. Möge sie ihre Liebschaft auf der ganzen Welt suchen wie Isis, doch Aias wird sie nicht wiederfinden. Außer mir wird sie keine Liebschaften mehr haben. Das Licht auf dem violetten Teppich lässt ihre Augen brennen. Jetzt bin ich die Liebschaft meiner Mutter. Doch ich wusste es nicht, ich wusste ganz und gar nicht.

Zitatnachweise

S. 61: »Verschieden nur im einen ...« John Donne: Erleuchte, Dame, unsere Finsternis. Songs, Sonette, Elegien. Zweisprachige Ausgabe mit Übertragungen aus dem Englischen und einem Vorwort von Wolfgang Held sowie einem Essay von Madeline Mary Duff. Frankfurt a. M. und Leipzig: Insel Verlag, 2009. (»Äther und Engel«, S. 55.)

S. 105: »Indem es uns die vollkommen mechanische Natur ...« Oscar Wilde: Die Wahrheit von Masken. Drei Essays. Aus dem Englischen von Joachim Bartholomae und Volker Oldenburg. Berlin: Männerschwarm Verlag, 2013.

S. 222: »Carl Solomon! Ich bin bei dir ...« Allen Ginsberg: Das Geheul und andere Gedichte. Deutsch von Carl Weissner. © 1979 by Limes Verlag in der F.A. Herbig Verlagsbuchhandlung GmbH. Mit freundlicher Genehmigung des Langen Müller Verlags, München.

Zu dieser Ausgabe

Der Übersetzung liegt folgende Ausgabe zugrunde:

Maureen Duffy: Love Child. London: Virago Press Limited, 1994. [First published in Great Britain Weidenfeld & Nicolson 1971.]

Der Wortlaut der Übersetzung hält sich eng an die englische Vorlage, auch bei Begriffen, die heute als diskriminierend gelten.

Nachwort

So manche Pubertät ist ein Trauerspiel, und queere Coming-of-Age-Storys sind in aller Regel nicht weniger als eine griechische Tragödie. Da würde Kit mir zustimmen, denke ich.

Kit ist kein Kind mehr und auch nicht erwachsen. Kit ist die Art von Mensch, die mir schon als Teenager suspekt war: ein Teenager: »Jungsein ist schwer: Unsere Phantasie brennt so heiß wie die eines Eunuchen, aber die Möglichkeiten zu ihrer Befriedigung sind beinahe so selten wie seine.« (S. 82)

Kit ist nicht wie andere Jugendliche. Kit ist intelligent, kalkulierend und vor allem: belesen. Die Imaginatio ausgestattet mit dem, woraus die Welt sich für Kit zusammensetzt: Geschichten – »Mein Kopf steckt voller Legenden der ganzen Welt.« (S. 80) Kit sucht die Folien für alles, was geschieht, in den Mythen und Legenden, Schriften und Dramen, die eine »internationale«, privilegierte, irgendwo zwischen den Grenzen, in der Luft und auf dem Wasser ebenso wie in beliebigen Ländern und Ferienhäusern lebende Familie begleiten wie Verwandte. Diese moralisch nahezu allem enthobene Familie (»Gibt es denn überhaupt schlechte Worte?«, S. 61) ist nirgends in der Welt verortet (weder in Zeit noch Raum) und deswegen in der Fiktion zuhause: »Wir sind international. Wir passen an keinen Ort und, wie ich manchmal meine, in keine Zeit. [...] Wir sind polyglott, polygam, polymorph und polyphon.« (S. 10)

Ihren Aufenthaltsort bestimmt sie nach Gusto, nach Weltlage, nach Stimmung – das trifft auch auf Kit, das erzählerische Ich, zu, denn selbst die Schulpflicht kann dem Eigensinn des Teenagers nicht das Wasser reichen: Mit politischer Manipulationsgabe und großer Kenntnis menschlicher Psyche – sowie mit einem Haufen finanzieller Macht – ausgestattet (»Dazu habe ich eindeutig genug Proust gelesen, wohl auch zu meinem Untergang«, S. 7), entscheidet Kit, das Internat nach einer später zu benennenden Gewalterfahrung schleunigst hinter sich zu lassen. Stattdessen findet die Haupthandlung des Coming-Of-Age-Romans am einzig wahren Aufenthaltsort für eine so privilegierte wie unkonventionelle queere Geschichte statt: in Iticino, einem italienischen Fischerdorf. Ob der Ort existiert oder nicht: Narratologisch sind wir irgendwo zwischen *Call Me By Your Name* und *Saltburn*.

Einen flirrend heißen Sommer verbringt die Familie dort, und von Seite 1 an ist klar, dass das eigene Begehren im Zusammenspiel mit den Anziehungen anderer eine große Rolle einnehmen wird. Denn begleitet wird Kits dreiköpfige Familie von Aias.

Aias (altgriechisch Αἴας Aías, lateinisch Aiax, deutsch Ajax), genau wie der mythologische Namensvetter eine so starke wie verletzliche Erscheinung, arbeitet im Sekretariat des Vaters (»Mein Vater ist heiß und stark und alldurchdringend. Er konsumiert sie«, S. 9), wird jedoch, noch vor dem eigenen Namen, als *Liebschaft* der Mutter eingeführt. Geschlechtlich ebenso wenig binär definiert wie Kit selbst, wird Aias schnell zu einer immensen Projektionsfläche – gerade wegen der romantisch aufgeladenen körperlichen Beziehung zu Kits Mutter. Diese Mutter wird so stark glorifiziert, dass es nur einen kleinen Schwenk braucht, um ihr Temperament (»irgendwo zwischen Tosca und Scarlett O'Hara«, S. 168) nicht nur als Spiegel des eigenen Entwicklungsstandes (»Ich bin die Chrysalis, meine Mutter der Chrysolith«, S. 11), sondern auch als offenes Begehren aus der Perspektive des eigenen Kindes zu deuten.

Die Entschiedenheit, mit der Kit der Mutter und ihrer Liebschaft in ein Hotel nachsteigt, um sie dort via Periskop zu beobachten, hat etwas von einer Detektivarbeit; dass es hierbei nicht um die Aufdeckung einer Untreue geht, ist aber relativ schnell klar. Vielmehr hat die Beobachtung der Affäre eine voyeuristische Färbung. Und gerade im Spiegel Kits unerfüllter Sehnsüchte und sexueller Desorientiertheit – »Mein Problem ist, dass ich mich nicht zwischen Gennaro und Gerry entscheiden kann. Grundsätzlich gehe ich wohl davon aus, dass ich alle will, dabei trifft das Gegenteil zu«, S. 209 –, die ich andernorts und zu anderer Zeit als klassische *bi panic* bezeichnen würde, ist die Arbeit mit dem Periskop weniger eine Immersion als vielmehr die absolute Übersteigerung der Projektion: Zwei Spiegelflächen braucht es, um das Licht aus dem Hotelzimmer von Aias und der Mutter hinüber zu Kit zu leiten. Eine optische Strecke, auf der die Brechung der Strahlen so häufig passiert, dass klar wird: Hier geht es nicht um die Realität. Sondern um das Ausleben von Phantasien und um die Betrachtung der anderen – so weltoffen und *aloof* Kit sich auch geben mag (»Das Konzept der Fremde existiert für uns nicht«, S. 11) – beim Erforschen der eigenen Wünsche (und Nicht-Wünsche).

Zu wem der beiden sich Kit eigentlich hingezogen fühlt, das wird im Rahmen der Lektüre weder für die Geschlechter noch für Aias und die eigene Mutter im Konkreten entschieden. Eindeutig ist nur, dass die antiken Strukturen, die der Landschaft des italienischen Küstenorts eingeschrieben sind, christlichen Werten gegenüber als die Ursprünglicheren gelten – der Prozess von deren historischer Überblendung sogar viel über Kits eigenes Begehren der Mutter gegenüber verrät:

> »Wie interessant«, sagte meine Mutter, »also gibt tatsächlich jemand zu, dass Madonna und Venus die gleiche Person sind.«
>
> »Nur war Venus zuerst hier«, sagte ich.

> »Ja, an dieser Küste war sie überall. Ich habe schon gelesen, dass hier zuerst Göttinnen angebetet worden sein sollen, dann die Götter. Ganz bestimmt sind viele Namen der Göttinnen an die Madonna überschrieben worden. Es war eine bewusste Taktik in den Anfängen der Kirche, alle örtlichen Kulte und Schreine für Heilige umzuwidmen, als wären sie Götter oder Helden, oder in ihrem Fall, wie bereits gesagt, als wäre sie eine Göttin oder Nymphe.« (S. 128)

Und wohin sonst soll sich ein queerer Teenager auch flüchten als in die Antike, die vor Queerness (»Eine bärtige Frau und ein bartloser Junge«, S. 174) nur so wimmelt?

In Iticino dreht sich, hört man auf die Einheimischen, in deren Mitte Kits Familie lebt und urlaubt, alles um Fisch. Die Madonnenstatuen, die irgendwann einmal Venus bzw. Aphrodite waren, sollen den Fisch anziehen. Die Menschen leben vom Fischfang, auch Kit selbst stolpert bei einer nächtlichen Suche nach sich selbst über ein prall gefülltes Fischernetz. Es geht darum, Fisch zu finden, der Nahrung ist. Aber der im Kontext der Erzählung auch für Erfüllung in transzendenterer Form steht. Und, nur vielleicht, misogynes Bild hin oder her, für sapphischen Sex. Aber das ist eine andere Geschichte – die sich möglicherweise mit einem Blick auf die Schwimmausflüge von Kit und Aias erschließt.

Das gemeinsame Schwimmen, das Beobachten des fluiden Körpers im fluiden Element, macht »unter Wasser« zu einem Raum der Intimität, wie er es für zahllose romantische und erotische Mythen von der Geburt der Venus bis zur vierten Folge von *Golden Boy* ist.

Aber beim erotischen Begehren bleibt der fluide Charakter der Erzählung nicht stehen. So ist, bei Kits Bild von sich selbst, der

Vorverpuppung eines Schmetterlings, der Chrysalis, die Metamorphose schon mitgedacht. Ovids *Metamorphosen* werden sogar gelesen – möglicherweise eher als ein performativer Akt, bei dem eine Vergewaltigung, die der Daphne, auf eine Art und Weise bagatellisiert wird, wie das vielleicht nur eine Figur tun kann, der selbst sexualisierte Gewalt widerfahren ist.

Später aber wird Ovid gewissermaßen programmatisch zitiert (»›*Cras amet qui nunquam amavit*‹ [...] ›*Quique amavit cras amet*‹«, S. 136), jedenfalls überordnet Kit die Veränderung, die Verwandlung, fast allem: »Alle wechseln die Gestalt und bleiben doch ihrem Wesen treu. Ja oder Nein sagt niemand. Einsilbigkeit ist weder unterhaltsam noch widerlegbar.« (S. 11) Und dazu zählt eben nicht nur die Umdeutung, sondern auch die Uneindeutigkeit der Welt – der philosophische Spagat, der versucht, Amor und Psyche zusammenzuhalten, deren Verhältnis seit jeher dem Untergang geweiht scheint.

Und so ergeht es auch zahllosen Figuren aus einer erzählten Welt, die ein fast gleich großes Gewicht im Fischerort, in Kits Weltwahrnehmung und Gedankenmobiliar besetzen: Shakespeares Personal (»Ich muss nach England, wisst ihrs?«, S. 139). Am Ende ist der »only total act« des gefälschten Briefes eine typische Shakespeare'sche Methode, um ein Stück zu einer Tragödie werden zu lassen, und es stellen sich unweigerlich Bilder her: Wird aus Aias eine moderne Ophelia? Ob es der Wunsch nach Sabotage ist, der Kit antreibt, das ist eigentlich klar mit Ja zu beantworten (»was auch immer der Mensch vorgeblich anstrebt, dient doch heimlich dem eigenen Vergnügen«, S. 107) – nur ist die Entfaltung der Zustände auch für das belesenste, begabteste, unfremdeste Kind nicht abzusehen. Dreht sich so das Schicksalsstück, das Kit vorsieht, in eine ödipale Richtung? Vielleicht. Verbrieft (no pun intended) ist jedenfalls die Macht der Sprache, der Mittel, der Manipulation.

All das bei einer Familie, die sich der Zentralität von Vererbung nicht nur biologisch, sondern materiell so bewusst ist. Und während es die Rolle der Madonnen ist, der Mütter, und seien sie madonnengewordene Aphroditen, das Meer zu segnen und Fische anzuziehen – so stößt der queere, tote Körper von Aias Fische ab und muss deswegen verschwinden. Unbarmherzig und ohne Geschichte verlässt die Figur die Bühne auf die Art, wie sie auf sie gekommen ist. Spurenlos. Scheinbar.

Das Schlüpfen in Rollen (»Rimbaud lässt sich besonders gut spielen«, S. 146) schützt Kit am Ende nicht vor einer privaten Tragödie, wenngleich die Erschütterung vielleicht vor allem darin liegt, dass es für die Familie, die keinen Ort hat, lediglich heißt, im nächsten Sommer eben einen andern aufzusuchen.

In diesem italienischen Sommer endet eine Kindheit (»Ich kam als Junge an und ging als alter Mann«, S. 188) – auch wenn Kit das bestreiten würde (»Es ist doch nicht meine Schuld, dass meine Geburt noch nicht so lange her ist«, S. 146) –, die im Übergang und auf der Suche nach einem anderen Selbst Schmerzen, Entbehrungen sowie ein Kaleidoskop aus Gefühlen bedeutet, bei dem Tränen und Schweiß im Geschmack nicht mehr zu unterscheiden sind. Am Ende fließen beide ins Meer.

Maureen Duffys Sprache fließt ebenso wandelbar und körperlich dahin, wie ihre Symbolik und die fleischlichen Figuren es tun. Und am Ende ist wenig klar, und doch bleibt man bewegt zurück, mitgenommen von einer Sprache, die sich so behände durch die Geschichte der Literatur, die Zeitebenen der Welt und die Gedankenmodelle der Menschheit bewegt, als käme es nur auf den Wellengang an, auf gutes Wetter und die richtige Brise, um jede*r sein zu können, überall.

Miku Sophie Kühmel

Inhalt